光文社文庫

光

道尾秀介

光 文 社

そうだ、走れ。走れ。走れ。あの化け物を追いかけろ。
水の上にいる者はオールを回せ。
見失った瞬間に私たちは負けてしまうんだ。

——市里修太『時間《とき》の光』

イーグル（アームストロング）「接地灯は？　よし、エンジンを停めるんだ。……（音声不明瞭）下降。機内管制ともに自動。下降ロケット司令ただちに終了、エンジン・アーム解除」

ヒューストン「記録した、イーグル」

イーグル（アームストロング）「ヒューストン、イーグルはいま着陸した。静かの海の基地だ」

ヒューストン「了解、静か……静かの海。着陸を記録。こちらはみんな顔面蒼白になりそうだったよ。でもこれでようやく息を吹き返すことができた。ありがとう」

イーグル（オルドリン）「こちらこそ」

コロンビア（コリンズ）「ヒューストン、聞こえるか。着陸の最終段階がずいぶんと長くかかってしまっただろう。あれは自動目標装置が我々をフットボール競技場ほどのクレーターに誘導しようとしていたんだ。クレーター直径の一、二倍ほどの範囲内に、巨大な丸い岩や石がいくつもあった。そのため我々は手動操縦に切り替え、岩場を越えながら適切な着陸場所を見つけなければならなかった」

ヒューストン　「なるほど、よくやった。本当に見事な操作だった。管制室は笑顔で溢れているよ。世界中もみんな笑顔だ」

イーグル（オルドリン）　「ここにも笑顔は二つあるよ」

コロンビア（コリンズ）　「母船にも一つあることをお忘れなく」

目次

第一章　夏の光……9
第二章　女恋湖の人魚……54
第三章　ウィ・ワァ・アンモナイツ……114
第四章　冬の光……168

第五章　アンモナイツ・アゲイン……214
第六章　夢の入口と監禁……269
終章　夢の途中と脱出……335
解説　大林宣彦《おおばやしのぶひこ》……415

第一章　夏の光

（一）

「佐織《さおり》先生、男の人とどっか出かけんじゃないかな」

「何で」

「だって化粧してただろ。目んとこ、ちょっと青かった」

ランドセルを鳴らしながら私の隣を走り、慎司《しんじ》は突き出たおでこを汗だくにしてニヤついていた。

ついさっきまで教室で見ていた佐織先生の顔を、私は思い出してみたが、目がどうだったかなんて憶《おぼ》えていない。もっといえば服装も髪型も憶えていない。蒸し暑い教室で、べとべとする手を机の下で握り合わせながら、これからはじまる長い長い休みの最中に自分が体験しそうな出来事を、夢中で想像していたのだ。

「先生、その人と結婚すんのかな」

走っているせいで、慎司の声は揺れている。

「デートするだけでしょ」

「デート！」

「デート！」

小刻みな呼吸を互いに聞き合いながら、私たちは未舗装の道路を駆け抜ける。晴れて尖《とが》った空の下、遠くで胸を張っている入道雲のほうへ、慎司がもう一度「デート！」と叫び、私の「デート！」がすぐさまそれを追いかけた。

ホームルームで担任の小澤《おざわ》佐織先生から配られた「夏休み計画表」では、私たちの休日は七月二十一日からはじまっていたが、それが間違いだということはクラスの誰もが知っていた。計画表に書かれた日付の一日前、つまり今日、校門を飛び出した瞬間から私たちはもうみんな夏休みの中にいるのだ。私と慎司がはあはあいいながら顔面を真っ赤にし、ランドセルの裏側をびっしょり濡らして馬鹿みたいに走っていたのは、自分たちが飛び込んだ巨大な自由空間をまずは全身で味わうためだった。

「利一《りいち》、お前、カナブンに糸つけたことある？」

利一というのは父による命名だが、べつに麻雀《マージャン》狂いだったわけではない。有名な作家の名前から取ったのだそうだ。私はそれを中学生のときになって初めて知ったのだけど、いまだにその人の本は読んでいない。一度書店で探してみたが見つからず、それきりだ。

「糸つけてどうすんの」

「飛ばすんだよ。脚に糸むすんで、頭の上をぐるぐる飛ばすんだ。昨日姉ちゃんがやってた」

「慎司の姉ちゃん、何でもやるね」

「おとこおんな。ポックリはいつも通信簿に〝活発〟って書いてるけど」

慎司の姉は私たちよりも二学年上の六年生だった。髪が短く足が速く、冬でも真っ黒に日焼けしている。ポックリというのは彼女の担任教師のあだ名だ。白髪《はくはつ》で、極端に痩せていて、たまに教壇で喋《しゃべ》ることを忘れてあうあうと口が無意味に動くので、そのあいだ生徒たちは辛抱強く言葉のつづきを待っていなければならない。いつポックリいってもおかしくないからポックリ。が、そのあだ名はもう何年も前から一つの伝統のように生徒たちのあいだで受け継がれており、それはつまりあの状態がもう長いこと維持されているということで、ひょっとするとあのあうあうは生徒たちに敬老心と忍耐力をはぐくませようという狡猾《こうかつ》な手段だったのかもしれない。ちなみに「ポックリ」はポックリで、たとえばコックリさんの「コックリ」なんかと同じアクセントだった。

雑木林の脇道へ飛び出すと、頭の上からのしかかるように蟬《せみ》しぐれが降ってきた。それに負けないよう慎司が声を大きくする。

「明日、何時にしよっか」

「花火は六時半からはじまるって」

「じゃ五時集合」

「四時半」

「四時半」

明日の日曜日は、山裾に広がる女恋湖《めごいこ》の湖畔で夏の花火大会が行われる予定になっていた。狭くて小さな町だが、夏と冬、年に二度行われるこの花火大会だけは全国的にちょっと知られている。湖底に流れ込んでくる硫黄《いおう》成分のせいで、女恋湖にはほとんど生き物が棲《す》んでおらず、湖面はたまに見るとびっくりするくらい美しい。花火大会の夜は、打ち上げられるのと同じ数の花火がそこに映る。県内各所から集まった花火師たちが腕を競い合い、その数は三千発から、多い年には五千発にもなった。冬のほうが空気が澄んでいて花火は綺麗に見えるし、また冬の花火自体が珍しいので、世間ではどちらかというと夏のものよりも有名だ。

が、私たちの意見は違った。

そもそも私たちが毎年花火大会に出かけていくのは、打ち上げられる花火を観賞するためでも湖面に映る花火を眺めるためでもない。露店で籤《くじ》を引いたり、あんず飴《あめ》やお好み焼きを買い食いしたり、山裾にある木場《きば》に入り込んで癇癪玉《かんしゃくだま》を投げ合ったりするためなのだ。歯をがちがち鳴らしながら遊ぶよりも、汗を流しながら遊んだほうがずっと楽しいに決まっている。花火大会の当日は子供が夜遊びすることを許される唯一の日なので、私たちはみんな財布の中に、なんとかやりくりして貯《た》めた小遣いを入れ、最初の花火が打ち上がるずっと前に待ち合わせては、露店めぐりをはじめるのが常だった。

「慎司、明日、家から糸持ってこようか」

「いいよ、カナブン捕まえて脚に――」

そのとき右手に立ち並ぶ木々の向こうから、不意に声がした。

私たちは同時に足を止めた。いや、単に雑木林から声が聞こえてきただけでは立ち止まらなかっただろうが、それが同じクラスの宏樹《ひろき》の声に思えたのと――。

「いま殺したって言わなかった？」

「言った」

私は頷《うなず》いた。

たしかにそんなふうに聞こえたのだ。

「ばあちゃんがやられたから、仕返ししたんだろ！」

やはり、宏樹の声だった。

慎司が木々の向こうを指さして、興味津々といった様子で眉《まゆ》をひくつかせる。私は返事のかわりに歩を進め、自分よりも丈《たけ》のあるセンダングサを、もとは白かったスニーカーで踏み倒しながら雑木林に入っていった。

「俺のお父さんが見たんだよ、お前のこと。殴ってる音も聞いたんだ」

宏樹の正面では、ミズナラの太い幹に背中を押しつけ、追い込まれたような体勢で清孝《きよたか》が立っている。ほかにも五、六人のクラスメイトが、宏樹の回りで半円を描き、清孝を取り囲むようにして並んでいた。

「この写真で、もうぜんぶばれてんだ。嘘《うそ》ついたって――」

私たちの足音に、宏樹は言葉を止めた。全員の顔がサッと同時にこちらへ向けられる。

「えナニ、どしたの？」

珍しいものを見つけた犬みたいに、慎司が額《ひたい》を突き出して近づいていった。宏樹は太い眉にぐっと力を込め、「ワンダのことだよ」と言い、お前たちも参加しろというように、掌《てのひら》を上にして空気を引っ張るような仕草をした。

「え、ワンダって、あのワンダ？」

「そう。こいつが殺してたことがわかったんだ」

慎司は私を振り返り、熱を帯びた目を向けた。Tシャツの肩がもうわくわくしている。私は軽く首をひねり、とりあえず慎司といっしょに宏樹の脇に立った。

ワンダというのは、私たちと仲良しだった雄《オス》の野良犬のことだ。どこからやってきたのか知らないが、この雑木林の中や、学校の周りをいつもうろうろしていた。ところどころに禿《は》げがあったので見てくれはあまりよくないが、町の人たちに可愛がられ、みんなワンダを見かけると餌《えさ》をやったり絡《から》まった毛をといてやったりしていたし、私たちもよく給食で余ったパンや、小遣いで買ったソーセージを持ってワンダを探した。ゴムボールを投げてやると、ある程度高く放りさえすれば、それがどんな方向であっても狂喜して追いかけノーバウンドでキャッチするという、なかなかの運動神経と遊び心の持ち主だった。気分によらず、やたらとわんわん吠えるので、はじめはワン太という名前で呼ばれていたのだが、誰かが語尾を変えてワンダと呼んでからは、英語っぽくて恰好いいので私たち小学生はみんなそう呼んでいた。

が、そのワンダは半年前に忽然《こつぜん》と消えたのだ。

冬の花火大会が終わった頃から、どこにも姿が見られなくなった。

「え、殺したって何？」

興奮したときに「え」を多発するのは慎司の癖《くせ》だった。

宏樹は顎《あご》で清孝を示し、その顎を突き出したまま、自分と同じほどの背丈の相手を見下ろすような恰好で言った。

「俺のお父さんが見てたんだ。朝早く、こいつがワンダを殺すのを」

「見てたなんて嘘だ！」

ぼさぼさ髪のあいだからギラつく目を覗《のぞ》かせて、清孝がすかさず言い返す。宏樹も言い返すかと思ったら、相手をしばらく鋭く睨《にら》みつけてから、ムール貝のようにぴっちりと分けた髪を手で撫《な》でつけ、悔《くや》しそうに頷いた。

「まあ……殺すところはたしかに見てねえけどな」

宏樹の話というのは、こうだった。

半年前の冬、ちょうどワンダの姿が見られなくなる直前のこと。カメラマンをやっている宏樹の父親が、早朝、植物の写真を撮るために山裾を一人で歩いていた。探していたのはギンリョウソウ——別名ユウレイタケという、全体が完全に真っ白な珍しい植物で、そのユウレイタケは早朝の薄明かりの中では、まさに幽霊のようにほんのりと発光して見えるのだそうだ。しばらくユウレイタケを探して歩いているうちに、父親はようやくそれを見つけた。あれこれと構図を考えたのち、三脚を低く立ててカメラを固定し、ユウレイタケを撮影しはじめた。

「そんときの写真がこれだ。お父さんのアルバムから抜き出してきた。ここに、清孝がワンダを殺した決定的証拠が写ってたんだ」

右手に持っていたL判の写真を、宏樹は私たちに見せた。蒼白《あおじろ》いユウレイタケが大写しになっている。もし私がこの植物を最初に発見したとしても、ユウレイタケと名付けていたかもしれない。写真の真ん中で、痩せた裸の人物が首《こうべ》を垂れているような恰好をして、その奇妙な植物はぼんやりと炯《ひか》っていた。さすがはプロの撮った写真だけあって、胴体にあたる部分の細かい皺《しわ》の一つ一つまで、はっきりと写っている。背景のほとんどは黒褐色《こっかっしょく》の落ち葉だが、奥の右手にごつごつした岩が見えた。

ああ、あそこか。

私はすぐに見当がついた。

写真に写っているのは、雑木林の端《はし》にある清孝の家の、すぐ裏だ。この写真の奥側は小高い丘になっていて、その丘の上から下に向かって、岩の隙間をちょろちょろと川が流れている。いや、それは川と呼べるほどのものではなく、単に土から沁《し》み出した微《かす》かな湧き水が一つの流れになっているだけのものだった。その水の部分はいま、ちょうど宏樹の親指が邪魔していて見えない。

写真の余白には手書きの文字で「1／15」と日付が入っていた。冬の花火大会が行われる数日前に撮られたものらしい。

「お父さん、いま出張に行ってていないから、俺、ゆうべカメラいじって遊んでたんだ。お父さんがいるときにいじると、怒られるからな」

宏樹は意識して言葉を切り、何かを待つように私たちの顔を見た。

「高級品だもんな」

まさに宏樹が期待していたことを慎司が口にしてしまったので、私は内心で舌打ちをした。よろず屈託《くったく》というものを持たない慎司は、いつもこうして宏樹の鼻を伸ばすことに協力してしまう。そのことに自分で気づいていないだけに、私は毎度、非常にもどかしい思いがした。

「ああ……すごい値段らしい」

わざとらしく深刻な顔で頷いてから、宏樹は話を戻した。

「カメラいじってるうちに、俺、たまたま広げてあったアルバムの中にこの写真を見つけたんだ。見た瞬間、思ったよ。ワンダは消えたんじゃない、殺されたんだって」

「え、何でこの写真でワンダが殺されたことになんの？」

慎司が口をあけて写真を覗き込む。

「証拠が写ってたんだ。はっきりとな」

「え、どこよ」

「ちょっと待てっての」

慎司が写真に手を伸ばしたので、宏樹は右手を頭の上まで遠ざけた。上背のない慎司にはもう届かず、ぽかんと写真を見上げながら話のつづきを待つ恰好になった。写真の裏側には何か鉛筆書きのメモが見えたが、数字とアルファベットだということがわかっただけで、何と書いてあるのかは読めない。私は写真から目をそらして清孝のほうを見た。清孝はミズナラの幹に背中を押しつけたまま、唇を真横に結んで宏樹を睨んでいる。もう長いこと床屋に行っていないのだろう、天然パーマのごわごわした髪が、眉毛や両耳をすっかり隠していた。

「とにかく俺、写真の中にすごいもん見つけたんだ。この場所で犯罪が行われた、決定的証拠をな」

その決定的証拠というのはいつになったら見せてくれるのか。

「それで、思い出してみた。お父さんがこの写真を撮った日のことを。ほら、一月十五日って成人の日だろ？　だからよく憶えてたんだ。お父さん、役場でやる成人式の撮影を頼まれてたから、ユウレイタケの写真を撮って帰ってくると、すぐまた出かけていった。でもその前に俺といっしょにダイニングでコーヒーを飲んだんだ」

ダイニング、と私は小声で言ったが無視された。

「そんときお父さん、俺に話したんだ。ユウレイタケの写真を撮ってるあいだ、丘の上のほうから、土を踏み鳴らすような音と、がつんがつんって何かをぶっ叩《たた》くような音が聞こえてたんだって」

宏樹の父親は地面に這《は》いつくばってユウレイタケの撮影をしていたので、丘の上は見えなかったが、その音がずっと気になっていたのだそうだ。

やがて、父親はユウレイタケの撮影を終えた。膝を立て、身体を起こしたちょうどそのとき――。

「清孝が丘の上のほうから歩いてきたらしい。肩に角材担《かつ》いで」

角材？　と慎司が訊《き》き返す。宏樹は太い眉を片方だけ上げて頷いた。

「一メートルくらいあったって」

角材を担いだ清孝は、宏樹の父親がそこにいるのを見ると、あっ、というような顔をして立ち止まった。

「お父さんが〝おはよう〟って言ったら、こいつ」

と宏樹は清孝のほうを顎でしゃくる。

「挨拶も返さないで自分の家のほうに走っていったんだ。角材持ったまま。——まあ、でもべつに、そんときはそれほど気にしなかったよ、俺もお父さんも。まさかこいつが丘の上でワンダを殴り殺してたなんて思いもしなかったからな。お父さんはただ、あんな時間に清孝くんは何してたんだろうなんて軽く首をひねっただけだったし、俺もこいつのことなんてどうでもよかった。もしあのことを憶えてたら、もっと怪しんだだろうけど」

「あのことって？」

慎司が首を突き出した。

「ほら、こいつのばあちゃんが、ワンダと喧嘩《けんか》しただろ。この雑木林で」

「ああ、あれはひどかった……」

慎司は腕を組んで深刻な顔をする。

「犬同士の喧嘩みたいだったな」

その喧嘩は私も目撃していたので、いまの表現はまさにぴったりだと思った。

キュウリー夫人とワンダの敵対関係はそれ以前から有名だった。キュウリー夫人というのは、偏屈《へんくつ》で口が悪くてキュウリのような細長い顔をした清孝のおばあさんのことだ。誰にでもなついていたワンダだが、キュウリー夫人のことだけはひどく嫌っていた。何故ならキュウリー夫人がワンダを嫌っていたからだ。いや、嫌っていただけでなく、道で行き合うたびに杖《つえ》を振りかぶったり、歯を剝《む》いて威嚇《いかく》したり、蹴飛ばそうとしたりしていたからだった。しかしワンダのほうも負けてはおらず、両者はしばしば道端や雑木林の中で死闘を演じた。いまにして思えば、あれは一種のなわばり争いのようなものだったのだろうか。事実上、両者の最後の闘いとなったのが、いま慎司が言った「犬同士の喧嘩」だった。冬のある日、ちょうどさっきの写真が撮られた場所の近くで、キュウリー夫人とワンダは長いこと睨み合っていた。学校帰りの私たちは、いよいよ来るべきときが来たといった心持ちで、固唾《かたず》を呑んでそれを見守っていた。清孝だけはその場にいなかった。

最初に飛びかかったのはワンダだった。キュウリー夫人は素早く身をかわし、それとひとつづきの動きで手にした杖を振るった。その杖は完璧にワンダの鼻っ面《つら》をとらえ、ワキャーン！　というような声を上げてワンダは空中で身をそらした。そのままワンダがどさりと落下すると、キュウリー夫人は振り返りざま、ふたたび杖を振り上げた。しかし、はじめの一撃が首尾よく急所を打ったことで自信を持ってしまっていたのだろう、そこに一瞬の隙《すき》が生じた。ワンダはザッと地面を蹴って身をひるがえすと、キュウリー夫人の足めがけて突っ込んでいった。目にもとまらぬ、という表現があるが、まったくそれは空を横切る鳥が地面に映す影のような、ワンダという存在が一瞬消えたと見紛《みまご》うほどの勢いだった。あ、という声が上げたのか、それともギャラリーの誰かが上げたのか、それとも自分の声だったのかはわからない。

気がつけば、キュウリー夫人は堆積《たいせき》した落ち葉の上にがっくりと膝をつき、悔しそうにワンダを睨み上げていた。ワンダはもう相手に反撃する力が残されていないことを見て取ったらしく、悠々とした足取りでキュウリー夫人に近づいていくところだった。フウウと呻《うな》り、姿勢を低くして、ワンダがとどめの一撃を見舞おうと身構えたそのとき——。

キュウリー夫人は杖を放り出して地面に両手をついた。

十指が鉤形《かぎがた》に曲がり、落ち葉と土を握り込んでいき、それと同時に、あれは何と呼ぶのだろう、モンペとスラックスのあいだのようなズボンの尻がゆっくりと持ち上がっていった。その尻は、やがてとうとう頭の高さを追い越すに至った。要するにキュウリー夫人は、ワンダとまったく同じ恰好をしたのだ。

時間《とき》が止まった。ワンダは動かなかったし、キュウリー夫人も動かなかった。私たちも、呼吸さえ忘れて勝負の結末を待った。

負けたのはワンダだった。

ワンダは急に鼻から弱々しい声を洩《も》らして視線を外した。そのタイミングを待っていたかのように、四つん這いのキュウリー夫人がぐっと顎をそらした。ワンダはぎょくんと身を強《こわ》張《ば》らせて後退した。

そして、そのまま背を向け、ワンダは冬枯れの雑木林の中を真っ直ぐに駆けていったのだ。

私たちがワンダを見たのは、それが最後だった。

足を負傷していたキュウリー夫人は、転がっていた自分の杖を拾うと、ぎくしゃくと家のほうへ歩いていった。もちろん私たちは肩を貸したり、腕をさしのべたりすべきだったのだろう。しかし、夫人の全身に残る殺気のせいで、誰一人それができなかった。ただ、見えない手に両足を引っ張られているように、私たちはみんな、キュウリー夫人のあとに追《つ》いていった。

家にたどり着いたキュウリー夫人は自分で救急車を呼んだ。救急車はほどなくして到着したが、夫人がその中に運ばれていこうとする直前、清孝が家に帰ってきた。夫人は孫に一部始終を早口で説明し、この足が治りしだいけじめをつけてやると息巻いた。清孝のほうも、顔面を怒りで真っ赤に染め、あの野郎ぶっ殺してやる、絶対ぶっ殺してやると言った。

そう——たしかにそう言っていた。

「だからワンダを殴り殺したんだ、こいつは」

宏樹が写真を持った手で清孝を指さす。

「やってない！」

「じゃあ何やってたんだよ、朝早くから雑木林で角材持って。何をぶん殴ってたんだよ」

宏樹が一歩近づくと、清孝は歯噛《はが》みをして顎を引いた。

「ここに証拠があんだよ、証拠が」

にやりと笑って言う。

「なあ宏樹、その証拠っていったい――」

慎司が口を挟んだとき、

「俺、帰らないといけないんだ」

清孝がぼそりと呟《つぶや》いた。

「ばあちゃんに買い物頼まれてるから」

「逃げんのか」

清孝は答えず、ミズナラの幹から背中を離してこちらへ近づいてきた。

「逃げるってことは認めるってことだな。ワンダを殺したことを認めるんだな」

清孝は黙って宏樹の脇を過ぎ、雑木林の奥へと歩いていく。家に帰るには、林の脇道に出るよりもそのほうが早いのだ。

「え、どうすんの？　もう終わり？」

慎司が余計なことを訊く。

「終わりじゃない」

宏樹は顔の造作を真ん中に集めたような表情になり、清孝の背中を睨みつけながら歩いていった。落ち葉の堆積した地面には、できかけのジグソウパズルのような木洩れ日が落ちていた。

清孝の家へ着くまでのあいだに、宏樹はようやく写真を手渡してくれた。それを見た瞬間、私はぎょっとした。慎司も隣から写真を覗き込んで、やはりぎょっとした。先ほど宏樹が親指で隠していた部分には、丘の上からつづく細い水の流れが写っていたのだが――。

「これ、血？」

その水が、真っ赤に染まっていたのだ。

「ああ、ワンダの血だよ」

私たちの先を歩く宏樹が、前を向いたまま低い声で言った。

「清孝が角材で殴り殺した、ワンダの血だ」

（二）

「キヨがそんなことするはずねえだろが！」

上がり框《がまち》に座り込み、生命保険か何かのパンフレットで顔を扇《あお》ぎながら、キュウリー夫人は私たちを鋭い目で睥睨《へいげい》した。ヤクザの御上《おかみ》さんみたいに、必要以上に片膝を高く立てている。

「でも」

と宏樹が口をひらいたが、夫人の声がすぐさまそれに被《かぶ》さった。

「でもへチマもあるかい！　キヨはな、お勝手の油虫《あぶらむし》だって殺せねえんだ。それがおめえ、犬を殴り殺したりできるはずがねえだろが！」

五線譜に書いてあるクレッシェンドという記号を私が知ったのは中学に入ってからのことだが、キュウリー夫人の声にはいつも強烈なクレッシェンドがかかっていた。

「ばあちゃん、もういいよ。俺、買い物行ってくる」

「よかね！」

ね、の声と同時に夫人は框の端をばしんとやる。

清孝は玄関の三和土《たたき》に立ち、私たちはその背後、引き戸の外側にずらりと並んでいた。雑木林の端にある清孝の家だが、もちろん玄関はちゃんと道路に面している。乾いた路面のアスファルトが太陽を白く跳ね返し、互いにくっつき合って立つ私たちの顔はすっかり火照《ほて》っていた。首の脇をつるつると汗が流れ落ちていく。

さすがの宏樹も、まさかキュウリー夫人を目の前にして清孝の罪を追及したわけではない。しかし、家に着く直前まではしつこく追及していた。それをキュウリー夫人の地獄耳が聞きつけ、清孝がただいまと玄関の引き戸を開けたときにはもう、上がり框に座り込んで私たちを待ち受けていたというわけだ。

清孝には両親がいない。父親はずっと前に離婚して町を出ており、母親も二年生のときに病気で死んでいる。それ以来清孝は母親の母親――このキュウリー夫人と二人きりで暮らしてきたのだ。どうやって生計を立てていたのか、訊いたことはないが、たぶんキュウリー夫人の年金しか収入はなかったのではないだろうか。

キュウリー夫人は私たちの顔を順繰りに睨《ね》めつけた。首の汗が、その動きで皮膚の皺の中に滲《にじ》んだ。夫人の目は私の顔の上で、ほかの連中を見たときよりもほんの少しだけ長くとどまった。キュウリに爪の先を刺したような、尖った目だった。これまで町を歩いたり、雑木林で遊んでいるときに行き合うと、彼女は私に「暑《あち》ぃね」とか「寒《さみ》ぃね」などと声をかけてくれ、私もそれに頷いたりしていた。私は夫人を手ひどく裏切ってしまったようで、黙って目をそらした。短い廊下の脇にある部屋の襖《ふすま》は取り外されていて、敷きっぱなしの布団と、カクカクと危なっかしく首を振っている扇風機が見えた。

「角材で犬を殴り殺したぁ？　その血があすこの水に混じり込んだぁ？」

キュウリー夫人はやけにゆっくりと、詩でも吟唱《ぎんしよう》するように言ってから、いったん言葉を切った。首の蝶番《ちようつがい》が壊れたようにカクンと下を向くと、そのまま沈黙してしまったので、どうしたことかと私たちは顔を覗き込んだ。するといきなりまた顎を振り上げて吠えたので、私たちは飛びすさった。

「馬鹿言ってんじゃやね！」

「あの、じゃあ、あのこれは、何なんだですか」

変な言葉遣いをして、宏樹が決死の覚悟といった動きで歩を踏み出した。耳たぶを赤くしながら、手にした写真をキュウリー夫人に差し出す。夫人はキュウリのような顔を、スーパーでは売ることができないくらいにひん曲げて写真に目を落とした。唇は力を入れすぎて、への字になっていた。――が、そのうちに、眉根と鼻先に寄っていた皺がだんだんと消えていき、それにつれて顔が徐々に真っ直ぐになり、いつしか夫人は唇をすぼめて真剣に写真に見入っていた。

「俺のおと、ぉお父さんが丘の上で清孝を見た、そのあっ、朝の写真です。それ、ぜったい血だですよね。ワン、ワンダの」

ぐっと顎をそらせて宏樹は言い、相手の反応を待つ。

キュウリー夫人はなおもしばらく写真を注視していたが、やがてふと顔を上げて清孝を見た。その表情には僅《わず》かに不安げなものが混じっていた。しかしそれを無理にまた怒りの表情で覆《おお》い隠すと、夫人は宏樹に写真を突っ返した。

「絵の具かペンキか、何だか知らねえがそんなもんだろうが、こんなの！」

「じゃ、きよ清孝に訊くですよここで。そそれがいちいちばん早いんだですから」

おい、と夫人の手前に立っていた清孝に向き直ると、宏樹の言葉遣いは元に戻った。

「お前、丘の上で絵の具とかペンキを水の中に流したのか？　流したんならそう言えばいいだろ。流したのか？」

清孝は下を向き、ぼさぼさの頭頂部を私たちに見せていたが、やがてその恰好のまま首を横に振った。宏樹はふんと相手に鼻息を吹きつける。

「じゃ、やっぱりワンダの血なんだ」

清孝の頰のあたりが、痛みでも走ったかのように強張ったかと思うと、こちらに向けられた頭部が細かく震えはじめた。

泣く、と私は思った。

しかし私がそう感じたのは、きっとその頃、自分自身が弱かったからなのだろう。追い込まれた子供はみんな、もうそれ以上追い込まれたくないときに、顔を覆って涙を流すしかないと思い込んでいたからなのだ。

清孝は私よりもずっと強かった。

「……血だよ」

そのときの私が、まだ存在さえ知らなかった強さを持っていた。

「そうだよ、血だよ！　ばあちゃんの敵《かたき》とって、俺があの犬をぶっ殺したんだよ！」

真っ直ぐに正面を見据え、私たちの鼓膜《こまく》がびりびりいうほどの声でそう叫ぶと、清孝は大きく一歩踏み出して宏樹の目の前まで進んだ。そのときの清孝の身長が、急に三十センチも伸びたように私には見えた。相手のすぐそばに立ったにもかかわらず、清孝は先ほどよりも大きな声で「そこどけ！」と叫んだ。

「俺は買い物に行くんだ！　おかずとか、トイレの紙とか、石けんとか、お前たちがいつもお母さんに買ってきてもらってるものをこれから買いに行くんだ！　ばあちゃんはスーパーまでだって歩くのは大変だから、俺たちよりずっと長いこと生きてるから、足だって腰だって、俺たちと同じことしても、俺たちよりずっと、何倍も何倍も疲れるから、だから俺が行くんだ！」

清孝はもう一度息を吸い込むと、相手に平手打ちでも喰らわせるような勢いで、それまでいちばん大きな声を宏樹にぶつけた。

「どけ！」

宏樹はどいた。

清孝は相手の動きを目で追うこともせず、障害物の消えた進路に淡々と歩を踏み出した。

「キヨ、なあ――」

上がり框のキュウリー夫人が、細いはずの目を広げて何か言いかけたが、清孝は後ろ手に戸をぴしゃりと閉めた。その背中は白いアスファルトの路面をぐんぐん遠ざかっていき、遠くに見えていた逃げ水を踏みつけるようにしながら、みるみる小さくなっていった。

そして、角を曲がって消えた。

引き戸の向こうで、キュウリー夫人がぼそぼそと何か呟いた。それからだいぶ経《た》って、力を込めたのと溜息《ためいき》をついたのと半々のような息づかいが聞こえ、夫人が身を起こす気配があった。こちらへ出てくるかと思ったら、気配はそのまま奥のほうへ消えていった。

(三)

証拠を見つけてやるなどと宏樹が言い出したのは、清孝の迫力に呑まれたことが悔しかったからに違いない。

「あいつは、丘の上のどっかにワンダの死体を埋《う》めたんじゃないかと思う。ワンダはけっこう大きかったから、遠くまで運ぶのは大変だし、運んでる途中で人に見られる可能性もあるからな」

その丘の上に、私たちは立っていた。私たちというのは私と宏樹と慎司の三人だ。ほかのクラスメイトたちはみんな、清孝が買い物に出かけていったのを機会《しお》に、昼ご飯を言い訳にしてそれぞれの家へと帰っていた。

地面には一本の細長い凹《くぼ》みがあり、丘の下までつづいている。写真の中で赤い水が流れていたあの凹みだ。夏場は水が流れていることはほとんどなく、いまもそこには無精髭《ぶしょうひげ》のように雑草が顔を出している。湿った土の上を、黒蟻《くろあり》が大勢で油蟬を引き摺《ず》っていくのが見えた。

「証拠なんて見つけないでも、自分で殺したって言ったんだからいいんじゃないの?」

蚊に刺されたらしい顎をぼりぼり掻《か》きながら、慎司が能天気なことを言う。

「あんなの白状したことになるかよ。買い物に行きたいからって、適当なこと言っただけに決まってんだろ」

遠くまで聞こえるよう、宏樹はわざと大きな声を出した。私はそっと視線を転じて丘の下を見た。清孝の家の、さっき布団や扇風機が見えたあの部屋の窓から、キュウリー夫人がこちらを睨み上げている。

周囲には青々と葉を茂らせたヤマザクラがぽつぽつ生えていて、足元では落ち葉が苦い匂いを立ちのぼらせていた。その落ち葉の隙間から、白いものがひょろりと顔を出している。

何かと思えばユウレイタケだ。

「ユウレイタケって、腐ったものに生えるんだよな」

慎司がまた余計なことを言う。宏樹は頭をぴんと立てて表情を止めたかと思うと、明らかにいま気づいたくせに、勝ち誇ったように頷いた。

「そうだ、このユウレイタケこそ、清孝がここにワンダを埋めたっていう証拠なんだ。だからまずはユウレイタケが生えてるところを掘る」

「でも、どうやって掘んの？　シャベルとか何もないじゃん」

宏樹は首を横に振り、ユウレイタケのすぐ脇に勢いよくスニーカーの踵《かかと》を打ち下ろした。踵は地面に深くめり込んだ。

「そんなに地面は固くないから、足で十分掘れるさ」

というのは宏樹の思い込みで、踵で抉《えぐ》ることができたのは上のほうだけだった。何度かざくざくと踵を振り下ろしていくうち、すぐに固い部分に行き着いてしまい、穴はそれ以上まったく深くならなかった。

「どうすんのよ？」

「木の枝か何かで――」

言いながら宏樹は周囲を見渡したが、手頃な木の枝は落ちていない。もちろん板きれも空き缶も空き瓶も落ちていなかった。しかしそこで、困り果てた宏樹に助け船を出した者があった。

「おい！」

意外なことに、それは丘の下のキュウリー夫人だった。

だしぬけに声が飛んできたので、私たちは一斉《いっせい》に振り向いた。いつのまにか家から出てきていたキュウリー夫人が、錆《さ》びたシャベルを片手に立っている。

「掘るんなら徹底的に掘ればいいだろが！　どうせ何も出てこねえだろうけどな！」

夫人は手にしたシャベルを私たちのほうへ放った。危ないと思ったのか、それともシャベルが重たかったのか、それは私たちのずっと遠くに落ちた。夫人はそのまま踵《きびす》を返し、両肩に力を込めたような体勢で家の玄関へと戻っていく。

「掘ってやるよ、徹底的に」

口の中で呟きながら宏樹がシャベルを拾いにいった。戻ってくると、重みや感触を確かめるように、何度か両手でシャベルの持ち手と柄《え》を握ったり放したりしてから、やる気まんまんといった感じで顔を上げる。

「はじめるぞ」

そして、宏樹はワンダの死体を見つけるべく地面を掘りはじめた。ざくざくとシャベルの先が地面を掘り起こすごとに、湿った腐葉土の臭いが鼻をついた。汗だくになって、宏樹はユウレイタケが生えていた場所を中心に、つぎつぎ穴を掘っていった。途中で息が切れてくると、見かねた慎司が「代わろうか？」と声をかけた。宏樹は素直に頷いてシャベルをゆずった。やがて慎司が疲れると、また宏樹が自分で穴を掘りはじめた。二人のシャツの背中は汗だくになった。それほど広くもない丘の上が穴ぼこだらけになるまで、彼らはけっきょく四度ずつシャベルを手にした。大勢で同時に大根でもおろしているような蟬しぐれが、周囲からひっきりなしに響いていた。

そのあいだ私が何をしていたかというと――何もしていなかった。

腹が減ってきたのを意識しながら、ただぼんやりと二人のそばに立っていただけだ。丘の下にはずっとキュウリー夫人の目があった。部屋の中から、彼女は網戸越しに私たちを黙然《もくねん》と睨み上げていた。私はつねに彼女に背中を向けるようにして立ち、顎を上げ、ここからでは見えもしない女恋湖を眺めているようなふりをしていた。――何度か、それとなく振り返って夫人を見てみたら、その表情はどこか不安げだった。それに気づいたとき私は、彼女が私たちにシャベルを投げてよこした理由がなんとなくわかったように思えた。

土の下からは何も出てこなかった。

汗にまみれ、泥だらけになった宏樹が、おずおずとシャベルを返却しに行ったとき、キュウリー夫人はまた最前の余裕を取り戻して不敵な笑みを浮かべていた。

「これでわかったか！」

宏樹は何も言わなかった。

私たちは頭を下げるような、頷くような、中途半端な仕草を残してキュウリー夫人に背中を向けた。蟬が濁った声を短く上げながら、木のあいだを飛び移った。

途中までいっしょに家路をたどりながら、宏樹は吐き捨てるような言い方で、「清孝のやつ、ワンダの死体を食ったのかもしれない」などと馬鹿馬鹿しいことを呟いた。

「あいつ貧乏で、ふだん肉とか食えねえから」

「まあ、食ったら死体はなくなるわな」

どうでもよさそうに言葉を返し、慎司は土で汚れたTシャツの胸を持ち上げてぱたぱたと風を入れていた。

思えば私はそのときすでに、夜になって自分が胸に抱えるであろう思いを予感していた気がする。

その夜、私は夏掛けの布団を腹にのせて闇を見つめていた。襖の向こうから、両親の見ているテレビの音があぶくのように響いてくるのを聞きながら、強さというものについて考えていた。

玄関先で大声を出した清孝は、強かった。

両親がいなくなり、清孝はキュウリー夫人と二人で、これまでとても裕福とはいえない生活を送ってきた。いつか教室で女子生徒のランドセルから臨海学校の費用が消えたときは、クラスメイトたちの視線が意地悪く清孝の顔に集まった。午後になってその女子生徒の母親が、娘が忘れていったと言って金の入った封筒を届けに来たけれど、清孝に謝った者は一人もいなかった。強いから、清孝はこれまでそんな辛《つら》さを我慢してこられたのだろうか。それとも、辛いから強くなったのだろうか。

清孝はワンダの死体を食べたのだ、などと言って嫌な横顔を見せた宏樹は、とても弱かった。

清孝が犬を殺したりするはずがないと言い切ったときのキュウリー夫人は強かった。いっぽうで、私たちにシャベルを投げてよこしたときの彼女は弱かった。丘の上の土が掘り返されていくのを、網戸の向こうからじっと見ていた彼女もまた、弱かった。

しかし、誰よりも弱い人物がいたことを私は知っていた。それは、今日の午後の出来事をただ見守っていただけで、胸の中で舌打ちをしたり溜息をついたり、キュウリー夫人から目をそらしたりしながら何もしなかった、私自身だった。

――ばあちゃんの敵とって、俺があの犬をぶっ殺したんだよ！

清孝の声が、あれから耳の奥で何度も繰り返されていた。

――おかずとか、トイレの紙とか、石けんとか、お前たちがいつもお母さんに買ってきてもらってるものをこれから買いに行くんだ！

あのとき私は、どんな顔をしていただろう。大声を上げる清孝を前にして、どんな顔をしていただろう。

唐突に、鼻の奥がつんと痛くなった。暗がりの中に浮かんでいた電灯の豆電球が、視界の中心でじわりと滲んだ。強く両目を閉じると、咽喉《のど》の奥に涙の味がし、いまこうして布団の中でじっとしていることが、どうしようもなく恥ずかしく思えた。その恥ずかしさはやがて部屋中にたちこめていった。

人を何らかの行動に駆り立てるのは、たいていの場合、意欲などではなく羞恥《しゅうち》だ。実際、そのとき私が布団の上に起き直り、遠くに虫の音を聞きながら頭を働かせはじめたのも、あまりの恥ずかしさに耐えきれなくなったからだ。

清孝はワンダを殺してなどいない。そのことはもう、わかっているつもりだった。何故なら強い人間は犬を角材で殴ったりしないから。では、宏樹の父親がユウレイタケの写真を撮っていた朝、清孝はいったい何をやっていたのか。どうしてそれを私たちやキュウリー夫人に言わないのか。地面を踏み鳴らす音と、何かをがつんがつん叩く音。そして写真に写っていたあの赤い水は何だったのだろう。丘の上から流れていた赤い水。——丘にはヤマザクラが何本も生えていた。あれはもしやサクランボの汁だったのではないか。いや、冬に実がなるはずがないし、そもそもヤマザクラの実はそんなに大きくならない。では絵の具？　ペンキ？

いつのまにか、私は眠っていた。

朝になって目を覚ましてみると、無意識にそうしたのか、あるいは母がやってくれたのか、いつもどおり枕に頭を載せ、きちんとした恰好で寝ていた。そのことに、私はまた傷ついた。

（四）

居間の座卓に向かって座り、目玉焼きをトーストに載せていたら、朝なのに天井の電灯が点《つ》いていた。窓の外に目をやってみると、雨気《あまけ》を含んだ灰色の雲が、地面を押しつぶすように広がっている。

「花火大会、やるのかしらね」

「まあ……午後の天気しだいだろうな」

母と父も、それぞれ外を見た。父の前にはいつものように朝刊が広がってはおらず、かわりに一冊の薄っぺらい冊子が置かれている。ひらかれたページには、花火のカラー写真が載っていた。それは父のほうから見ても、座卓の反対側に座っている私のほうから見ても、ほとんど同じ写真と言ってよかった。画面の上下に、白ごまを同心円状に散らしたようなものがそれぞれ写っているのだ。それは夜空に打ち上げられた花火と、湖面に映る花火だった。どうやらこの町の花火大会を写したものらしい。

「見るか?」

私が写真を眺めるのに父が気づいた。

「それ何?」

「広報誌だよ、町の」

父は広報誌をこちらへ滑らせると、私の真似をして目玉焼きをトーストに載せた。

「あなたまでそんな食べ方して」

私は花火の写真をぼんやりと眺めた。ひょっとすると、これも宏樹の父親が撮ったのかもしれない。この町に、ほかにカメラマンがいるとは聞いたことがないから。いや、聞いたことがないだけで、探せば案外いくらでもいるのだろうか。写真の下を見てみると、細かな字で、撮影者として知らない人の名前が書いてある。宏樹の父親ではなかったようだ。そしてその名前の脇には――。

「お父さん、イソって何？」

「イソ？」

「イソ200」

「何だそれ」

「ここに書いてあるから。イソ200、エフ22、一月八日」

父はほんのちょっと私の手元を覗き込む仕草をしただけで、軽く首をひねって「日付とか、時間だろ」と明らかに適当なことを言った。

ページを捲《めく》ってみる。まだ花火の写真がつづいている。その先数ページに渡って、写真は掲載されていた。どれも女恋湖の花火大会を写したものだ。それぞれ撮影者は違うらしい。同じ花火大会を撮影したものだというのに、花火の様子は撮る人によってまったく異なっていた。最初のやつみたいに、真っ暗な背景に白ごまを散らしたようなものもあれば、山や建物の窓明かりがはっきりと写り込んでいるものや、花火が点でなく線で写っているものもある。線で写っていたほうが、どちらかというと私の好みだった。

最後に大きく載っていた写真がいちばん綺麗で、私の目を引いた。画面のちょうど真ん中から、上下に向かってオレンジ色の線が真っ直ぐに伸びていき、どちらもある地点でウニのようなかたちの強烈な光となり、そこを中心に、周囲に無数の細かな線が弧《こ》を描いて広がっている。上半分が空、下半分が湖面なのだろうが、それを知らなければきっと万華鏡の中でも撮影したかと思うだろう。

写真の下にあったのは、宏樹の父親の名前だった。

脇にはやはりアルファベットと数字が書いてある。

「イソ50、エフ11、10」

そう声に出して読んでから、私はさっき「一月八日」だと思った「1／8」は、本当は「八分の一」だったのではないかと思った。同じところに、今度は「10」と書いてあったからだ。ここは日付でなく、何か大きさや程度を表しているのではないか。しかし、何が八分の一や十なのだかわからない。「ISO50」も「F11」も意味不明だ。

そのとき私が広報誌を放り出して朝食に取りかからず、母に早く食べなさいと言われてからもそれをじっと見つめていたのは、どうしてなのだろう。自分で意識しないまでも、すでに何かひらめいていたのだろうか。それはいまでもわからない。とにかく私はトーストに手をつけないまま、宏樹の父親が撮ったその写真に長いこと見入っていた。花火の光。打ち上げた瞬間から花ひらいたあとまで、すべて途切れることのない線で写り込んでいる花火。

昨日の写真。

ワンダの血だと宏樹が言っていた、あの赤い水。

「ほら、早く」

二度目に母にせかされたとき、私は言われたことを忠実に実行した。目玉焼きの載ったトーストを無理やり半分に折り、目を白黒させながら飲み込むまで、たぶんものの十秒もかからなかった。シャツとズボンを身につけて玄関を駆け出るまでは四十秒くらいだった。

(五)

高価《たか》そうな木製のドアの向こうから、宏樹はものすごく迷惑そうな顔で出てきた。

「何だよ、いまモーニングコーヒー――」

「写真、昨日の写真!」

もう一度見せてくれと言うと、宏樹は急に両目を見ひらいて私の口に掌を押しつけた。

「馬鹿、お父さんに聞こえるだろ、出張から帰ってんだから」

「見たいんだよ、もう一回!」

「持ち出したことがばれちゃうよ」

「じゃ、友達がユウレイタケの写真を見たがってるとか何とか言ってよ」

諦《あきら》めずに食い下がると、玄関先で問答をつづけていたらかえってまずいと判断したのか、宏樹は舌打ちをしながら「ちょっと待ってろ」とドアを閉めた。

しばらくしてドアから出てきたのは、もじゃもじゃ頭に切り株のようなかたちの口ひげという、いかにもカメラマン然とした宏樹の父親で、私の顔を見ると「おほっ」と言って笑った。

「何だ、友達ってのは利一くんか。写真に興味があるのかい？」

まだパジャマを着て、小脇にアルバムを抱えている。背後で宏樹がはらはらした顔を覗かせていた。

「ユウレイタケの写真……とかあれば、見てみたいと思ったんです」

「あるよあるある」

宏樹の父親は嬉々《きき》としてアルバムを捲りはじめた。やがて手を止めて見せてくれたのが、まさに昨日の一枚だったので、私は思わず勢い込んだ。

「それ見ていいですか？」

「いま見せてるつもりだけど」

「じゃなくて裏——じゃなくてその、アルバムから出して」

「手に取って見たいのかい？」

「そうです、そう」

宏樹の父親はアルバムのフィルムをぺりぺりと器用に剝《は》がし、写真を私に手渡してくれた。明け方に、ほの白く烔るユウレイタケ。その後ろに流れる真っ赤な水。私は数秒それを見てから、写真を裏返した。昨日、微《かす》かに見えた鉛筆書きのメモが、そこにはある——

「ISO50, F11, 15」

「おじさん、この数字って何なんですか？」

「ああ、それは撮影したときのカメラ側の条件だよ。フィルムの感光度と、絞りと、シャッター速度。感光度ってのはまあ、そのフィルムがどれだけ敏感に光を感じてくれるかをあらわす数字だ。この写真はＩＳＯ50っていう規格の、感光度の弱いフィルムを敢《あ》えて使ったから、ユウレイタケがそうやって綺麗に写ってるんだよ」

「ISO」を、宏樹の父親はそのまま「アイエスオウ」と読んだ。

「一般的に使うＩＳＯ１００とかＩＳＯ２００のやつは感光度が高いけど、あんまり被写体が細密に写らない。だから細かい表現が欲しくて、色もはっきりと写したいときには、この50を使うんだ」

ただし、と宏樹の父親は人差し指を立て、説明し慣れた様子でつづけた。

「感光度が低ければ、それだけシャッターを長いことひらいてやらないといけない。低い感光度のフィルムなのに、短い時間しかシャッターをひらいてやらなかったら、真っ暗な写真ができあがってしまうからね。この写真の場合は、十五秒間もシャッターをひらきっぱなしにして撮っているんだよ。それがこの、15っていう数字だ」

それから宏樹の父親は、「F11」についても説明してくれたが、私は興奮のあまりほとんど聞いていなかった。どうにか憶えているのは、それが「絞り」と呼ばれるもので、背景をどれくらい写真に取り入れるかを決める数値だということくらいだ。

「絞りもシャッター速度も、フィルムの感光度をベースに考えて決める。だから、写真をいちばん大きく左右するのはやっぱりフィルムの感光度だね。暗い場所で撮影するときにはISO100を使う人が多いんだけど、僕はやっぱりこの50だなあ」

宏樹の父親は嬉《うれ》しそうな顔をして、私が持った写真をぽしんと指先で打った。

「花火を撮影するときなんかも、僕は必ず50のフィルムを入れてるよ。たとえば昨日配られた広報誌の――」

それは見ましたと言って私は写真を返却した。

「どうもありがとうございます。すごく勉強になりました」

上手《うま》い言葉を考えている余裕がなかったので、私は早口でそれだけ言い残し、その場を立ち去った。


笑っても怒ってもいない、完全な無表情で、清孝は私を迎えた。

私は謝りはしなかった。彼の家の戸を叩き、彼に呼びかけたことで、もうけっこうな勇気を使ってしまっていて、素直な謝罪の言葉を口にするだけの勇気が残っていなかったのだ。

謝罪のかわりに、私は質問をした。

「おばあさんに、花火を見せたかったんでしょ？」

玄関口で私を見つめる彼の目が、すっと大きくなった。

「冬の花火大会の――」

清孝の手が、つい先ほどの宏樹の手と同じように素早く私の口を塞《ふさ》いだ。一日に二度も口を塞がれたのは、思い出せるかぎりその日だけだ。

「何だキヨ、また昨日の連中か！」

奥からキュウリー夫人のダミ声が飛んでくる。清孝は「大丈夫」とだけ返し、私の口を塞いだまま、頭を引っ張るような恰好でぐいぐい雑木林のほうへ連れていった。

「利一、お前どうして――」

「花火の写真を見て気がついたんだ」

曇り空の下、雑木林は蒸し暑かった。むせ返るような草の匂いと、大きくなったり小さくなったりする蟬の声の中で、私は清孝に自分の考えを話した。

半年前の冬の朝、宏樹の父親はユウレイタケの写真を撮った。そのとき父親は、ＩＳＯ50という弱い感光度のフィルムを使い、花火の写真を撮るときのように、シャッターを長い時間ひらきっぱなしにして撮影した。ユウレイタケは細かい部分まで鮮明に写ったが、そのかわり、背景のある箇所で、水が赤くなって写るという現象が生じた。水が赤くなった理由は、たとえば花火が光の点でなく、光の線で写るのとまったく同じで――。

「葉っぱ？」

清孝が訊き返し、私は頷いた。

「そう、清孝が角材で枝を叩いて落とした、ヤマザクラの葉っぱだったんだ」

ヤマザクラは、冬になると真っ赤に紅葉する。カエデやモミジもかなわないくらい、すべての葉が本当に真っ赤に色づく。清孝はあの日、ワンダとの死闘で足を負傷し、花火を見に行くことができないキュウリー夫人のために、丘の上のヤマザクラの葉をはたき落としたのだ。家の窓からでも、花火が綺麗に見られるように。

昨日、丘の上から女恋湖のほうを眺めたとき、私は清孝の家に背中を向ける恰好になった。つまり清孝の家の窓からは、花火がちょうど丘の向こうに見えるということだ。あのヤマザクラの葉があるのとないのとでは、花火の見え方はまったく違ってくることだろう。

だから清孝は、ヤマザクラの葉をはたき落とした。角材で枝を叩いて。枝から落ちたヤマザクラの葉は、あの細い水の流れに入り込んだ。たくさんの赤い葉が流れていくところを、丘の下で、宏樹の父親のカメラがたまたまとらえた。シャッターを十五秒間もひらきっぱなしにしていたので、水面の葉が、一つの赤い流れとなって写った。

「そっか……葉っぱだったのか」

腕を組み、清孝は唇を曲げて頷いた。赤い水の正体には、どうやら清孝も気づいていなかったらしい。

「清孝はそれを、おばあさんに秘密でやりたかったんだよね」

葉の除去作業を昼に実行すれば、家の窓からキュウリー夫人に見られてしまう。夜はあたりが真っ暗なので上手く葉を落とすことができない。

「だから、早起きしてやったんでしょ？」

清孝は答えなかった。答えないということが、私の言葉を認めるという何よりの意思表示だった。違うことは違うと、彼は相手の目を真っ直ぐに見て言う人間だから。

「お前、いまのこと――」

だいぶ経ってから、清孝はぼさぼさの前髪のあいだからじろりと私を見た。

「みんなに言うなよ」

「言わないよ」

昨日、あれほど妙な勘違いをされても、清孝は本当のことを言わなかった。ワンダを殴り殺していないのなら何をやっていたのだと訊かれても、絶対に真実を喋ろうとしなかった。あれもきっと、一つの強さだったに違いない。言わないという決心を、自分で胸に埋め込んだその決心を、清孝は最後まで守り通したのだ。

「ばあちゃんにもだぞ」

「わかってる」

私もまた、その強さを真似ることにした。

もちろん、本当は話したかった。宏樹にも慎司にも、ほかのみんなにも、自分のちっぽけな脳みそが偶然に発見したこの真実を伝えてやりたかった。キュウリー夫人にだって説明してあげたかった。しかし、私にその権利はない。いくら口がむずむずしても、いくら宏樹の清孝に対する態度に腹が立っても、絶対に黙っていなければならない。清孝から話していいと言われるまでは、絶対に。

それから清孝は、お勝手の棚を直さなくちゃならないからと言って家に戻っていった。うつむき加減に足元の雑草を踏みつけて歩きながら彼は、一度だけ振り向いて私を見た。その口もとが、何か言いかけたように僅かに動いたが、けっきょくそのまま背中を向け、玄関を入っていった。

私はキュウリー夫人の部屋の窓に目をやった。網戸の向こうに、こちらを向いた夫人の長細い顔があったので、ぎくっとした。しかし、この距離ならば私たちの会話《やりとり》は聞こえていなかっただろう。

窓辺に近づき、私はキュウリー夫人を見上げた。彼女にも、私は謝らなければならない。しかし清孝を前にしたときと同様、私の口からはどうしても謝罪の言葉は出てこなかった。申し訳ないことをしてしまったとき、ほんの一日経っただけで、それを謝るのがとても難しくなることを私は知った。

「今日、花火――」

けっきょく私の口から出てきたのは、情けないことに、まったく無意味な言葉だった。

「やると思いますか？　この天気で」

キュウリー夫人は首をひねり、眉間《みけん》に力を込めてしばらく曇り空を睨め上げていたが、やがて私に顔を戻してにやりと唇の片端を持ち上げた。

「花火なあ」

「ま、ひふてぃひふてぃだな」

町や雑木林で行き合ったときにいつも見せる、年の近い友達のような笑顔だった。


その年、私は初めて花火を真面目に見物した。

夕方になって急に雲が逃げ出した空は、どこまでも深く、その澄んだ夜空に向かって無数の光がつづけざまに打ち上げられた。眼下の湖面は巨大な鏡となり、光の数を倍にした。私は新しい花火が上がるたび、目を細めたり、逆に大きくひらいてみたりして、こちらの態度しだいで様々に印象を変える花火を楽しんだ。光は夜の中に休むことなく弾け散り、まるで新品の目玉を入れたみたいに、どこまでも鮮やかだった。どん、どん、という低い音が腹の底を打つのを感じながら、いつか花火職人になるのもいいななどと私は考えた。その頃にはもう、じつは心の中に将来の夢が生まれていたのだが、その夢と花火職人とをこっそり天秤《てんびん》にかけながら、じっと空を見上げていた。

ただし、もちろん花火が打ち上がるまでは、みんなといっしょに露店をめぐり、普段なら絶対に口にできないものを食べ、ピンボール式の籤で小型のプラスチック製ボウガンを手に入れたり、ミドリガメすくいでダッシュと出会ったりした。ダッシュはその後十数年にわたり、気のおけない友達として私とともに過ごすことになる。出会ったときは驚くほど足が速かったのに、成長するごとにのろまになっていったが、カメというのはみんなそうなのだろうか。

花火が終わったあと、慎司といっしょにカナブンを捕まえて、それぞれ持参してきていた糸を脚に結びつけようとした。しかし上手く結べず、まごまごしているうちに二人とも自分のカナブンを逃がしてしまった。カナブンたちは重い羽音を一瞬だけ響かせ、すぐに私たちの視界から消えた。こんど姉ちゃんに結び方を詳しく聞いとくからと、慎司は夜空を見上げて呟いた。

花火大会の最中、清孝の姿は見かけなかったが、たぶんキュウリー夫人と二人で過ごしていたのだろう。家の窓からでは、青々と茂ったヤマザクラの葉が邪魔をして花火は見えないから、おそらく丘の上にでものぼって、二人で同時に顔を白く光らせたり、また闇に沈めたりしていたのではないだろうか。

ついでに書いておくと、ワンダは秋が近づいた頃になってふらりと町へ戻ってきた。また私たちと遊ぶようになったし、町の人たちとも仲良く付き合うようになった。ただしキュウリー夫人の声を聞くと、ぎくりと身を硬くし、尻のあいだに尾を挟んで一目散に逃げていった。その様子を見て私は、冬の決闘が行われたあのときから、ワンダが単に動物的本能で逃げ回っていたのだと知った。

キュウリー夫人はワンダとのなわばり争いに勝ったのだ。

わたしが「嘘」という漢字について考えたのは、あの夏の終わりから二年ほど経った日曜日、母が買ってきて無理やり押しつけたフィリパ・ピアスの少年少女向け小説にルビつきで出てきたときのことだ。

右側の「虚」というのにはどういう意味があるのかと、わたしは訊いた。母が答える前に、父が朝刊から顔を上げて言った。

——何もないという意味だよ。

「うそ」という言葉に漢字を与える権利を、もし自分が持っていたとしたら、絶対にこんな字にはしないだろうとわたしは思った。

「何もない」なんて、まったく馬鹿げている。

第二章　女恋湖の人魚

（一）

「だんねんだなあ……」

　慎司はポックリの口真似をして溜息をついた。女恋湖《めごいこ》の湖畔に二人して座り込み、夏休みがあと少しで終わってしまうという話をしていたときのことだ。慎司は尻の脇から草を千切《ちぎ》り取り、指をひらいてぱっと飛ばした。

「これから正月まで、もう長い休みはございまねん」

「まだ三日あるじゃん、夏休み」

「終わったも同然なのねす」

　ポックリの口真似は夏休みに入ってから慎司の中だけで個人的に流行していた。はじめのうちはみんな笑ったが、だんだんと飽きて笑わなくなり、しかし慎司はまだしつこくつづけていた。

　私たちの目の前に広がる女恋湖は、普段とずいぶん様子が違っていた。水面が低く、水際には白く乾いた土が剝き出しになっている。私と慎司が湖畔に座り込んでいたのも、二人で脇の道を通りかかったとき、いつもと景色が違うことに気づいたからだった。退屈しのぎに自転車を停《と》め、湖へとつづく斜面を下りてみたのだ。

　その年の夏は記録的な水不足で、市の水道局からは各戸に水の節約を呼びかける文書が配られていたし、学校のプールも七月からずっと使用が中止されていた。花火大会の夜、ミドリガメすくいで私はダッシュと出会い、自宅で飼いはじめていたのだが、水槽の水を替えるのも両親の目を盗んでこっそりやっていた。

「ここ、釣りができたらいいのにね」

「魚がいないからできまねん」

「だから、魚がいればいいのにって」

　女恋湖は湖底に流れ込んでいる硫黄成分のせいで、魚も虫もザリガニもいない。水は驚くほど澄んでいるのだが、私たちにとってはやはり物足りない場所だった。

「この湖に魚がいない理由、教頭先生が言ってたよね」

「硫黄しぇいぶん？」

「じゃなくてほら、自習の時間に話してた、伝説のこと」

慎司はまた尻の脇の草を千切り、ぱっと飛ばす。風に乗って戻ってきた葉を、がに股《また》になってよけ、そのままぼんやり地面を見つめ――こっちが忘れた頃にようやく口をひらいた。

「ああ……でかい鯉《こい》の話?」

あれは夏休みがはじまる一ヶ月ほど前のことだった。担任の佐織先生が研修か何かでいなくなった午後、自習を監督しに来たのは教頭先生だった。あのころ教頭先生は、もう六十に近かっただろう。四角い顔に、窓のような四角い眼鏡《めがね》をかけ、黒くて真っ直ぐな髪を真ん中で分けて、なんとなく活字がスーツを着ているといったイメージの人だった。笑ったところを見たことがなく、校内で行き合ったときは決まって無表情で、眼鏡越しに私たちをじろりと睨み下ろす。廊下を駆けている生徒を見つけると、低い声でぼそりと注意するのだが、その声はほかのどんな先生の叱《しか》り声よりも効果があった。怒鳴られたわけでもないのに、あの低い声が耳に入った瞬間、何故だかふっと怖くなってしまうのだ。

だから、教頭先生が午後の教室に入ってきたあのとき、それまで休み時間の余韻《よいん》でやかましかった教室は、とたんにしんとなった。算数の教科書の末尾についている計算問題を、一番から順に解いていくよう教頭先生は指示した。ほどなく教室には、鉛筆が下敷きを鳴らす音だけが雨垂《あまだ》れのように響きはじめた。

――女恋湖の花火大会には、行くのか。

急に、教頭先生が口をひらいた。定規で引いた線のような、平坦な声だった。教卓の向こうに座り、先生は顔を窓のほうへ向けていた。語尾を上げなかったので、それが質問だったのかどうかはっきりせず、私たちは途惑《とまど》いの視線を交わし合った。

──女恋湖に魚がいないのはどうしてか、知っている者は？

やっと、教頭先生が顔を向けた。何人かが遠慮がちに硫黄成分のことを言ったが、先生は小さく首を横に振る。そして、事実はそうだがと前置きをしてから、女恋湖の伝説について話しはじめたのだ。

──ずっと昔、あの湖にはたくさんの魚が棲んでいた。

その中に、もう何百年も生きつづけている大きな大きな雌《メス》の鯉がいた。顔だけでもこれくらいあったのだと、教頭先生は無表情に両手を持ち上げて、肩幅以上の大きさを示してみせた。

村の漁師たちは、以前からその鯉に悩まされていた。鯉はしばしば漁師たちの釣り糸を切ったり、投網《とあみ》を破るなどの悪さをしていたからだ。

──もっとも、向こうには悪さをしているつもりなどなかったのだろうが。

その鯉が、ある日、湖のほとりを歩いていた美しい若者に恋をした。鯉は毎日毎日、若者が湖のそばを通りかかるのを心待ちにし、水中から相手の姿をじっと見つめた。やがて漁師たちの頭《かしら》であり、いちばんの腕利きの男が、そのことを知った。頭は一計を案じ、若者を自分の小屋まで呼び出した。

ここで教頭先生は、私たちが手を止めていることに気づいた。

――解きながらでいい。

しかし当時の私たちにそんな器用なことができるはずもない。どうしていいかわからず、教頭先生がふたたび話をつづけはじめてからしばらくのあいだ、みんな下を向いたり前を向いたりしていたが、そのうちまた全員が手を止めて教卓に注目しはじめた。

ある日、若者は湖のほとりに立った。水面に顔を向け、いつまでもじっとそこにいた。やがて日が暮れ、明るい月が出て若者の顔を白く照らした。ひそかに水中から若者を見つめていた巨大鯉は、その美しさに夢中になり、いつしかそっと鰭《ひれ》を動かして若者のそばへ泳ぎ寄っていた。水面すれすれまで顔を近づけ、とうとう鯉は若者と向かい合い、これまでになかったほど間近で相手の顔を見つめた。しかしそれは束《つか》の間のことだった。頭の合図で草むらから飛び出した幾人もの漁師たちが、息を合わせて投網を放ったのだ。それはこの日のために用意された、特別に強い紐《ひも》で編まれた投網だった。不意をつかれた鯉は網を避《よ》けきれず、捕らえられた。

若者の同情するような目に見下ろされながら、漁師たちによって岸へ引き上げられた鯉は、怒りと哀しみで暴れた。そんな鯉の息の根を止めようと、漁師たちは鉈《なた》を手に、肩を揺らしてにじり寄った。一人の漁師が勢いよく振り下ろした鉈が、鯉の身に突き刺さった瞬間、鯉は痛みで大きく跳ね上がった。

そのとき、身体から網が外れた。

鯉は夜の湖に身を躍《おど》らせた。

そして、二度と姿を見せなかった。

以来、鯉の怒りによって、この湖には魚がいなくなってしまったのだという。そして湖はいつしか、女恋湖と呼ばれるようになった。「恋」はもともと「鯉」という字だったとも言われるが、定かではない。

というのが女恋湖の伝説だった。大人になってから一度、私はこの話を思い出し、図書館の民話コーナーで本を捲ってみたことがある。教頭先生が話してくれた女恋湖の伝説は、たしかにその土地に伝わるものだった。

教頭先生が言葉を切ったあと、私たちはみんなそれなりの感慨に打たれて黙り込んでいた。宏樹が小声で、父親が所有している水上バイクのことを言ったが、誰も相手にしなかった。教頭先生は教壇で、視線を下げて唇を結んでいた。自分が話した内容を思い返しているようでもあったが、何か別のことを一心に考えているようにも見えた。

——でもそれは、本当ではないんだ。

急に、顔を上げた。

——これを知っている人はあまりいない。この伝説に、つづきがあることを知っている人は。

そして教頭先生は私たちに、本当の女恋湖伝説を話して聞かせてくれたのだった。

「あのあとの話……怖かったよな」

慎司は鼻の下を伸ばして自分の爪を見つめた。

本当の女恋湖伝説というのは、こうだった。

鯉が漁師たちの網から逃れ、湖に身を躍らせたあとのこと。――若者は、深い哀しみに打たれた。彼は夜な夜な湖のほとりに立ち、自分が漁師たちとともに行った卑怯《ひきょう》な仕打ちを詫《わ》びた。雨の日も風の日も、若者は湖面に向かって詫びの言葉をかけつづけた。しかし鯉は現れなかった。若者の中で哀しみと後悔はしだいに増していき、しまいには食事も咽喉を通らなくなった。それでも彼は湖畔に立ちつづけた。ある夜、もう立っていることすらできなくなり、草の上にどさりと倒れた。そのとき湖のほうから、音もなく歩み寄ってくる女がいた。全身がびっしょりと濡れ、肩口には刃物で切られたような痛々しい傷痕《きずあと》があったという。女は若者の手を取ると、そっと踵《きびす》を返し、若者とともに水の中へと消えた。そして若者と結ばれ、のちに一人の美しい娘が生まれた。

――その娘は、人魚だった。

人魚は湖で暮らしはじめた。何年も、何年も。やがて母親である鯉は、漁師にやられた傷が悪化して死んだ。若者も若者ではなくなり、年老いて死んだ。人魚は湖の中を泳ぎ回り、夜になると湖畔の洞窟に上がって美しい歌を聞かせた。怨《うら》めしそうでもあり、哀しげでもあり、何よりとても寂しそうな歌だったという。

　そんなある晩のこと。

　——その人魚が殺されたんだ。

　人魚の肉を口にした者は不老不死の力を得る。日本には古くからそういう言い伝えがあるのだと教頭先生は言った。だから村が飢饉《ききん》に襲われたとき、恐慌をきたした村人たちはなんとか生き延びようと、こぞって湖に向かった。いつものように人魚が洞窟で歌っているときに、彼らは投網を放った。それは、かつて彼女の母親に対して放たれたのと同じ投網だった。

　人魚は捕らえられ、村人たちによって首を刎《は》ねられた。

　——でも、人魚は最後の力で、湖の中へ還《かえ》っていった。

　首のない状態で、尾びれを引き摺り、人魚はぽとりと水の中に落ちた。

　そして二度と浮かんではこなかった。

　女恋湖に魚がいない本当の理由は、彼女の怒りの血が、そのとき湖全体に広がったからなのだという。

　——だからいまでも夜になると女恋湖には、髪の長い人魚の生首が、自分の身体を探してさまよっているんだ。

　計ったようにチャイムが鳴った。スピーカーから急に飛び出したその大きな音に、私たちは一斉に身体を強張らせ、私の尻はたぶん椅子から一センチほど浮いた。

チャイムが鳴っているあいだ、教頭先生は窓の外にじっと目を向けていた。最後の音の余韻が消えてからも、ずっとそうしていた。日直の男子が、号令をかけていいものかどうかしばらく迷っていたが、あんまり教頭先生がぼんやりしているものだから、しまいには小声で「きりーつ……」と言った。教頭先生はすっとこちらに顔を向け、「れー」とともに頭を下げる私たちに向かって、小さく頷いた。

「慎司、あんた今朝、お風呂の水抜いてったでしょ」

斜面の上の道で、自転車に跨《また》がって私たちを見下ろしていたのは、慎司の姉の悦子《えつこ》だった。

「ああ、暑かったからプールのかわりに入ってさ」

「何で栓抜くのよ」

「なんとなく」

「お母さんパートから帰ってきて怒ってたよ。洗濯に使うつもりだったのにって」

「抜いちゃったんだからしょうがねえだろ」

悦子に向かって舌打ちしてから、慎司は私に頭を寄せて囁《ささや》く。

「中でしょんべんしちゃってさ。その水で服洗われるの、みんな嫌だと思って」

慎司はなかなか心優しいやつだった。

悦子は私たちの自転車の脇に自分の自転車を停め、斜面を下ってくる。もともと日に焼けた肌が、太陽を背にしているせいで、もっと黒く見えた。

あの夏の悦子を、私は決まって誰よりも少年っぽいイメージで思い出す。秋の出来事をきっかけに、彼女のイメージは一新されることになるのだが、とにかく夏のあいだは、悦子は私たちよりも二つ年上の少年だった。

「リー、カナブンあげよか？　さっき捕ってきた」

悦子が突き出したビニール袋を覗くと、カナブンが四匹、不本意そうに這っている。

「どこで捕ったの？」

「王様の木」

というのは近くの樹林に生えている太いコナラで、幹のど真ん中に裂けたような大きな割れ目があり、そこから樹液をたっぷり沁み出させている。その樹液のおかげで虫がたくさん集まってくるのだが、いつもばかでかいスズメバチが一匹飛んでいて、なかなか人は近づけない。勇敢に近づいていけるのは私たちの仲間では悦子くらいのものだった。

「糸つけてくれる？」

「いいよ」

悦子はビニール袋のカナブンを一匹つまみ上げると、ショートパンツのポケットから厚紙に巻かれた木綿《もめん》糸を取り出して、くるくるとほどいた。適当な長さで歯を立てて切り、それを器用にカナブンの脚にくくりつける。私や慎司は何度やってもこれが上手くいかないのだが、悦子はもぞもぞと動いているカナブンの脚の、ちょうどいい位置に、手品のようにたちまち糸を結んでしまうのだった。

渡された糸の端を手にしてしばらく待っていると、ぶ、と短い羽音をさせてカナブンが飛び立った。糸がぴんと張り、カナブンは頭上をくるくると回りはじめ、私と慎司は口をあけてそれを見上げた。

「あれ、ここって……こんなだったっけ？」

悦子が手びさしをして湖のほうを眺めた。

「そっか、雨がずっと降ってないから水が減っちゃったのか」

悦子は湖の縁《ふち》ぎりぎりまで近づいていき、身を乗り出して湖面を見下ろした。陽を受けたふくらはぎが、焼きたてのバターロールみたいだった。

「なあ姉ちゃん、この湖の伝説知ってる？」

「おっきな鯉でしょ？」

「それもそうなんだけど、ほら人魚の話」

「何それ」

慎司が簡単に話してやると、悦子はそれほど興味もなさそうに「ふうん」と頷いた。

「そんな話があったんだ」

「あれほんとなのかな。姉ちゃんどう思う？」

はっと悦子は空を仰いで短く笑った。

「鯉が恋するわけないじゃん。でもまあ、ぜんぶ嘘じゃないかもしれないよね。大きな鯉が、昔ほんとにいたとか」

「人魚の話は？」

「そっちは嘘に決まってるよ。嘘っていうか、ただの言い伝えでしょ」

「やっぱ嘘か」

慎司はあてが外れたような顔で、またカナブンを見上げた。しばらくぱちぱちと瞬《まばた》きしていたかと思えば、ふと悦子に顔を戻して訊く。

「え、でかい鯉はほんとにいたの？」

「かもしれないっての」

「どのくらいでかい？」

「知らないって。何でも訊かないでよ」

「利一、お前そういうの見たことある？　影とかでも」

私は首を横に振った。

「もしそんな鯉がいても、大きな湖だから、なかなか見られないよ」

「え、じゃあ、いまなら見られるかな」

「何で？」

「だって、水、浅くなってるじゃん」

慎司に促《うなが》され、私は湖面に顔を向けた。少し遅れて、悦子も女恋湖を見た。

夕暮れ前、家へ向かって自転車を飛ばしながら、私は尿意によく似た疼《うず》きを感じていた。ふわふわしたような、つんとしたような感覚が、別れる直前まで湖畔で慎司と話し合っていた内容を思い返すたびに下腹《したばら》を刺激した。

——ある程度太い糸なら、暴れられても切れない。凧糸《たこいと》をほら、二重にしたりして。釣り針も普通のじゃなくて、たとえばハンガーのくるっとなった部分とか、そういうの使うんだ。

巨大鯉を釣り上げる仕掛けについて、慎司はそう提案した。餌はどうするかという私の質問には、鯉の餌なのだから「鯉の餌」がいちばんいいと言った。

——学校の池んとこに、タッパーに入ったやつがあるだろ。ガニーさんが昼休みに撒《ま》いてるやつ。

ガニーさんというのは当時私たちの小学校で用務員として働いていた男性だった。頬と顎に真っ黒な髭を生やしていて、その髭の形状がカブトガニに似ているからカブトガニさんというあだ名がつけられ、それがいつしかガニーさんとなった。

——あれを持ってこよう。たぶん夏休み中も置いてあるだろうから。

——でも、あれじゃちっちゃくない？

――相手に合わせて大きくするんだよ。ここに持ってきて、水でふやかして、団子みたいに丸めて針にくっつければいいんだ。

私たちの脳みその中で、巨大鯉はもう明確に存在しており、あとは釣るだけという状態になっていた。

――利一、じゃ明日九時な。ハンガーと凧糸は俺が用意しとくから。

――鯉の餌は？

――お前ん家《ち》のほうが学校に近いから、取ってきてくれよ。

――ダッシュの餌じゃ駄目かな。

――ダッシュって、ああカメ？　カメの餌じゃ駄目だよ、やっぱ鯉の餌じゃないと。

ここでちょっとした押し問答があったが、私は巨大鯉捕獲作戦の興奮を維持したい一心で首を縦に振り、話を進めた。

――ほかに誰か呼ぶ？

――宏樹にはいちおう電話しとく。あとで知ったらうるさそうだし。

夏休みのはじめに気まずいことのあった清孝を、私は誘ってみようかと考えていた。

――姉ちゃん、俺八時半に起こして。

――何であたしが起こすのよ。

――捕獲作戦に参加させてやるから。

——しないわよ馬鹿。

家に帰って夕食を食べると、私はダッシュに餌をやり、指を嚙ませてしばらく遊んだ。それから部屋の本棚に向かい、学研の図鑑の「魚」の巻を抜き出して鯉について調べはじめた。この図鑑はダッシュを飼いはじめるときにも世話になり、ミドリガメの飼いかたの基本や、本当の名前がアカミミガメであること、また彼らが植物食傾向の強い雑食だということを教えてくれた。

畳に腹ばいになり、「コイ」の項をじっくりと読んだ。どのくらい生きるのか、どれほどまで大きくなるのかを知りたかったのだが、そういったことは具体的に書かれていなかった。総ルビつきの説明文は、私でも知っているような内容がほとんどで、しかしちょっと怖い一文もあった。鯉は歯が強く、硬い貝類でも砕《くだ》いて食べてしまうらしい。私は索引に示されたページへと飛び、誌面にカラー印刷された「コイ」の写真を見た。下顎をだらしなく突き出し、ぽかんと目を開けた、どちらかというと馬鹿みたいな横顔の写真ではあったが、この顔がもし教壇で教頭先生が示してみせたくらい大きかったら、とんでもなく恐ろしいだろうなと思った。

歯を磨いて布団に入ってからも下腹の疼きはつづいていて、私は二度トイレに行った。二度目は何も出なかった。トイレから戻ってもなかなか寝つけず、何べんも枕を引っ繰り返した。

（二）

誰もいない学校は知らない場所のようだった。

閉まっていた校門を静かにスライドさせ、私は校舎へと入った。玄関ホールにしんと並んだ下駄箱の前を通り過ぎ、校庭に出て、そっと周囲を見回してから、校庭を斜めに横切って池へ向かった。自転車で学校に乗りつけただけでも多少犯罪者めいた気分でいるというのに、これからちょっとした盗みをはたらこうとしているのだから私の緊張はいや増した。

池といってもそれは四角いコンクリート製のプールのようなもので、家の風呂四個分ほどの広さがあり、体育館の壁際に設けられている。砂利《じゃり》を踏む自分の足音を聞きながら、私はそこへ近づいていった。静かに揺れる水面が朝の太陽を跳ね返し、体育館の壁に曖昧《あいまい》な白い模様を描いている。しかし私がすぐ脇に立ったとたん、その模様はぐちゃぐちゃに乱れた。水の中の鯉たちが、ぬらぬらした額《ひたい》を水面に突き出しはじめたのだ。鯉はみんな私の肘《ひじ》から先ほどの大きさがあり、目は狂気のように見ひらかれ、ぱくぱくと空気を噛む口はものすごく力強かった。餌の入ったタッパーは、池の縁、いつもと同じ場所に置かれていたが、私は手を伸ばすことができなかった。手を伸ばした瞬間、鯉たちが一斉に飛びかかってくるのではないか。冷たくて硬いたくさんの口が、私の剥き出しの腕めがけて競争のように集まってくるのではないか――。

「何年生だ」

いきなり大人の声がした。尻に力をこめて振り向き、相手の姿を認めた瞬間、私は全身が冷たくなった。

そこに立っていたのは教頭先生だった。ワイシャツにネクタイを締めた恰好で、じろりと私を見下ろしている。よね、よね、よね、と言葉が胸につっかえた。

「よね四年生です」

「どこから入った。校門は鍵がかかっていただろう」

「あい開いてました。だからあの、入っていいのかと思って思いまして」

教頭先生は口の中で用務員さんのことを何か呟き、舌打ちをした。

「校庭開放の日以外は、学校に入っちゃ駄目だ。知ってるだろう」

帰りなさいと言われた。

私は頷いて目を伏せた。追いかけてくる視線を耳のあたりに感じながら、大きな犬のそばを通るときのように、なるべくゆっくりと足を動かしてその場を離れた。――が、ここで夏休みのはじめに体験した出来事が私の足を止めさせた。強くならなければいけないのだ。

「あの――」

決死の思いで振り返り、教頭先生と目を合わせた。

「鯉の餌を、ちょっともらってもいいですか？」

教頭先生の表情はまったく動かなかった。いや、レンズの向こう側で、一度だけ瞬きをしたのが見えた。

「何に使う」

「餌が――」

緊張のあまり私の返答は意味不明なものとなった。

「どんなかなと思って」

教頭先生は先ほどと同じように無表情で瞬きをすると、池へ近づいてタッパーの中から餌を取り出し、私に渡した。それはほんの何粒かで、巨大鯉の餌にするには見るからに足りない量だったが、慎司や宏樹への言い訳には十分なのではないかと思われた。

「ありがとうございます」

頭を下げ、ふたたびその場を離れた。しばらく歩いてから、そっと振り返ってみると、教頭先生はまだこちらを見ていた。二度目に振り返ったときは、身体ごと池のほうを向いていた。ワイシャツの両腕を身体の脇に真っ直ぐ垂らし、騒ぐ鯉たちをじっと見下ろしているその姿は、なんだか寂しそうに見えた。

「何だそれ」

玄関先に出てきた清孝は、私が右手の掌に鯉の餌を載せているのを見て訊いた。自分がこの数粒の餌を所持している理由、清孝の家に朝からやってきた理由を、私はあわせて説明した。いっしょに行かないかという誘いに、清孝はしばらく考えてから、薄暗い家の中を振り返った。

「ちょっと待っててもらっていいか」

そう言い残し、廊下のすぐ脇にあるキュウリー夫人の部屋に入っていく。キュウリー夫人の姿はちょうど襖に隠れて見えなかった。清孝はかくかくと首を揺らす扇風機の前に胡座《あぐら》をかき、二言三言相手とやりとりをしてから、何か小さなものを受け取った。背をこごめ、両手を顔の前に持ってきて指を動かしていたかと思えば、またそれを相手に返す。どうやら針に糸を通してあげたようだ。それから清孝は家の奥に引っ込み、台所の戸棚を何やらばたばた鳴らしてから戻ってきた。

「行こう」

手には二枚の食パンと、何だろう――ビニール袋に入った黄土色《おうどいろ》の粉を持っている。訊いてみると、それは糠《ぬか》だった。

「鯉の食わせ餌は、食パンと糠を練ったやつがいちばんいいんだ。つくってやるよ」

「何でそんなこと知ってんの？」

「昔よく親父とやったから」

「昔」などという言葉を同級生が使ったことに、私はちょっとした驚きをおぼえた。

私に昔はないが、清孝にはあるのだ。

（三）

かんかん照りの日だったので、自転車から降りたとたんに頬が熱くなった。斜面の下で振り返った慎司の汗ばんだおでこが、太陽の光を映して光った。

「おう利一――あれ」

私と並んで湖畔の斜面を下っていく清孝を見て、慎司は軽く手を挙げた。宏樹はまだ来ていないようだ。

「姉ちゃん、あいつ清孝。同じクラスの」

「おはよう」

驚いたことに悦子がいた。草の上にショートパンツで胡座をかき、両手にハンガーとニッパーを持っている。私と目が合うと、彼女はすぐに視線を外した。

「子供だけじゃ危ないから、ついてきたのよ」

悦子の傍《かたわ》らにはクエスチョンマークのようなかたちをしたハンガーの頭が三つ転がっていた。

「利一、餌ちゃんと持ってきたか？」

「持ってきたけど、清孝がつくってくれるって」

「え、嘘。餌って自分でつくれんの？」

糠に水を含ませ、食パンの白い部分と練り合わせて団子にするのだと清孝は説明した。

「耳は？」

「混ぜない。耳を混ぜると、餌が浮いちゃうから」

へええ、と慎司は口をあけて頷いた。そして、耳は自分たちで食べようと言った。

釣り針のほうは悦子にまかせ、私たちはさっそく餌づくりに取りかかったのだが、ここで一つ問題にぶつかった。湖の水位が下がりすぎていて、水面まで手が届かなかったのだ。これでは糠を湿らせるための水を汲むことができない。縁に腹ばいになってみても無理だった。しかしこの問題は清孝がたちまち解決してみせた。まず糠を地面にあけ、空っぽになったビニール袋に凧糸をくくりつけると、石を一つ入れて湖に投げたのだ。ビニール袋はぼこぼこと泡を吐き出しながら沈んでいき、清孝が凧糸をゆっくり引っ張ると、水をたっぷり溜め込んで戻ってきた。

「おおお……」

私たちは同時に声を洩らした。清孝はちょっとむくれたような顔をして、地面にあけた糠を摑《つか》んでビニール袋に放り込みはじめた。私と慎司も手伝った。それから清孝にやりかたを教えてもらい、糠と食パンを練り合わせて団子をつくった。食パンをなるべく細かく千切ってから混ぜるのがコツだと、清孝は言った。太陽を遮《さえぎ》るものが何もない場所だったので、首の後ろが塩胡椒《こしょう》でもふりかけられたように痛かった。

糠と食パンがもうほとんどなくなり、地面に十数個目の団子が並んだ頃、自転車のスタンドを下ろす音が聞こえた。

無言で斜面を下ってくる宏樹の髪の毛は、相変わらずムール貝のようにぴっちりと分けられていた。

「この餌、清孝に教えてもらってつくったんだぜ」

慎司が言うと、宏樹は地面の団子を一瞥《いちべつ》し、清孝に短く視線を飛ばした。何も言わなかったが、咽喉だけが微かに動いた。清孝はちょっと相手の顔を見ただけで、また団子に戻った。

「できたよ」

悦子が声を上げた。彼女の膝先には、ぜんぶで五つの巨大釣り針が並び、二重にして強度を高めた凧糸がそれぞれの尻に結ばれていた。

そして、私たちは巨大鯉を釣り上げるべく水際に並んだ。

まず清孝が釣り針に団子餌を刺し通し、ためらいのない動きで湖へ向かって投げた。しゅっと針が鳴り、するすると凧糸が伸び、十メートルほど先でぽちゃんと水しぶきが上がった。その距離は驚くべき正確さで凧糸の長さと一致しており、清孝が左手で持った糸は、ほんの僅かなたわみを見せて真っ直ぐに張っていた。

「姉ちゃん、この糸みんな同じ長さ?」

「同じにしといた」

「じゃ、あのへんだ。あのへんに投げようぜ」

慎司の言葉を合図に、全員が湖に向かって仕掛けを投げた。ぽちゃん、ぽちゃん、ぽちゃん、どぶ。宏樹の投げた仕掛けだけが、まるでハンマーでも叩き下ろしたように彼のすぐ足先に落下した。ちゃんと遠くへ投げようとしたのだが、凧糸が絡まっていて飛ばなかったのだ。そんなものは見なかったという顔を、しようかどうか私は迷ったが、慎司と悦子が笑ったのでとりあえず笑った。真っ赤な顔をして凧糸をたぐり寄せた宏樹は、「あ」と声を洩らした。落下の勢いで、釣り針から団子餌が外れていたのだ。清孝が新しい団子餌を取ってきて、宏樹に手渡した。宏樹は無言でそれを受け取ると仕掛けにつけ直した。二度目に宏樹が投げた仕掛けは、上手く着水した。

横一列に並んだまま、私たちはそのときを待った。誰かの凧糸がぴんと張る瞬間を。いや、その前に何か先触れがあるのかもしれない。まず仕掛けが、つんつんと引かれるかもしれない。

空に雲がかかり、湖は色を濃くしていた。さっきまで水面に太陽が反射して見えなかった水草が、もやもやと姿を現している。日向《ひなた》のにおいが薄らぎ、かわって湖から、少し生臭い空気が立ちのぼってきた。あるかなしかの風が、水際に浮かんだ落ち葉をゆったりと動かし——そのときだった。

「あっ！」

突然慎司が大きな声を上げた。やると思ったとおりのことを、慎司はやる。

「ぜんぜん食いつきまねん」

誰も笑わなかった。私たちはそれぞれ自分の凧糸を注視し、風で凧糸が揺れると「引いたっ」とか「来たっ」などと言い、ときどきちょっと糸を引っ張って感触を確かめたりした。

何も釣れなかった。

何度か餌をつけ替え、仕掛けを落とす位置を変えたりしたが駄目だった。一度、昼ご飯を食べにそれぞれ家へ帰り、一時間後にふたたび集合して仕掛けを投げたのだが、私たちの凧糸はいつまでも中途半端に張ったままで、湖面は体育館の床みたいに静かだった。全員背中を丸くして、無言だった。雲は晴れて日射しが頭に突き刺さるようで、風も吹かず、嫌になるくらい暑かった。餌が悪いんじゃないかと、宏樹が三回か四回ぼやいた。悦子は昼に家から持ってきたカナブンに糸をつけて飛ばそうとしたが、あまりの暑さにカナブンも疲れていたのか、脚に糸をつけたまま草の根元でいつまでもじっとしていた。やがて悦子に忘れ去られたカナブンが、彼女のショートパンツの尻をよじ登り、また這い下りていくのを、私は胡座をかいた膝の上で頬杖をつきながらぼんやりと眺めた。

「あっちへ行ってみないか」

太陽が傾いてきた頃、清孝が不意に立ち上がった。左手に見える岩山のほうを指さしている。

「ここは、相手も警戒してるのかもしれない。よく人が来るから。岩山の向こうに行ってみよう。あんなとこ、普段誰も行かないだろ?」

行かないというよりも、行けないといったほうが正確だった。湖の左手にはちょっとした樹林がつづいていて、その樹林の縁《へり》を水際に沿って進んでいくと、小高い岩山にぶつかる。その先には、人は入り込めないのだ。何故かというと、切り立った岩肌が直接湖に突き刺さっていて、そこで行き止まりになっているからだった。

「でも、あの向こう側なんてどうやって――」

言いかけて、悦子は言葉を切った。

水位が下がったせいで、岩山の前に、人がぎりぎり通れるほどの径《みち》ができていた。

(四)

夕ご飯を食べている最中、私は口がむずむずするのを懸命に堪《こら》えていた。明日に備え、台所の戸棚から引っ張り出してきた懐中電灯は、すでに自分の部屋に持ち込んである。

「今日はまたずいぶん焼けてきたな」

麦茶のポットへ手を伸ばしながら、父が私の顔と腕を見た。

「釣りしてたから」

「釣り？　どこで」

女恋湖だって、と母がポットを父のほうへ寄せながら、相手に見せるための苦笑をする。

「あそこはしかし、魚なんていないだろう」

「いなかったね」

そう、たしかにいなかったのだ。巨大鯉はとうとう最後まで姿を見せなかったし、小魚の影さえ一度も見かけなかった。しかし私たち五人は、巨大鯉に勝るとも劣らないものを発見して帰ってきたのだ。私の口がむずむずしていたのはそのせいだった。

「釣れなきゃ、釣りも面白くないわな」

「そうでもないよ」

あの発見……私たちの前に姿を現した、あの洞窟。誰も足を踏み入れたことのない岩山の向こう側に、ぽっかりと口をあけていた人魚伝説の穴。目を閉じれば、その穴の中で見たエメラルドグリーンの光が瞼《まぶた》の裏にはっきりと浮かんでくる。

最初に見つけたのは悦子だった。

私たちはそれぞれ釣りの仕掛けを手に、湖の縁を進んでいた。王様の木の脇をスズメバチに気をつけながら通り過ぎ、やがてたどり着いた岩山の脇を一列になって抜け、とうとう未知の風景の中に足を踏み入れたそのとき、

――ねえ……あれ何？

彼女はたったいま通り過ぎたばかりの岩山を振り返っていた。蔦《つた》の絡みついた木々が立ち並び、その向こうに灰色の岩肌が覗《のぞ》いている。あたりには腐葉土の苦いにおいがたちこめ、小さな羽虫が顔の回りを飛び回っていた。さっきまで樹林全体が囀《さえず》っているように鳥の声が響いていたのに、いまは鳴き声がすっかり消えていた。

――ほらあれ……あの穴。

枯れ枝をぽきぽき踏みながら、悦子は木々のあいだに入り込んでいった。彼女の行く手は、木々の枝葉に遮られてよく見えない。

――洞窟！

悦子の短い声がし、私たちは素早く視線を交わし合った。つぎの瞬間、肩をぶつけ合うようにしながら悦子のもとへ走り出していた。悦子は岩肌に片手をついて中腰になり、そこに口をあけた暗い穴を覗き込んでいる。

穴の入り口は、中腰になった悦子とちょうど同じくらいの高さで、幅はその半分ほどだった。私たちは互いにくっつき合って彼女の左右にしゃがみ込んだ。顔を突き出すと、冷たい

空気を頬に感じた。

悦子がそっと上体を前傾させて穴の中に首を差し入れた。そのまましばらく動かなかった。やがて、少しの反響をともなって聞こえてきた悦子の言葉は、思いも寄らぬものだった。

――……光ってる。

光ってる？

穴から顔を抜き出し、悦子はどこかぼんやりした表情で振り返った。見てみろと言われ、私たちは代わる代わる穴に首を差し入れた。確かに光っていた。緑色――いや、それはエメラルドグリーンの微かな光だった。かさぶたにも似ているし、アメーバのようにも見える。何年も経ってから見た外国映画で、遠い惑星から地球にやってきた凶悪な宇宙人が緑色に光る血を流すシーンがあったが、穴の中の光は、そのときの血にそっくりだった。

――入ってみようぜ。

宏樹がぼそりと言ったが、自分では動かなかった。探り合うような沈黙があり、やがて悦子が四つん這いになって穴の入り口に上体を押し込んでいった。

――けっこう広いかもしれない。でも、暗くてぜんぜん見えない。光ってるのは、たぶん壁と……あっ！

短い叫び声とともに悦子の上体ががくんと下へ動いた。低く呻《うめ》き、小さく舌打ちをする。

――ここ、下がかなり凸凹《でこぼこ》してる。駄目だ、懐中電灯でも持ってこないと危ないよ。

——この腕時計で見えないかな。ライトつくから。

宏樹は自分のデジタル腕時計を示し、それで中を照らすのかと思ったら、腕から外して悦子に渡した。

——あ、けっこう見える。

言いながら、悦子は四つん這いでじりじりと前進していった。頭と背中が消え、腰が消え、土がついたスニーカーの踵も消えて、とうとうその姿は穴の中に完全に隠れてしまった。

——姉ちゃん、大丈夫かよ。

慎司の問いかけに、返事はなかった。私たちはにわかに不安になったが、ほどなくして悦子の尻がまた穴の入り口に覗いた。

——駄目。やっぱり、ちゃんとした明かりじゃないと危ない。

そして私たちは、明日の朝、今日と同じ時間にそれぞれ懐中電灯を持って集合することに決めたのだ。

「……気持ち悪いのか?」

箸を止めたまま前傾姿勢で顎に力をこめている私を見て、父が訊いた。私は慌てて首を横に振り、上の空で食事をつづけた。

あの洞窟は、私たちが初めて発見したものかもしれない。何故なら、普段は歩いて行けない場所にあるのだから。もちろんボートなどを使えば、これまでも行けたのだろうが、女恋湖にボートを出している人など見たことがない。そして——そう、あの洞窟が何なのかという点。それについて私たちは、入り口にしゃがみ込んだまま話し合った。教頭先生が聞かせてくれた伝説を思い出すまで時間はかからなかった。夜な夜な人魚が寂しげな歌をうたっていたという洞窟。村人たちの手によって、彼女が首を刎ねられたという洞窟。

光っていたのはヒカリゴケではないかと宏樹が言った。カメラマンをやっている彼の父親が、やはりどこかの洞窟で撮ってきたヒカリゴケの写真を、見たことがあるのだそうだ。あの緑色の光は、父親の写真に写っていたものとよく似ているらしい。家に帰るなり、私はさっそく図鑑で調べた。ぎゅうぎゅう詰めの本棚は、一冊抜き出しただけでホッと息をついたように見えた。そこに載っていた「ヒカリゴケ」の写真は、たしかに自分たちが見たものとよく似ていた。

「ごちそうさまでした」

食器を流し台へ下げ、洞窟のことを考えようとして部屋に引っ込んだとき、あっと母が声を上げた。父に何か言い、父が「そうか」と声を返すのが聞こえた。

ほどなくして部屋の入り口に父の顔が覗いた。

「お父さんもお母さんも、うっかりしてたよ。女恋湖で遊ばないようにって、市から配られた紙に書いてあっただろう。水位が下がったせいで水際の土が崩れやすくなっていて、危ないからって。あとから学校の連絡網も来たんじゃなかったか？」

「え、そうだっけ？」

と言ったものの、もちろん憶えていた。昨日だって一昨日だって、市報の注意書きや連絡網のことは思い出していたのだ。たぶん私以外の四人も、忘れていたわけではないだろう。

「今日はしょうがないけど、もう行くなよ。危ないから」

「わかった、行かない」

と答えて内心で舌を出した。

壁に寄りかかって胡座をかき、用意した懐中電灯を点けたり消したりしながら、私は翌日のことを想像して楽しんだ。そのうちダッシュがこつこつと水槽の壁に頭突きをして餌の催《さい》促《そく》をしはじめたので、立ち上がって水槽の脇から餌の箱を取り上げた。

餌を一つ食べ終えると、ダッシュはもう一つ餌を催促するために、隅まで移動してふたたび水槽の壁に頭突きをした。あまり餌をやりすぎるとよくないと、最初に餌を買いに行ったときペットショップのおじさんに言われていたので、私はダッシュの健康を考慮して催促には応じなかった。ダッシュはやがて諦め、その場で小さく口をぱくぱくさせると、甲羅を引き摺って水の中へ入っていった。私は懐中電灯を持ち上げ、なんとなくダッシュを上から照らした。

そして、いいことを思いついた。

（五）

清孝と私が二人乗りで女恋湖に乗りつけると、もうほかの三人は到着していた。

「リー、何それ」

ズボンのベルトループから吊り下げていたスーパーのレジ袋に、悦子が気づいた。袋の中に湿らせた布巾とダッシュが入っていることを私は説明した。

「何でカメなんて持ってきたのよ」

「たまには広いとこ歩かせてやろうかと思って」

というのは嘘で、じつは本当の理由があった。ゆうべダッシュを懐中電灯で照らしているときに思いついたアイデアなのだが、ダッシュは「植物食傾向の強い雑食」なのだから、ヒカリゴケを食べるのではないかと思ったのだ。ヒカリゴケを食べたらどうなるか。これはもう身体が光るとしか考えられない。全身ではないとしても、皮の薄い咽喉のあたりとか、顔だけとか、少しくらいは光るに違いない。——などと本気で考えていたのだが、私は決して当時の自分がとりわけ幼かったとも間抜けだったとも思わない。きっと、みんなそうだった。目にしたい何かや、手にしたい何かが絶対に実在すると信じられるのは少年たちの特権で、それができなくなったときに少年時代は終わるのだ。

懐中電灯という強い味方を得てみると、洞窟への侵入は予想以上に容易だった。はじめに悦子が入って内側から入り口付近を照らし、あとは適当な順番で中へ入り込んだ。

空気の温度が急に変わり、寒いくらいだった。鉱物のにおいがあたりを包み、私たちはなぜかしら無言になって、気づけば互いに身を寄せ合っていた。自分の腕と誰かの腕が触れ、そのあたたかさがありがたかった。寒さのためではなく、私たちは少々不安になりはじめていたのだ。

入り口こそ小さかったが、中は立って歩けるほどの高さがある。広さに関してはまだわからなかった。洞窟は細長く、入って少し進むと右側へ大きくカーブしていて、その先は見えない。私たちはそれぞれ懐中電灯を勝手な方向へ動かした。大きな鎌のような五つの光が、重なったり離れたりしながら壁や天井を舐《な》めるように行き来した。

「あれ……そういえばヒカリゴケがなくなってる」

慎司が言った。ドラム缶の中に顔を突っ込んで喋ったみたいに、声にはもやもやとエコーがかかっていた。

「懐中電灯のせいだよ。消したら見えるんじゃない？」

悦子の言葉で、全員が明かりを消した。しばらくは懐中電灯の余韻が目の中で水母《くらげ》のようにゆらゆらしているばかりだったが、ほどなくしてそれが消え、かわってあのエメラルドグリーンのほのかな輝きが壁や天井や地面に浮き出してきた。光の中に、みんなの身体や靴のかたちが影絵のように浮かび上がり、どういう作用なのか、洞窟は急に広くなったように感じられた。

「奥に行ってみよう」

清孝がふたたび懐中電灯を点け、足元を照らしながら離れていく。私たちもあとにつづいた。一列になって右向きの急なカーブを折れると、やがてまた洞窟は左へ曲がっていた。足元が凸凹していたので、私たちの進行はきわめてゆっくりだった。壁にもところどころに凸凹があり、そういったところを懐中電灯の光が照らすと、真っ黒い歪《いびつ》な影が蠢《うごめ》いた。なんだか巨大な化け物の内臓の中を進んでいるようで、じっと耳をすませたら、低い心臓の音でも聞こえてきそうだ。

「人魚が殺されたのって……どのへんだったんだろうな」

洞窟に入ってから初めて、宏樹が口を利いた。声を返したのは慎司だった。

「首を刎ねられてから両腕で這って湖に飛び込んだんだから、やっぱし入り口の近くだったんじゃないかな。帰りに地面をよく見てみよう」

たったいま自分たちの足が、人魚が村人たちによって無惨に首を刎ねられたその場所を踏み越えてきたのだと思うと、いよいよ鳩尾《みぞおち》のあたりがひんやりしてきた。そしてそのときになって初めて、私は自分がしんがりをつとめていることに気づいた。背後の暗闇が、強烈に意識された。

「人魚の生首……いまでも自分の身体を探してさまよってるのかな」

宏樹が余計なことを呟く。

「でもさ、人魚なんて――」

わざと軽い調子で私が言いかけたときのことだった。首筋を、何かがスルリと撫でた。いままでも鮮明に憶えている。あれは、長い髪の毛のような感触のものだった。私はぎくりと足を止めた。ほかのメンバーは何も気づかず、そのまま進んでいく。サッと振り返り、懐中電灯で背後を照らした。誰もいない。何もない。恐怖が足元から這い上り、腹を伝って胸に広がった。息を吐くことも吸うこともできなくなり、私は早く追いつこうと、みんなのほうへ向き直った。そのときふたたび私の首筋を、先ほどと同じ感触のものが撫でた。ヒッとしゃっくりのような声を上げ、反射的に片手でそこを払った瞬間、耳元に誰かの吐息をはっきりと感じた。短い、相手を威嚇するような、ハッという吐息だった。私はパニックに襲われて駆け出そうとしたが、そのとき首筋に何かが嚙みついた。いや、何かではない、それは人魚の生首だった。両目を吊り上げ、歯を醜く剝き出しにした人魚の生首が、私の首筋に嚙みついたのだ。

ギャアアアアと私は駆け出した。

「嚙まれた！　首飛んできた！　首嚙まれた！」

走りながら無茶苦茶に叫びつづけると、疑問符の混じった四人の叫び声がすぐさまそれに重なり、気づけば私たちはダアアとかワアアという金切り声を上げながら、互いを突き飛ばし合うようにして走っていた。――こともあろうに、洞窟の奥へ向かって。五つの懐中電灯の光ががくがくと前方を照らし、やがてその明かりの一つが私たちの行く手にあるものを浮かび上がらせた。

それは、長い髪の毛を生やし、尖った歯を剝き出しにした、女の生首だった。

（六）

見間違いだ。絶対に何かの勘違いだ。たとえば岩とか、壁の盛り上がっている部分。自分たちが見たのはそういったものだったのだ。洞窟から飛び出したあと、私たちはみんなでそう言い合った。しかし、ならばもう一度確認しに行こうと言う者はいなかった。

――誰かに言おう、誰か、大人の人に。

慎司がそう主張したが、私たちは賛成しなかった。

――笑われるって、絶対。それに、ほんとは女恋湖で遊んじゃいけないんだから。もういいよ、なんにも見なかったことにしようよ。

それまで聞いたことがないような心細げな声で、悦子が言った。

そして、けっきょく何の結論も出ないまま、私たちは言葉少なに別れ、それぞれの家路についたのだ。

懐中電灯の光の中に浮かび上がった、あの生首。長い黒髪が顔の左右に垂れ、恐ろしい形相でこちらを睨みつけ、捲れ上がった唇の下からは鋭い歯が覗いていた。人魚なんて実在しない。いるはずがない。だとすると、これは殺人事件なのではないか——そう言ったのは清孝だった。まったくそのとおりだ。洞窟の奥に生首が転がっていたのだから。しかし、それならば、あれは何だったのだ。私の首筋をするりと撫でた長い髪の毛は。耳もとに感じた吐息は。この肌に食い込んだ歯は。死んだ人間の首が宙を飛び、嚙みつくわけがない。私の話を聞いたほかの面々はみんな、それはコウモリだなどと勝手なことを言ったが、髪の毛を生やしたコウモリがどこにいるというのだ。母が台所で夕食の支度をしているあいだ、私はそんなことを際限なく考えていた。——頭の半分で。

もう半分で考えていたのは、ダッシュのことだった。

あろうことか、私はダッシュをあの洞窟に置き去りにしてきてしまったのだ。

腰のベルトループに引っかけておいたビニール袋がないことに気づいたのは、洞窟に背を向けて湖の縁を歩き出したときのことだった。私は慌てて周囲を探したが、どこにもなかった。洞窟に入ったときは確かに腰に提《さ》げていたのを憶えているから、ダッシュの入ったビニール袋がいまどこにあるのかは明らかだった。洞窟の中、それ以外には考えられない。叫び声を上げながら走っていたあのとき、ビニール袋はベルトループから抜け落ちてしまったのだ。

　しかし、それを取りに行くだけの勇気が、私にはなかった。

　部屋で膝を抱え、私は長いことそこに顔を埋《うず》めていた。

　口を縛っていたわけではないから、中で空気が足りなくなって死んでしまうようなことはないだろう。ダッシュはおそらく袋から這い出して、暗い洞窟の地面を歩きはじめるに違いない。奥へ行って、あの生首に食われてしまわないだろうか。いや、もっと現実的に考えたとしても、洞窟から出て、湖に入ってしまわないだろうか。あの湖の水には硫黄成分が混じり込んでいて、それが生き物にとって毒なのだという。ようやく広いところで暮らせると喜んで、のびのびと泳ぎ出した瞬間、ダッシュは痙攣《けいれん》し、ぷくぷくと泡を吐き出しながら水底に沈んでいってしまうのではないか。

　ダッシュとの思い出の数々が走馬燈のように私の頭をよぎった。花火大会での出会い。水槽の水を替えてやったこと。餌をやったこと。指を嚙ませて遊んだこと。――それくらいしかなかったが、とにかく繰り返し頭をよぎった。ヒカリゴケを食べさせ、身体を光らせてみようなどという私の身勝手な考えが、ダッシュを危険にさらしてしまった。いや、ひょっとしたら殺してしまったかもしれない。

『えええ、俺もうやだよ』

朝一番で電話をかけると、慎司は私の願いを無情に断った。

「頼むよ、きっとすぐ見つかるから。ちょっと入って、出てくるだけだから」

『ちょっとでもやなんだよ』

あの洞窟からどうしてもダッシュを連れ帰りたいので、いっしょに行ってくれと頼んだのだ。

「ねえ慎司――」

『怖いって、無理だって』

目の奥が熱くなった。昨夜の余韻で涙が出やすくなっている両目をきつく閉じ、私はできるだけ静かに声を返した。

「わかった」

受話器を置くと、部屋の静けさがしんと耳についた。父は仕事に出かけていて、母は父が持っていくはずだったのに忘れていった生ゴミを、集積所まで捨てに行ったところだった。

友達なんて信用できない。楽しいことはいっしょにやるくせに、助けを求めているときには手を貸そうともしない。目を閉じて下唇を嚙み、私は鼻で大きく一回呼吸をした。そうやって肺の中の空気を入れ換えても、胸に溜まった寂しさは少しも減ってくれなかった。

そのとき、目の前の電話が鳴った。

『お前、けっきょくあのミドリガメどうするんだ？』

気になって電話をしてみたのだと、清孝は言った。

清孝と二人で湖に到着したのは、それから三十分ほど後のことだ。

「僕が前を行くから、清孝は後ろに気をつけてて。天井のほうも、ときどき見たほうがいいと思う。いきなり飛んでくるかもしれないから」

清孝は無言で頷いた。彼は怖がっていた。たぶん、私と同じくらい。本人は隠そうとしているのだが、仕草や声色からそれははっきりと感じ取れた。私は彼の友情に打たれて鼻の奥がツンとし、泣き出しそうになるのを堪えながら、先に立って湖の縁へと踏み出した。ときおり背後の清孝にかける声は、どうしても涙声になった。

「何かあったら、一人で逃げていいからね」

「何もあるかよ」

「ほんとに急に飛んでくるから、注意してて。上とか、横とか」

「わかってるよ」

「清孝、僕――」

「もういいって」

しまいには本当に面倒くさそうに清孝が言ったとき、自転車の停まる音がした。振り返ると、涙で眩《まぶ》しく見える湖畔の斜面を、三つの人影が下りてくるところだった。

「姉ちゃんが怒ってさ」

湖の縁沿いに近づいてきながら、慎司は不機嫌そうに言った。

「友達の頼みを聞かないなんて、怒るに決まってるじゃない」

悦子は舌打ちをして弟を睨みつけた。

「何でそこで俺にまで電話してくるんだよ……」

宏樹の髪の毛が綺麗に分かれていないのを見たのは、そのときが初めてだった。

「道連れよ、道連れ」

悦子はそう言って笑ったが、両目はちっとも笑っておらず、頬も強張っていた。

「……来たんだ」

ありがとうとは、恥ずかしくて言えなかった。

そして私たちは、前日と同じメンバーで洞窟の前に立った。

「僕が最初に入る。ダッシュは、僕のカメだから」

誰も反対しなかった。私は懐中電灯のスイッチを何度かかちかちやり、電池が切れかかっていないかどうかを確かめると、洞窟の入り口をくぐった。ひんやりとした空気を肌に感じたとたん、昨日の出来事が鮮明に脳裡《のうり》によみがえった。自分の上げた悲鳴。混ざり合ったみんなの叫び声。髪の毛と歯の感触――そしてこちらを睨みつける生首。

全員が中へ入り、明かりの数が五倍になると、少しだけ落ち着いた。

「行こう」

懐中電灯を斜め下に構え、恐る恐る足を踏み出した。

ビニール袋は意外にもすぐ見つかった。少し進んだところに落ちていたのだ。あっと声を上げ、屈《かが》み込んで袋を探ったが、中に入っていたのは昨日よりも少し乾いた布巾だけだった。

腰を上げ、両手で懐中電灯を握り締め、私はふたたび前進しはじめた。馬鹿馬鹿しいことに、何度か声に出してダッシュの名を呼んだりもしたが、誰も笑いはしなかった。やがて私は右のカーブを折れた。そのまま進んだ。ダッシュの姿は見つからず、とうとうつぎのカーブまでたどり着いてしまった。

「……その奥だよな」

背後で宏樹が呟く。そう、昨日私たちがあの生首を見たのは、ここを曲がった一本道の先だった。私は前を向いて立ち止まったまま、勇気を振り絞って言った。

「みんなは、ここにいて」

それは、洞窟に入る直前から用意していた言葉だった。

「でも――」

いいから、と私は清孝を遮った。ここまでついてきてくれたお礼に、ありがとうと言えなかった罪滅ぼしに、私がみんなにできるのはこんなことくらいだった。

「そのかわり、僕が戻ってくるまでいて」

誰の顔もよくは見えなかったが、みんなが私のほうを向き、頷いたのがわかった。

私は一人でカーブの先へ進んだ。一つきりになった光は非常に頼りなく、私は両手で突き出すように懐中電灯を持ち、腰を思いっきり引き、がに股で、明るい場所で見たら誰でも笑い出してしまうような恰好で前進をつづけた。心臓が、檻《おり》の外に出ようとしている動物みたいに暴れていた。ダッシュはいない。どこにもいない。あまりに強く歯を食いしばっていたので顎の感覚がなくなり、大きく両目を見ひらいていたので眼球の表面が乾いて痛かった。いちばん奥——私たちが生首を見たあの場所まで、ダッシュは歩いて行ってしまったのだろうか。それとも、単に見落としただけで、私はすでにダッシュのそばを通り過ぎてしまったのだろうか。その可能性は十分にあった。懐中電灯の光は明るいが、小さい。

そのとき私の頭に天啓が降りた。それはまさに天啓と呼んでも差し支えないほどのひらめきだった。——明かりを消してみれば、ダッシュの姿が見えるのではないか。

私がそう考えた理由は、昨日、全員が懐中電灯を消したとき、ヒカリゴケのほのかな輝きの中に、みんなの身体や靴のシルエットが浮かび上がっていたのを思い出したからだ。あのときと同じように、真っ暗にしてやれば、地面のどこかにダッシュの姿が黒い丸になって浮かび上がるのではないか。

私は思い切って懐中電灯のスイッチを切った。明かりが消えるのではなく、闇が自分に向かって一気に押し寄せたように感じられた。が、ほどなくして、エメラルドグリーンのあの光が、壁や天井や地面にほんのりと浮かび上がってきた。

そして私は、自分の決断が間違っていなかったことを知った。

私の右足のすぐ隣で、明らかにカメのかたちをした黒いものが動いていたのだ。胸に詰まった緊張と恐怖を溶かすようにして、あたたかい安堵が広がった。私はすぐさま屈み込み、ダッシュを右手で包んだ。——と、そのとき別のものに気がついた。ダッシュが歩いていた場所のすぐそばに、親指の先ほどの大きさの何かが動いている。もぞもぞと、少しずつ移動している。何だろう。顔を近づけてみたが、ぜんぜん見えない。そんなことをしているよりも、明かりを点ければいいのだということをようやく思い出し、懐中電灯のスイッチを入れた。

「……あれ」

カナブンだった。

白い糸を、背後に引き摺っている。

どうやらこれは、一昨日悦子が家から持ってきて、脚に糸を結びつけたカナブンらしい。王様の木で捕ったやつだ。巨大鯉を釣り上げようと試みている最中、彼女のショートパンツを上ったり下りたりしていたのを憶えているが、あれがあのまま悦子にくっついていて、彼女がこの洞窟に潜り込んだときに離れたのだろう。

ふと思いつき、私はカナブンを捕まえた。そして、二つのことを試してみた。ぷらぷらと揺れる白い糸で、自分の首筋を撫でてみる。カナブンを首筋にとまらせ、尖った爪を肌に食い込ませてみる。——どちらも、憶えのある感触だった。

「これか……」

昨日、自分の首筋を撫でたやわらかい髪の毛。嚙みついた鋭い歯。どうやらあれはこのカナブンだったらしい。飛んでいたか、天井に張りついていたかして、糸だけが垂れ下がっていたのだ。耳元に感じた吐息のようなものは、ただの羽ばたきだったのだろう。

急に、勇気が出た。私はカナブンをとりあえず自分のTシャツにとまらせ、懐中電灯を前方に構えた。生首を見た場所に向かって一歩一歩進んでいき、洞窟の最奥部にそっと懐中電灯を向けた。円錐状の光の中に、昨日の生首が浮き上がった。すぱっと切って転がされたような生首。見間違いなどではなく、確かにそれは女の人の首だった。しかし、なんというか、あまりにも生首じみた生首で、吊り上がった両目に、捲れ上がった唇、尖った歯——どう見ても作りものだった。

気味は悪かったが、恐ろしいものではないことがわかったので、私はそれに触れることができた。髪の毛は、木綿糸か何からしい。顔は硬いが、これは石を削ってつくったのだろうか。ためしに持ち上げてみると、思いのほか軽かった。私は生首を胸に抱え、踵を返した。カーブを曲がると、ばらばらだった懐中電灯の光が一斉にこちらに集まり、生首を照らした。直後、耳をつんざくほどの悲鳴が四つの口から同時に上がった。

「違うよ、これ――」

という私の言葉が容易に掻き消されてしまうほどの絶叫だった。昨日は自分もいっしょに叫んでいたものだからわからなかったが、人間、こんなに大きな声が出るものなのか。どかどかと地面を鳴らして逃げていく四人の背中を、私は慌てて追いかけた。追いかける私の気配に、彼らはいっそう恐慌をきたした。ギャアとか待ってとかワアとか違うとかいう声が混じり合い、もうわけがわからなくなり、最後にはひとかたまりの団子のようになって出口付近でもつれ合った。

（七）

数分後、私たちは洞窟の前に座り込み、カナブンの悪戯《いたずら》について笑い合ったり、みんなで生首をいじくり回したり、いったい誰が何のために、といった議論を交わしたりしていた。話し合うほどに、謎は深まるばかりだった。

生首はどうやらはりぼてのようだが、全体の輪郭も目鼻も口も、非常に精巧につくってある。こうして明るい場所で見てみても、まるで本物のようだ。ずいぶん古いものであることは全体的な様子から見て取れたが、いったい誰が置いたのかというと――。

「俺たちと同じ学校の生徒だと思う」

そう言ったのは清孝だった。

「教頭先生が話してた人魚伝説のこと、俺、ばあちゃんに訊いてみたんだ。そしたらばあちゃん、知らないって言ってた。つまりあれは、そんなに有名な話じゃないんだよ。教頭先生もそう言ってただろ。だからこの生首を洞窟に置いた奴は、俺たちみたいに、授業中に教頭先生から人魚の話を聞いて、そんなことをしたんだ」

それにしても目的がさっぱりわからない。まさか私たちを驚かそうとしたわけではないだろうし――。

「おい、あそこ」

宏樹が固い声を出した。彼が指さすほうを振り返ってみると、驚いたことに教頭先生の姿があった。私たちが停めた自転車のそばに立ち、こっちへ来いと、ぞんざいなジェスチャーを見せている。

「……まずいな」

慎司が低く呟く。

水位が戻るまで、女恋湖で遊んではいけないことになっていたのだ。

私たちがもじもじしていると、教頭先生はしびれを切らしたように斜面を下り、こちらへ向かって湖の縁を進みはじめた。ここまで歩かせたら余計に怒られるという慎司の言葉で、私たちは慌てて立ち上がり、教頭先生のほうへ向かって歩き出した。途中、なんだかまずい気がして、私は生首を灌木《かんぼく》の陰に隠した。

「連絡網が回されたはずだ」

教頭先生は四角い眼鏡の向こうで両目を尖らせていた。全員の顔をじろりと順番に睨みつけ、いちばん端の私を見ると、またか、という顔をした。ワイシャツの肩のあたりに、苛々《いらいら》が募っているのが見て取れた。家に連絡されるだろうか。あとで父や母に叱られるだろうか。右手ではダッシュが甲羅から首を突き出し、空中を泳ぐように手足を動かしていた。教頭先生はそれを一瞥したが、少し眉をひそめただけで、何もコメントしなかった。

「近所の人から学校へ、子供たちが女恋湖で遊んでいると連絡があったんだ。――連絡網のことを知らなかった者は？」

並んで立たされた私たちは、誰も手を上げなかった。

「何かあってからでは遅いんだぞ。怪我をしたり、もっとひどいことが起きてからでは」

私たちは口の中でもやもやと謝罪の言葉を呟いた。きまりを守る大切さ。守らないことで生じる様々な可能性。そういったものを教頭先生は話し、最後に鼻から太い溜息を吐き出した。

「今回は、うちの人には連絡しないから、もう帰りなさい」

顔をしかめてワイシャツの襟元を引っ張り、教頭先生はちらりと真昼の太陽を睨み上げると、そのまま私たちに背を向けて斜面を上っていった。みんなじっと黙り込んだままだったが、教頭先生が一歩一歩遠ざかっていくごとに、張りつめた空気がやわらかくなっていくのがわかった。

そのとき私が教頭先生を呼び止めたのは、家に連絡されないと知って安心したからだろうか。それとも洞窟の奥を一人で探索したことで大胆になっていたのだろうか。

「先生」

みんなの顔が、何てことをするのだというように、こちらを向いた。教頭先生は斜面の途中で振り返り、眉根を寄せて私の顔を見下ろした。

「……何だ」

「この湖の人魚の話、どのくらい有名なんですか？」

質問の意味を捉えかねたのか、教頭先生は表情を変えずに私の目を見返した。

「あの、僕たち――」

みんなに向き直り、話してもいいかと目顔で訊《たず》ねると、しばし間を置いてから、全員が頷いた。

「僕たち、そこで洞窟を見つけたんです。あの岩山の裏で。先生が話してたような、湖のすぐそばにある洞窟なんです。それで、その中を調べていたら、変なものを見つけたんです」

教頭先生の眼鏡の奥で、両目がふっと広がった。

「変なもの……？」

「生首です、人魚の。いえ人魚かどうかはわからないんですけど、とにかく女の人の頭なんです。もちろん本物じゃありません。作りものです。僕たちそれを昨日見つけて、びっくりして逃げ出したんです。でもそのとき僕がダッシュ――このカメを置いてきちゃったから、今日また洞窟に入ったんです」

素早く息継ぎをして私はつづけた。

「あの話、そんなに有名じゃないんなら、それを置いたのは同じ学校の生徒かもしれないって、僕たちそんなふうに考えたんです。先生が話した人魚の伝説を聞いて、誰かが思いついて、置いたんじゃないかって。でもそれにしては、ずいぶん古そう――」

「どこにある」

急に言葉を挟まれた。

「――はい？」

「その生首だ。洞窟の中から持って出てきたのか？」

生首は岩山の向こうの茂みに隠したと私は白状した。教頭先生は顎を上げてそちらを眺めていたかと思うと、すたすたと歩いていってしまった。私たちはどうしていいかわからず、その場に突っ立ったまま先生が戻ってくるのを待った。

（八）

「昔は……もっと簡単に行けたんだ。あの洞窟まで」

ワイシャツが汚れるのも構わず生首を抱えて戻ってくると、教頭先生はそんなふうに話しはじめた。先生は背中を丸めて草の上に胡座をかき、私たちはその前に半円を描いて座っていた。

「岩山の前の土が、大雨で崩れて、行けなくなった。それまでは、いつでも簡単に歩いて行けて、ときどき子供たちが遊び場にしていた」

教頭先生は傍らに置いた生首に目線を落とし、しばらくそれをじっと見つめた。

「ヒカリゴケは、まだ生えていたか？」

私たちは頷いた。眼鏡の奥にある教頭先生の目は相変わらず尖っていたが、ほんの一瞬だけ、そこにふっと懐かしそうな色がよぎった。

「子供たちが遊び半分で剝がしてしまって、あの頃はもうほとんどなくなってしまっていたんだが……そうか、また生えてくれていたか」

教頭先生は生首を両手で持ち上げ、自分と向き合わせるようにしてまた地面に置いた。そして驚くべきことを言った。

「これは、先生がつくったんだ」

えっと私たちは口を同時にあけた。

八月の終わりの風が、斜面の上からゆるく吹いて、教頭先生の髪の毛を乱した。

「ずっと、昔のことだけどな」

それから長いこと、教頭先生は黙り込んでいた。あれはきっと、予期せぬタイミングで脳裡に広がった少年時代の光景から、なかなか目をそらすことができずにいたのだろう。

「先生は、みんなに謝らないといけない」

やっと口をひらき、教頭先生は顔を上げた。

「あれは嘘なんだ。あの人魚の話は」

そして教頭先生は私たちに、ずっと昔の話をしてくれた。

小学校時代、教頭先生には友達がいなかったのだという。放課後はいつも一人で、蝉の脱《ぬ》け殻《がら》を集めたり、いちばん長い霜柱を探したり、草野球をやっているクラスメイトたちから見える場所で一時間も立っていたりした。毎日、そんなふうにして過ごしていた。

「あんまり早く家に帰って、友達がいないことが母にばれてはいけないと思ったんだ。きっと、哀しむんじゃないかって」

教頭先生が四年生のとき、先生のお姉さんがお嫁に行った。家に、部屋が一つ余った。そこは普段、誰も使わない部屋になり、教頭先生は学校が終わると、こっそり窓から入って、そこで時間をつぶすようになった。母親が家の掃除をはじめたときは押し入れに隠れた。部屋にはお姉さんが残していった小説本がたくさんあり、教頭先生は毎日毎日、それを読んで時間を過ごした。ぜんぶ読み終わると、また端から順番に読んだ。

そのうち先生には一つの夢ができた。

「小説家になろうと思った。これだけ本を読んだんだから、きっとなれる――そんなふうに考えたんだ」

そして先生は、物語をつくりはじめた。本当は紙に綴《つづ》りたかったのだが、無駄にできる紙が家になかったので、頭の中で話をつくった。お姉さんの部屋で、夢中になっていろいろな物語を考えているうちに、二時間や三時間はすぐに経ってくれた。しかしそれでも、ときどきふっと我に返る瞬間があったのだという。そういうときは寂しくて、つまらなくて、とても哀しかったと先生は言った。

あるとき、そんな毎日を変えてくれるかもしれない、あるアイデアを思いついた。

自分が考えた話を、クラスのみんなにしてやれば、面白がってくれるのではないか。

「先生は、自分が考えた話がとてもよくできていると思い込んでいたんだ。だから、これを聞かせてやれば、彼らは自分を見直してくれるんじゃないかと思った。自分と仲良くしたいと、思ってくれるんじゃないかって」

教頭先生はわくわくしながら考えた。どんな話にしよう。クラスメイトたちの興味を引くのであれば、舞台はこの町のどこかがいい。ちょっと残酷な話のほうが、みんなはきっと面白がるに違いない。

「それでつくったのが、あの人魚の話だった」

むかし大きな鯉がいたという女恋湖の伝説に、つづきがあったことにすれば面白いのではないか。教頭先生はそんなふうに思い、一晩かけて物語を考えた。つぎの一晩で、それをみんなの前で完璧に語れるよう練習をした。そして翌日の一時間目が終わった休み時間、教室の隅に集まっていた何人かのクラスメイト——以前から仲良くなりたいと願っていた数人のほうへ近づいていき、胸をどきどきさせながら、面白い話があるんだと切り出した。面倒くさそうに自分を見返しているクラスメイトたちに、教頭先生は人魚の話をした。何度も練習したおかげで、つっかえずに喋ることができた。はじめは馬鹿にしたような顔だったクラスメイトたちの目が、しだいに熱を帯びてきた。いつしか彼らは身を乗り出し、真剣な顔つきで、息を詰めて教頭先生の話を聞いていた。

話が終わってしばらくのあいだ、誰も口を利かなかった。

「最初の感想を……誰かがそれを言い出すのを、先生はどきどきしながら待った」

しかし教頭先生が耳にしたのは、物語の感想ではなかった。

嘘つき、という言葉を一人が口にした。すると別の一人が、そうだ嘘つきだと言った。それから彼らは口々に、教頭先生を嘘つきだと言ってはやし立てはじめた。

「悔しさもあったのかもしれない。目立たなくて、いつも一人で過ごしていた眼鏡のクラスメイトの話に、夢中になってしまった自分たちが、腹立たしかったのかもしれない。でも当時の先生は、そんなことには気づかなかった。ただただ、嘘つきよばわりされたことが悔しくて、哀しくて、仕方がなかった。嘘をついて騙《だま》そうなんていう気は、ぜんぜんなかったんだ。それでもそうやって、嘘だ嘘だって笑われると——」

絶対に本当だと、教頭先生は言い張ってしまったのだという。

するとよけいにみんなはムキになり、嘘つきだ嘘つきだと言いながら、教頭先生のことを小突きはじめた。先生は哀しくなって、どうしようもなく悔しくなって、みんなに背を向けて教室を飛び出した。家に帰ってお姉さんの部屋の畳に顔を押しつけ、声を出さずに泣いた。

「そして、馬鹿なことを思いついた」

本当に嘘をついてやろう。嘘をついて、本当にしてやろう。そんなふうに考えたのだそうだ。

「それで、こんなものをつくった」

革靴の先を、こん、と教頭先生は人魚の生首にぶつけた。生首はぐらりと傾いたが、危ういところでまたもとに戻った。

納戸《なんど》や、母親の裁縫箱や、とにかく家中から材料を集め、教頭先生はお姉さんの部屋で、寝ないで人魚の生首をつくった。そして朝一番で湖畔へと走り、洞窟のいちばん奥に置いた。

それから学校へ行くと、何人かのクラスメイトに、洞窟の奥で人魚の生首を見たと言った。髪の長い、歯を剝き出しにした人魚の生首が洞窟の中にあったのだと。

「みんなも見に行ってみろ。そうすれば自分の話が嘘じゃなかったことがわかる。——そんなふうに言ったんだ」

学校が終わると、教頭先生は急いで湖に向かった。洞窟のそばの木の後ろに身をひそめ、クラスメイトたちがやってくるのを待った。生首を発見し、恐怖のあまり彼らが上げる悲鳴を、その耳で聞いてやるつもりだった。逃げ出す彼らの背中を、その目で見てやるつもりだった。

「でも……誰も来なかった。誰一人」

気がつくと、日が暮れていた。

家に帰ったら母親に叱られた。

つぎの日も、先生は洞窟のそばに隠れてクラスメイトを待った。やはり誰も来なかった。つぎの日も待ったが、来なかった。空っぽになったような気分で家に帰ると、夜になって雨が降り出した。ひどい雨だった。それから何日も何日も雨は降りつづいて、あちこちで土砂崩れが起きた。女恋湖の縁もところどころで崩れ、あの洞窟に歩いて行くことができなくなった。

「もうずっと、昔の話だ。昔々の……」

生首と向かい合い、教頭先生は黙り込んだ。眩しい夏の光が眼鏡に反射して、どんな顔をしているのかはよくわからなかった。自習の時間、教室で急に人魚の話をしはじめたときの、何か思い切ったような教頭先生の様子を私は思い出した。そして、一昨日、学校の池の前でじっと鯉を見下ろしていた寂しげな背中を思った。

やがて顔を上げ、私たち全員を視界におさめるように見ながら、

「友達は、たくさんつくりなさい」

教頭先生はそう言った。

風が吹き、また先生の髪を乱した。分けていた前髪が眉の上に垂れ、なんだか先生は若く見えた。生首の髪もひらひらとたなびいて、ふわりと草の上に下りた。私たちはばらばらのタイミングで頷いた。

「つくったら、大切にしなさい」

いつのまにか太陽は私たちの真上にあって、そのことに気づくと、なんだか真っ白で眩しい光に全身を持ち上げられているような心地になった。クマゼミが一匹、湖畔の樹林で鳴き出した。ほかの一匹がそれに声を合わせ、別の一匹が追いかけて鳴き、数秒後にはワシャワシャと樹林全体が鳴りはじめた。私たちは誰からともなくそちらに目を向け、しかし教頭先生だけは、ぼんやりと自分の膝先を見つめたまま顔を上げなかった。

「そうか……」

やがて、小さく呟いた。

「そうか……驚いたか」

そして、私たちの目の前で、やわらかくほどけるようにして、教頭先生の顔が笑った。眼鏡には相変わらず眩しい光が反射して、両目は見えなかったけれど、それは正真正銘、私たちが初めて見る教頭先生の笑顔だった。

先生の作戦は、四十数年越しに成功したのだ。

誰も、何も言わなかった。クマゼミの声と真昼の太陽に包まれているうちに、なんだか急に眠たくなってきた。そっと左右を見ると、みんな気だるそうな顔をしている。何度もふくらませたりしぼませたりした風船が、へなへなのシワシワになってしまうように、私たちは疲れ切っていたのだ。教頭先生も、口もとにほんの少し笑みを残したまま、うたた寝をする直前の人みたいに背中を丸めていた。

明日から学校なのねすと、慎司が呟いた。

「うそ」という言葉に漢字を与える権利を、もし自分が持っていたとしたら、わたしは口偏の右側にいったいどんな文字を書き添えるだろう。

「驚」、「喜」、「哀」——あの夏休み最後の日、真っ直ぐ家に帰りなさいと言い残し、静かに湖畔を立ち去っていく教頭先生の背中を、わたしたちは並んで見送った。そのときの自分の気持ちを思い出すと、「夢」などという気取った文字を使ってみたくもなる。しかし、学校の池の前で、じっと鯉を眺めていた教頭先生の背中を思うと、やはり「虚」なのではないかという気もしてしまうのだ。

そんなことを考えていたら、ふと「眩」という字を思い出した。どこかで聞いた話だと、「眩」の右側の「玄」には、暗い、とか、黒い、という意味があるのだという。どうしてそれに「目」をつけて、「まぶしい」と読ませるのだろう。

大人がつくった漢字だからに違いない——そんなふうに思う。

人間に感光度というものがあったなら、その数値はきっと、年を経《へ》るごとに減少していく。かつてわたしたちは、あまりに無防備だった。目にしたもの。耳にした言葉。おぼえた感情。あれもこれも——望まないものまで含め、眩しさとともに深く心に刻まれた。そしてそれらは、いまも色あせずにここにある。光を感じることが難しくなったいま、わたしたちは気づけば昔を振り返り、眩しさに目を細めている。

薄暗い場所から、光を見ている。

ときおりわたしは、もう一度「あの頃」を感じようとする。夜半に電灯の下に立ち、紐を引いて明かりをつける。消す。またつけて、消す。それを繰り返す。電灯が消える瞬間の、ぼんやりした余韻が、かつて自分たちを包んでいたものによく似ている気がするのだ。やわらかくて、あたたかくて、でも触れることができなくて。

もちろん、似ているというだけで、電灯の余韻はわたしの心を少しも慰《なぐさ》めてはくれない。

それでもときおり、夜半に紐を引く。

第三章　ウィ・ワァ・アンモナイツ

（一）

「慎司慎司慎司、んふっ慎司ちょっと、大きい牡蠣《かき》ばっか取らないでよ」

「えぇ？　えへぇ？　俺そんな、大きい牡蠣ばっか取ってないけどぉ？」

「いひひふふ、いま取ったやつだって大きいじゃんかよ、それ、ほらそれぇ」

「そんなことはございませんねん！」

「ポックリ！」

「うふぅ！」

などと私たちが異様な高揚状態で牡蠣鍋をつつき合っていたのには理由がある。二人して生まれて初めてのクスリをキメていたのだ。同じ鍋を囲んだ私の両親と悦子は、しかしそんなことには気づきもせず、この異様に仲良しの二人に対してただ怪訝《けげん》な目を向けていた。

「ほらまた大きいの取ったぁ！」

「えぇぇ？」

そのような状況になった経緯は順を追って説明する必要があるのだけれど、その説明のいちばん最初に来るべきはあの大雨だろう。ひょっとすると例の記憶の手品が介在しているのかもしれないが、あの年の秋に町を見舞った豪雨よりも激しい雨を、私はいまだに見たことがない。


二学期がはじまって一ヶ月あまりが過ぎ、通学路の並木を吹き抜ける風はだいぶ涼しくなっていた。その涼しさの中に、ひどく湿った肌触りがあるのを感じた日の夕方、最初の雨が降った。雨は九日間も降りつづき、ある朝ようやくやんだかと思うと、ニュースでアナウンサーが大雨のことを報じた。午後からやってくる可能性が高いのだという。

「みんなが帰る頃まで、もてばいいんだけど……」

一時間目の授業中、佐織先生はそう言って窓の外を見た。まるで主人公の安否を気遣う恋人のような目をしていて、彼女のファンである慎司はおそらく見とれていることだろうと思ったが、かくいう私自身もファンだったので、彼のほうになど目をやらず、背筋を伸ばして先生の横顔を見つめていた。

廊下の傘立ては私たちが念のために持ってきた傘でいっぱいだった。その傘をはたして自分たちが使うことになるのかどうか、五分五分だなと私は睨んでいたのだが、その予想はある意味で大正解だった。――雨はやってきた。そしてそれは、傘が役に立たなくなるほどの暴風雨だったのだ。

「周りをよく見て、車が来ないかどうか確認しながら歩くのよ。雨で遠くが見えないんだからね」

午後の授業は中止となり、生徒たちは全員帰宅するよう言われた。廊下で不安げに見送る佐織先生にさようならを言い、私は慎司と清孝と連れ立って階段口へ急いだ。風が校舎に吹きつけ、窓にザザザッと大粒の雨が降りかかるたび、私たちはいちいち足を止めて驚いた。

「送っていくぜ」

宏樹の声がしたので、三人同時に振り返った。

「さっきお母さんが、心配だから車で迎えに来るって電話してきたんだ。お前たちもいっしょに乗ってけよ。みんな順番に家の前で降ろしてやる」

「いい、俺は」

最初に返事をしたのは清孝だった。

「走って帰ったほうが早いだろ。俺、ばあちゃんが心配でさ」

清孝が背中を向けて走り去ると、宏樹の顔にぐっと力がこもった。なんだか不憫《ふびん》な気もしたが、私と慎司も断ることにした。車で帰宅という前代未聞の行為は、たしかに魅力的ではあったが、校門のすぐ外で自分たちを待ちかまえている嵐に比べたら大したことはなかったのだ。

「行くのねすっ！」

慎司の合図で同時に廊下を駆け出した。「走らない」と書かれた壁の張り紙を、慎司がばしんと叩き、私も真似てばしんとやった。階段を二段ずつ降り、雨の日特有のにおいがたちこめた下駄箱で靴を履き替え、校舎の玄関でおしくらまんじゅう状態になっている生徒たちのあいだで身をよじりながら傘をひらいた。一歩外に飛び出したとたん、私たちの傘はスカートめくりをされた女の子のように悲鳴を上げてひるがえった。

決死の覚悟で嵐の中へと踏み出した私たちを、自然の猛威が容赦なく襲った。狂風は咆吼《ほうこう》しながら往復びんたのように向きを変え、そのたびに半身が激しく水をかぶり、口の中にも水が入った。瞼の隙間から見る空はミキサーにでもかけられているようで、私たちは「危険」とか「不可能」とか「おしまい」とか、自分たちの冒険を盛り上げるあらゆる単語を口にしながら家路を進んだ。分かれ道までたどり着いたとき、「じゃあ」とつい普段どおりの感じで声を交わしてしまったので、そのマイナス分を取り返すべく、私は家のドアを入るまで頭の中にBGMを流しながら走った。何の曲だったかはもう憶えていない。

家に帰ると、濡れた服を剝がすようにして脱ぎ、母が準備してくれていた風呂で身体をあたためた。乾いてやわらかいパジャマに袖をとおしたとたん、条件反射なのか知らないが、急に眠たくなった。母がつくってくれたホットミルクが半分もなくなる前に、私は戸外《そと》を吹く風の音を聞きながら、座卓に頬をつけて眠りに落ちた。

…………。

……。

まどろみの向こうから響いてくる声に目をひらくと、母が居間の隅で立て膝をして受話器を握っていた。

「いいわよ、二人ともよく知ってるんだから……え？　うふふふ……もうそんな……」

顔を横倒しにしたまま、私は変に抑揚のついたその声を聞いていた。

「うちの人も、かえって喜ぶわ……慎司くんも悦子ちゃんも、明るい子たちだもの……」

明日からしばらくのあいだ、慎司と悦子が私の家で暮らすことになったのだと、電話を切った母は言った。

（二）

慎司と悦子の家は、幹線道路と学校を結ぶ道の途中にある。

「その道が土砂でふさがっちゃってさ。俺見たよ。もうすげえの」

翌日の学校帰り、慎司は土砂が道をふさいでいた様子を身振りたっぷりに話してくれた。まるで世界の終わりのような光景だったと、慎司は言った。

「あんた大げさだよ」

「姉ちゃん、見てないじゃん」

土砂がふさいだ箇所は通行止めとなり、彼らはその道をとおって通学することができなくなってしまったのだ。もちろんほかの道がまったくないわけではなく、いったん幹線道路まで出て大回りに迂回《うかい》すれば学校までたどり着けるのだが、子供の足ではなかなか歩ける距離ではない。

その日の朝、二人は宿泊に必要なものを詰め込んだ旅行バッグとともに、母親の車で学校まで送ってもらった。そして授業が終わると、そのバッグをそれぞれ抱えて私の家へと向かったのだ。今朝がたになって雨が行ってしまうと、頭上に広がる空は嘘のように晴れて、青を溶いた筆バケツの水みたいだった。

「帰りも迎えに来てもらえば、うちに泊まる必要ないのに」

「母ちゃん、パート休めないからさ」

「あんたが無理やり認めさせたんでしょ、泊まること。お母さんはパート早引けして迎えに行くって言ったのに」

「姉ちゃんだって反対しなかったじゃん。なあ利一、夜なにやる？　お前ん家《ち》、遅い時間ってテレビ見られる?」

「あんまり遅くは無理だね」

「慎司、遊びに行くわけじゃないんだよ。リーの家に迷惑かけないようにしなきゃ」

家に入ろうとすると、まだ灰色に湿ったブロック塀一面に、ぽつぽつと妙な模様が浮き出ていた。みんな、ちょうど帽子の天ボタンくらいの大きさだった。

「うわ、これぜんぶカタツムリじゃん」

ランドセルと旅行バッグを持ったまま、慎司が額を突き出すようにして近づいていった。片手をさっと塀に伸ばし、その手を口許《くちもと》に持っていき、いったい何をしたのかと思えば、急に振り返って自分の口を指さしてみせる。歯と歯のあいだで、ウネウネと何か動いているのが見えた。

「カタツムリうめえ」

一瞬ぎょっとしたが、よく見ると、抜けている糸切り歯のあたりに舌ベロを押しつけているだけだった。

「それ、お母さんの前で絶対やるなよ」

「何で?」

「お母さん、カタツムリとかナメクジとか、くにゃくにゃしたやつ駄目なんだ。これも、見つける前にとっとかないと」

私はランドセルから下敷きを出し、縁でがりがりとカタツムリをそぎ落とした。カタツムリはみんな身体を引っ込めて地面に転がった。そうしているあいだ、他人《ひと》の家で暮らすことに対してやはり多少の緊張が生じてきたのか、慎司はきょろきょろと家の構えを眺め、悦子は両手を後ろに組んで意味もなく爪先立ちを繰り返していた。

同居生活最初の午後はなかなか忙しかった。母の指示で来客用の布団を乾燥機にかけたり、夜になったら食べようと製氷皿でアップルジュースを凍らせたり、慎司と二人で互いに相手の隙を狙《ねら》って股間を握り合ったり、ダッシュに何か芸を仕込もうと相談したりした。ダッシュの芸については、相談して終わりだった。

慎司の旅行バッグの中にはまだ開けられていないプラモデルの箱と、塗料一式、太さの違う三本の刷毛《はけ》やセメダインが入っていて、宿泊中につくるつもりなのだと彼は言った。箱の表面にはとても魅力的な、疾走する赤いスポーツカーの写真が印刷してあり、てっきり手伝わせてくれるものと思ったら駄目だと断られた。

「いくら利一でも駄目なんだ。プラモデルだけは、俺、自分でつくりたいんだ」

彼が何かをはっきりと主張するところなどそれまで見たことがなかったので、私は「わかった」と素直に引き下がった。けれどそのプラモデルは、けっきょく彼が私の家にいるあいだ、箱を開けられることさえなかった。

「お父さんが帰ってくる前に、順番にお風呂入っちゃいなさい」

母に言われ、まずは私と慎司が二人いっぺんに入ることにした。慎司は脱衣場でパンツを脱ぐ前に、ぺろっと端っこだけめくってみせ、「俺ほんとは色白なんだぜ」と言ってからぜんぶ脱いだ。こんがりと焼けた顔や手足や腹に比べ、たしかにその部分だけ色が違っていて、そういう模様の海水パンツをはいているように見えた。今年の夏は極度の水不足で学校のプールが使用禁止になっていたが、慎司一家はお盆に海辺の祖父母の家へ遊びに行ってきたのだ。私も服を脱いだ。その夏一度も泳がなかった私の身体は、胸も腹も白かった。

「この雨で、また女恋湖の洞窟入れなくなっちゃっただろうな」

頭をシャンプーで泡立てながら、慎司は狭い風呂場に声を響かせた。

「そっか、あの湖の縁《へり》の道がなくなっちゃうもんね」

「これだけ降ったら、もしかしたら洞窟の中まで水入っちゃったかも」

「人魚の首、濡れたかな」

例の首は、ひょっとすると将来的にまた誰かが驚くかもしれないということで、もとの場所に戻しておいたのだ。

「なあ利一、ここの毛っていつ生えんの？」

「中学生くらいでしょ」

「リンスどれ？」

「それ、そこの水色の」

慎司は母のリンスを手に垂らし、馬鹿丁寧に髪に塗りたくった。

私たちのつぎは悦子だった。居間でテレビを眺めていた彼女は、旅行バッグごと脱衣場へ持って入り、中からぱたんと引き戸を閉めた。服だけ持っていけばいいのにと私が言うと、家ではそうだと慎司が答えた。

「そうなんだ……」

ぴったりと閉まった脱衣場の戸を、私はなんとなく眺めた。微かに物音が聞こえている。女の子というのはどうやって服を脱ぐのだろう。悦子もやはり慎司のように、本当は白いのだろうか。以前私は悦子に、何の気なく、色が黒いねと言ったことがある。そのとき彼女は不平そうに、夏生まれの自分を母親が近所に見せて回ったせいなのだと言っていたけれど、本当はどんな色なのだろう。

「今日って木曜日じゃなかった?」

「あ」

慎司に言われ、七時からやっているアニメ番組のことを思い出した。私たちが居間で胡座をかき、その番組を五分遅れで見ていると、悦子が風呂から上がり、軽い足音が二階へ消えていった。泊まっているあいだ、彼女には二階の、普段父が本を読むのに使っている部屋があてがわれていたのだ。慎司は私の部屋でいっしょに寝ることになっていた。

「姉ちゃん、ここだと自分の部屋があって嬉しいだろうな」

テレビ画面を眺めたまま慎司が呟く。

「家だと、俺といっしょだからさ。何日もいたら、あれたぶん帰りたくなくなるぜ」

ほどなくして食事の支度が調い、悦子を呼んでくるよう母に言われた。二階へと階段を上っていくと、踏み板が素足にひんやり気持ちよかった。悦子の部屋は襖が閉められていて、中からガーガーとドライヤーの音がする。襖を開けると、悦子はパジャマ姿で胡座をかき、畳の上に置いた四角い鏡を覗き込みながら手慣れた仕草で髪の毛を乾かしていた。音のせいで、私が襖を開けたことを知らずにいるようだ。部屋の奥には私の本がたくさん積まれている。二人が泊まりに来ると決まったときは、どちらも私の部屋で過ごすものと思っていたので、本棚から出してここへ運んでおいたのだ。

悦子に声をかけようとしたが、そのとき私はふと、自分が彼女をどう呼んでいいかわからないことに気がついた。いままで何と呼んでいたのだっけ――考えてみても、どうにも思い出せない。それが、思い出せないのではなく一度も呼んだことがないのだと理解するまで、大した時間はかからなかった。

「ねえ」

仕方なくそんなふうに声をかけると、悦子はびっくりした顔でこちらを振り返り、少し遅れてドライヤーのスイッチを切った。乾かしたばかりの髪はふわりと浮き、蛍光灯の下でいつもより茶色がかって見えた。

「ごはんだって」

「ああ、わかった。すぐ行く」

入り口を離れるとき、悦子が私に何か言いかけたように思えた。そのときは大して気にもしなかったし、もし気にしていたところで何を言おうとしたのか見当もつかなかっただろうが、いまははっきりとわかる。入ってくるときは一声かけてくれと、彼女は言いたかったのだ。

（三）

梅漬けを口に入れて登校することを教えてくれたのは慎司だった。よく弁当などに入っているあのコリコリした小さいやつを一個、口に入れて家を出るというのだ。

「学校まで歩くのって暇だろ？　あれをずっと舐《な》めてて、味がなくなったら歯でちょっと傷つけんだ。そうするとまた味がする。舐めてまた味がなくなったら、もう一回傷つける。それで、学校の近くまで行ったら食べる」

いっしょに登校する初日、私と慎司はそれぞれ一つずつ梅漬けをしゃぶりながら家を出た。同じ学校の生徒たちがぱらぱらと歩く中、私はときおり糸切り歯の先で梅をつつき、じわっと酸っぱい味が広がるのを楽しんだ。そして校門が近づいてくると、メインディッシュとばかりに梅の実を大胆に噛み砕いて食べた。絶対に食べ物など口にしてはいけない通学路において、その行為はまったく素晴らしかった。その秋以降、朝の梅漬けは長年に渡って私の習慣となった。

「姉ちゃん、すすめても絶対やらないんだ」

「だって最後に種が残るじゃん」

「そのへんにプッとやればいいんだよ」

「やだよそんなの」

下駄箱で悦子と別れ、私と慎司は教室へ向かった。教室に入ったとたん、慎司が何かの話で盛り上がっていたクラスメイトたちの輪に加わってしまったので、私は少し寂しかった。

授業が終わると、土砂崩れの現場を見に行こうと慎司が言い出した。清孝にも声をかけてみたら、あまり遅くはなれないがと前置きをしてついてきた。廊下で宏樹ともいっしょになった。私たちは四人で連れ立って現場へ向かった。

「な、すごいだろ」

道は本当に土で埋まっていた。向かって左側はちょっとした丘になっているのだが、そこが崩れてきたらしい。木の幹や根や、大きな岩や小さな岩が土砂のあちこちから突き出していて、それはたしかにひどい有り様ではあったが、べつに世界の終わりのようではなかった。私がそう感じたことに気づいたのか、慎司は「だいぶ作業が進んだみたいだな」と難しい顔で現場を見渡した。

現場の手前には赤いポールに黄色いチェーンが渡されて、「立ち入り禁止」の札が下がっている。小型のショベルカーがエンジンを唸らせながら、土砂の端のほうをもどかしげにすくっていた。斜面のそこここで、作業服にヘルメットの大人たちが何人も、シャベルを手に働いている。その中に一人だけチェーンソーを持っている人がいて、

「あれ、ガニーさんだ」

宏樹がその人を指さした。

斜面で両足を踏ん張り、倒れた木をチェーンソーで切断しているのは、たしかにガニーさんだった。ヘルメットが目のあたりまで顔を隠しているが、髭でわかる。前述したように、ガニーさんは当時私たちの小学校で用務員として働いていた男性で、頬と顎に真っ黒な髭を生やし、その髭の形状がカブトガニに似ているからカブトガニさんというあだ名がつけられ、それがいつしかガニーさんとなった。子供好きで、休日の校庭で遊んでいるときなど、ときおり親しげに話しかけてくれるのだが、なにしろ見た目の迫力がありすぎて、私たちはなかなか上手く会話をすることができなかった。

苦い土のにおいをかぎながら、横一列に並んでしばらく作業を眺めていると、ガニーさん

がチェーンソー片手に汗を拭《ふ》きながら歩いてきた。地面に尻を落とし、疲れ切ったようにうなだれて肩をぐるぐると回し、ついでに首も回し、そのときになって初めて私たちに気がついた。

「……なんだ、見学かい？」

ガニーさんは球根のような鼻に皺を寄せて頰笑んだ。剛《こわ》い髭の先で汗が光っている。私たちが口の中で返事をしていると、こちらの顔を順繰りに眺めていたガニーさんの目が、清孝の上で止まった。

「おばあさんは……元気かな？」

清孝はこくんと頷いた。

「冬にたしか、足を怪我したんだったね」

「はい。でも、もう治りました」

「そうか」

ほっと安心したように、ヘルメットの奥で両目を細めると、ガニーさんはちらっと腕時計を覗いて立ち上がった。腕がレンガ色に日焼けしている。

「チェーンソーを使える人間が誰もいなかったらしくて、手伝っているんだよ。本当はまずいんだろうけどね。……ああそうだ」

右手から軍手を外し、泥だらけになった作業ズボンのポケットにその手を突っ込むと、ガニーさんは何かを取り出して私たちに見せた。それは土がこびりついた、三センチくらいの白い石ころだった。何の変哲もない――いや。

「なんか埋まってる」

宏樹が呟いた。

そう、はっきりとは見えないが、白い石ころの中に何か渦巻き状のものが埋まっているのだ。

「アンモナイトだよ」

えっと私たちは同時に口をあけた。

「このあたりは、たまに化石が見つかるんだ。子供の頃よく捜したもんだけど、いや久しぶりに見た。さっき、岩の欠片《かけら》の中で見つけたんだよ。欲しいかい？」

私たちが四人同時に頷いたので、ガニーさんはちょっと困った顔をした。

「じゃあ……そうだな」

短く考える間を置いて言う。

「この中でいちばん、家の手伝いをしている子にあげよう」

自然と、みんなの目が清孝に集まった。本人はきまり悪そうに顎を引き、しかし熱を帯びた両目はガニーさんの化石を見つめたままだった。

「ま、いつも大変そうだしな、清孝は」

慎司が言い、私も仕方なく頷いた。

ガニーさんがアンモナイトの化石を清孝の掌にそっと載せると、彼の咽喉にぐっと力が入り、鼻の穴がぷくっとふくらんだ。全身の神経が、掌の皮膚に集中しているのがわかった。

「俺、もっといいやつ持ってんだ」

顎を持ち上げるようにしながら宏樹が言った。

「こんなのよりずっと綺麗で、飾れるように、ちゃんと台座がついてるやつ。お父さんが撮影旅行で外国に行ったとき、買ってきてくれた」

慎司といっしょに家路をたどっていると、私たちよりも一時間多い授業を終えた悦子と途中で会った。私たちは彼女を左右から挟み込み、蟹《かに》のように横歩きしながら、土砂崩れとアンモナイトについて二人同時に喋った。そのうち慎司がふと路傍に目をやって、変な笑い方をした。

「姉ちゃん、おっぱい草《ぐさ》」

はじめは聞き間違いかと思ったが、やはり慎司はそう言ったらしい。白い花をつけた背の高い雑草が、草むしりを怠った歩道の花壇で揺れている。

「何それ」

私は訊いた。

「さわるとおっぱいが大きくなる草。よく女子が言ってるじゃん」

女の子と話などしないし、女の子同士が話しているところに聴き耳を立てたこともなかったので、私はまったく知らなかった。ちなみにずっとあとになってから知ったのだが、その草はヒメジョオンという一般的なキク科の野草だった。もちろん図鑑に「おっぱいが大きくなる」などとは書かれていなかったが、当時の女の子たちのあいだでは、そう言って誰かにさわらせるのが流行《はや》っていたようだ。

「姉ちゃん、ほら」

慎司がその草をむしり取って悦子に近づけると、彼女は刃物でも突きつけられたように飛びすさった。

「やめてよちょっと」

「さわりなよ」

「馬鹿っ」

ばちんと頭をはたかれて慎司は首をすくめた。

「いってえ……」

そばにいてギョッとしたほどの、強い打撃だった。まさか私もその草で本当に胸がふくらむなどと信じていたわけではないが、彼女にとって胸が大きくなるのはそんなに厭《いや》なことなのかと驚いた。そして、それまでは年齢以外に自分たちとの違いを感じたことのなかった悦子が、人類を大きく二分したとき、母や佐織先生のように自分と逆のほうに含まれる存在であることを、たぶん初めて意識した。

（四）

翌土曜日、母がつくってくれた野菜入りインスタントラーメンを平らげると、私と慎司はビニール袋を持って意気揚々と家を出た。

宏樹に一杯食わせてやろうと言い出したのは慎司だった。前日の夕刻、居間の座卓で向き合って宿題の計算ドリルに取りかかっていたときのことだ。

――あれ、むかついたじゃん。あのアンモナイトの自慢。

――ああ、ちょっといやだったよね。

頷きながら私は顔を上げ、赤らんできた窓を眺めた。みんなで土砂崩れの現場をあとにしたときの、清孝の様子が思い出された。宏樹に「こんなの」呼ばわりされたアンモナイトの化石を、彼は別れるまで一度もポケットから取り出さなかった。きっと、歩きながらでも眺めていたかったことだろう。私なら絶対にそうだ。それでも彼がそうしなかったのは、宏樹に言われたことが悔しかったからに違いない。宏樹があんなことを言ったのは、ひょっとするとあの嵐の日、私たちが車に乗るのを断ったのが気に入らなかったからなのかもしれないが。

――だからさ、清孝も誘って、いっぺんやってやろうぜ。

――え……。

――馬鹿、そういうんじゃないよ。あいつほら、親父さんのアンモナイトを自慢してただろ？　だから俺たちも、もっとすごいやつをつくるんだ、たくさん。それで、逆に宏樹に自慢してやるんだよ。俺いま、ずっとそれを考えてた。

――つ、つくる？

当然のことながら私は訊き返した。慎司はいっと歯を剝き出して、抜けた犬歯の隙間で舌ベロをうねうね動かしてみせた。

――かたつうりでつくう。

清孝の家に行ってみると、彼は外に出てガタゴトと雨戸を動かしているところだった。

「繰《く》ったら、そのまま外れて落ちちゃってな」

私と慎司は雨戸を嵌《は》めるのを手伝いながら、計画について話した。

「カタツムリの中身を上手いこと出して、俺のプラモデルの塗料で殻を塗るんだ。セメダインでちょっと外側をごつごつさせて、砂とかまぶしてやったら、アンモナイトの化石に見えるだろ」

「見えないと思うぞ」

清孝は即答したが、これに対する反論は用意してあったので、すぐさま私が言った。

「でも、もしそれが宏樹の目の前で、あの土砂崩れの土の中から出てきたとしたら？」

清孝はふいと眉を寄せて考え込んだ。手の力が抜けたので、私のほうにぐっと雨戸の重心がかかった。

「まあ……出来栄えによるだろうな」

「利一がたぶん、それっぽくつくってくれるよ。こいつほら、図工のときいつも誉められてるじゃん、絵とか工作とか」

私は自信を持って首を縦に振った。当時の私が人に誇れるものといえば、図工の時間に先生から誉められた回数くらいだった。もっともそれだって、クラスの中では比較的上等なものを描いたりつくったりしていたというだけで、べつにそういった才能に特別恵まれていたわけではない。

清孝はしばらく——こういう場合にしばらくと呼べるぎりぎりくらいの長い時間をかけて私の顔を見つめ、頷いた。

「やってみるか」

石の裏。木の幹。落ち葉の奥。私たちは三人で合計二十三匹ものカタツムリを捕らえてビニール袋に放り込んだ。いちばん大きいやつは、殻の直径が親指の長さくらいあり、いつか清孝が角材でぶっ叩いたあのヤマザクラの木にへばりついていた。私たちがカタツムリを捜している最中、林の奥からワンダが現れて、興味深げにビニール袋の中を観察したり、落ち葉の中にぐいぐい鼻を突っ込んだりした。新学期になって早々に、彼はまたこの町に舞い戻っていたのだ。

「キヨ、うっかりしてた、米びつが空っぽだ！」

家の戸口で声がした瞬間、ワンダは文字通り尻尾を巻いて一目散に逃げ去った。後ろ姿が見えなくなるまで、あっという間だった。戸口には、ワンダのかつての好敵手《ライバル》であり、現在の天敵であるキュウリー夫人が立っていた。

「じゃあ買ってくるよ。晩ご飯の分もないんでしょ？」

「ないね。ぜんぜんない。あ、でもいい、いい。あたしが買ってくるから」

「ばあちゃん、あんな重いの持てないじゃんか」

「一キロのやつなら大丈夫だろ。ちょっと行ってくる。このごろよく眠れないから、かえって歩いたほうがいいんだ」

「一キロのなんて割高だよ」

「ケチケチすんじゃないよ、子供が。いいから遊んでな。子供は遊べ」

キュウリー夫人は夫人のくせにダンディーな感じでサッと片手を上げると、のんびり路地を遠ざかっていった。

「そういや清孝、ガニーさんって、おばあさんとどういう知り合いなの？」

訊くと、清孝は首をひねった。

「さあ……なんか、昔いろいろあったらしい。俺もよく知らないんだ」

「付き合ってたとか？」

慎司がからかうように言ったが、私は「付き合う」という言葉の意味を正確に知らなかったので、彼に合わせてただニタニタ笑ってみせた。

「だから、知らないっての」

そのとき清孝が嘘をついたことを、私たちはずっとあとになって知った。あの大変な出来事が起きてからのことだった。

「これだけ捕れば十分だろ」

清孝が促し、私たちは三人で彼の家の玄関へ入った。上がり框に並んで座り、作戦の次なる段階について相談していると、おぼろげに予想していたことではあるが、いかにしてカタツムリの中身を出すかがまず問題になった。

「俺がやってやるよ。慣れてるから」

そう言ったのは清孝だ。

「慣れてる？」

私と慎司は同時に訊き返した。清孝はビニール袋からカタツムリを一匹取り出して手の甲を這わせ、その動きをじっと見つめた。

「たまに、茹《ゆ》でて食ってるんだ。おかずが足りないとき」

絶句というのは、まさにああいった状態を指すのだろう。私と慎司は微動だにせず、ただ清孝の顔を真っ直ぐに見た。清孝は一度ちらりと私たちに視線を投げ、それから今度は、もっとよく見ようとするように顔を向けた。

「嘘に決まってんだろ。信じるなよ」

ほんの何秒間かのあいだだが、信じてしまったことが申し訳なく、私と慎司は口ごもった。清孝のほうも、信じられたことで傷ついたのか、ふてくされた顔をした。

「そうだ清孝、昨日のアンモナイト持ってきてくれよ。どうやって似せてつくるか考えよう」

妙に明るい声で慎司が言い、清孝はいったん家の奥に引っ込んだ。

戻ってきた清孝は、まるで私たちが会ったことのない自慢の弟でも紹介するように、あの化石を掌に載せて差し出した。はじめはただの石ころと見紛ったような、小さくて薄汚れた物体だったのに、正体を知っているいま、それはどんな宝石よりも輝いて見えた。私と慎司はしばしアンモナイトの化石に見とれた。清孝も、きっとそのときはもう何十っぺんも顔の前に持ってきて眺めていたことだろうが、じっと息を殺して太古のロマンに見入った。このアンモナイトが動いていたのは、いったい何年前のことなのだろう。どんなふうに動いていたのだろう。ティラノサウルスには会っただろうか。そんなことを思いながら眺めていると、なんだか遠くから恐竜の足音でも聞こえてきそうだった。

（五）

けっきょくカタツムリは中身を取り出さないことにした。殻を紙粘土に押しつけて型を取り、その型をもとに偽化石をつくることに決めたのだ。その方法なら量産できるので、捕まえたカタツムリのほとんどは無駄になってしまったのだが、もったいないから飼うことにした。

「でもお母さんにはぜったい秘密だよ。ほんとに駄目だから、こういう生き物」

「言わないよ」

慎司と半額ずつ出し合い、帰りに文房具屋で紙粘土を買った。家に戻ると、部屋の押し入れを整理して、二人が入れるスペースをつくった。母に見つからずに作業を進めるには、押し入れがいちばんだったのだ。

ビニール袋の中身はみんなダッシュの水槽に移した。透明なプラスチックの向こうにへばりついた大量のカタツムリは、身を寄せ合い、まるで誰かが内側から顔でも押しつけているように見えた。

「これ、お母さんが見たら倒れるだろうな」

「新聞巻いとこう」

私たちは水槽の周囲に新聞紙を巻き、マジックで大きく「ダッシュ冬みん中／さわらないこと」という偽りの注意書きを貼りつけて、本棚のいちばん隅に置いた。そんなことをしているあいだに悦子がやってきて、廊下から声をかけたが、いまは男同士の世界だからと慎司が部屋に入れなかった。狭い押し入れで悦子もいっしょに作業をしたら、どんなふうになるのだろうと想像していた私は、ちょっとがっかりした。

ところで慎司は驚くほど不器用だった。

カタツムリの型を取る時点で、早くもその不器用さは露呈した。殻を強く押しつけすぎて型が深い穴になってしまったり、あるいは力を抜きすぎてただの凹みになってしまったり、どうしてこんな簡単なことができないのかと私は不思議だったが、誰でも得手不得手はあるものだ。それでも彼は自分が取った型をとても気に入って、固まるのが楽しみだと鼻をふくらませた。夕食どきになって、母が大皿で焼いたグラタンをみんなで食べているときも、彼の興奮はつづいていたものだから、いつカタツムリのことを言い出すかと私はひやひやした。

「悦子ちゃん、あんまり食べないのねえ。グラタン、好きじゃなかった？」

「あ、好きです。美味しいです」

「姉ちゃん、痩せようとしてんだよな」

「家でもあんまり食べないもんな。暇さえあれば体重はかってるし。骨皮すじえもんになっちゃうぜ」

「うるさいよ」

悦子は大きく息を吸って、何かピシャッとしたことを言いそうな顔をしたが、考え直したようで、そのままそっぽを向いた。

「もう、あんたほんとやだ。リーみたいな弟ならよかった」

急に言われて驚いた。

「大人しいし、可愛いし」

「じゃ、取っ替えろよ」

「そうしたいわよ」

夜のうちに、偽化石の制作は、型へ軟らかい紙粘土を押しつける工程へと移った。型が完全に固まるのを待ちきれずにやってしまったのだが、それが偶然にも功を奏し、カタツムリの形状が平らになって、とてもアンモナイトじみてくれた。中でも、ヤマザクラの木にへばりついていた大きなカタツムリでつくったやつは、ものすごく迫力があった。あとは、塗装を施して砂をまぶすなどすれば完成だ。

その夜、並べて敷いた布団の中で、慎司は横になるなりすこやかな寝息を立てはじめた。しかし私は眠れなかった。偽化石による興奮のせいではない。もし、自分が悦子の弟だったら――暗い天井を眺めながら、それはばかり考えていたのだ。胸を猫にあま噛みされているような、妙な気分の中、私はいつもよりだいぶ時間をかけて眠りに落ちた。夢の中で、私は悦子の弟だった。夢の通学路で私が梅漬けをすすめると、彼女は周囲を見回して誰も見ていないことを確認してから、赤い実をぱくりと口に入れた。二人でしばらく歩いたあと、彼女は舌が赤くなっていないかどうか見てくれと言って口をあけた。舌は綺麗なピンク色で、私は人差し指でさわってみたいと思ったけれど、やめておいた。

（六）

教室で授業を受けているあいだ、私と慎司は何度も目を合わせて互いに唇をすぼめた。すぼめないと笑い出しそうだったのだ。仕上げ作業は清孝も参加することになっていたので、彼も始終横顔をワクワクさせていた。私たち三人は、それぞれに興奮を抑え込みながら、ときおり宏樹のほうを盗み見た。

授業が終わると、競走のように校門を飛び出して私の家に向かった。

「……何で押し入れなんだ？」

清孝は訝《いぶか》ったが、母がカタツムリ嫌いであることを説明するとすぐに納得した。私たちは三人で押し入れに入り込み、懐中電灯の光を頼りに作業を開始した。母が廊下に立ったらいつでも押し入れから飛び出せるよう、戸は少し開けておいたのだが、それでもやはり暗かったのだ。懐中電灯には女恋湖の洞窟へ入ったときにできた傷が残っていて、私たちは作業を進めながら一夏の冒険を遠い思い出のように語り合ったが、考えてみればほんの一ヶ月ちょっと前のことだった。

清孝が持参した本物と見比べつつ、私と慎司で慎重に紙粘土へ彩色を施していった。清孝はウデに自信がないと言って遠慮した。白の地にちょっと薄茶色を塗ってみた時点で、悪くないなと私は思った。そこへ濃さの違う茶色を重ねたり、部分的に灰色でくすませてみたりしているうちに、これはいけるぞと興奮しはじめた。ただしそれは私が塗っているやつだけで、慎司の手元では意味不明な物体が出来上がりつつあった。自分が型をつくって成型したものに、それぞれ色をつけて完成させようという話になっていたので、慎司はもともと何のかたちだかわからないような紙粘土の塊に、おそろしく下手くそな彩色を施していたのだ。それでも彼は一塗りごとに、すげえすげえと声を洩らして両目を輝かせた。

「かっこいい……かっこいいよこれ……」

今回の作戦が終わってからも、この作品はずっと大切にするつもりだと慎司は言った。

偽化石の彩色を終え、私たちは押し入れを出た。蛍光灯の光で見てみると、やはり多少アラが目立ったが、これからセメダインや砂で上手く加工すれば本物と見紛うばかりの物体が完成すると確信させる出来だった。

「利一のやつだけだけどな」

清孝が遠慮がちに呟いたが、慎司はまったく気にせず、自分のつくった作品に見入っていた。

全体にまぶす砂は、私の提案で、ブロック塀を三角定規で削って取ることにした。やってみると、思ったとおり細かくて白い理想的な砂が集まったので、私たちはセメダインを塗った偽化石にそれをまぶした。作業の途中でまた悦子がやってきたが、慎司が部屋に入れようとしなかった。

「いいんだよ、姉ちゃんは。男の世界なんだから」

そのとき私の中で、自分の秘めたる長所を彼女に知ってもらいたいという欲求がむくりと頭をもたげた。

「ねえ慎司、教えてもいいんじゃない？」

「駄目だって」

「いっしょにやろうよ」

「やらないよ」

襖の向こうで悦子が小さく舌打ちをした。

「ああほんと、リーみたいな弟がよかった」

先日につづいて二度目のその言葉に、私は酔いしれた。自分のまわりで、世界がふわっとカラフルで美しい色に染まっていく気がした。悦子は襖の向こうにいて、その姿は見えもしないのに、彼女の周囲に発する後光が自分を照らし、私という人間の中身をみるみる不可思議なエネルギーで満たしていくのを感じた。もちろんそのときはまだ、自分が揮発《きはつ》性の溶剤によって本当に酔いしれているとは思ってもみなかった。

そしてその夜、私たちは例の高揚状態で牡蠣鍋をつくることとなったのだ。

珍しく早く帰宅した父も、缶ビールで気持ちよさそうだった。私と慎司の異様な仲のよさに途惑いながらも、嬉しそうな顔をし、悦子が二歳半の頃おむつを持って家出したという話をすると、蛍光灯の光が射し込むほど口をあけて笑った。その隣で母も楽しそうだった。塗料とセメダインをキメていた私は、肩をひくひくさせながらその会話《やりとり》に参加していたのだが、半ばぼうっとした頭の片隅で、ひょっとすると父や母はもう一人くらい子供が欲しかったのかもしれないと考えたりした。

その夜、私は慎司といっしょに風呂に入るのを断った。

「何で?」

「まだ入りたい気分じゃないから」

というのは嘘だった。

食事のあとでぼんやり考えていたアイデアを、実行に移すつもりだったのだ。

慎司が風呂へ入り、悦子が二階へ上がると、私はそっと部屋の押し入れを覗いた。夕刻に完成した偽化石たちが、そこに整然と並んでいる。慎司がつくったものは、やはり最後までまったく化石に見えないままだったが、私のやつはかなり本物に近かった。清孝がガニーさんにもらったものよりも、ずっと大きく、アンモナイトのかたちがはっきりしている。これが土砂崩れ現場の土から出てきたら、宏樹もさすがに驚くだろう。

自分のつくった偽化石の中から、いちばん上手くできていると思われる一つを手に取り、机に向かって電気スタンドのスイッチを入れた。引き出しを探り、夕食後にこっそり用意しておいたアイスピックを取り出して、私は偽化石の端に小さな穴を開けはじめた。なんとか穴を開け終えると、そこへ、これもこっそり用意しておいた凧糸を通した。四十センチほどのところで糸を切り、端と端を結び合い——完成だった。

私はそれを顔の前にかざして眺めた。

胸がとくとく鳴り、肛門のあたりがぐっと縮まるようだった。

いまにして思えば、どうして自分があんなことをしたのかさっぱりわからない。いや、悦子へのプレゼントをつくろうと思い立った気持ちは理解できるのだが、そのプレゼントに偽化石のネックレスを選んだことが不思議でならないのだ。あんなものを首からぶら下げて、女の子が喜ぶと本気で思っていたのだろうか。

きっと、思っていたのだろう。

私はネックレスを手に部屋を出た。二階へ向かって階段を上っていく途中で、悦子が家から持ってきていたのだろう、ラジオの音が小さく聞こえてきた。いまではもうはっきりとは憶えていないが、誰か若い男の人が歌う明るい曲で、サビの部分でハンハンハンと妙なハミングが入るのが気持ち悪かった。

しつこいくらい何度も繰り返されるサビを、私は肌寒い廊下に立って聞いていた。目の前の襖に手をかけることが、どうしてもできなかったのだ。できないことが自分で不思議だった。がらりと襖を開けて部屋に入り、「はいこれ」といった感じでネックレスを渡してくるつもりだったのに、私はその場に突っ立ったまま、いつまでも動けずにいた。そのくせ頭の中では、ネックレスを手渡されたときの彼女の反応が、鮮明に、何パターンも映し出されていた。リー……ありがと。悦子は私の頭にそっと掌を載せるかもしれない。嬉しいよ、リー。頬に触れてくるかもしれないし、両手で私の顔をやわらかく挟み込むようにするかもしれない。器用だね、リーって。ほんとにこういう才能あると思うよ。弟だったら、みんなに自慢できたのに——。

「おうい、どこだ？」

階下《した》から慎司の声がした。

「利一ー、風呂空いたけどー？」

慎司の声は私の部屋のほうへ遠ざかっていった。その隙に、私は急いで階段を駆け下りた。

廊下に立つと、ちょうどパジャマ姿の慎司が不審げに唇を尖らせて部屋から出てくるところだった。私は右手にネックレスを持っていたことを思い出し、慌ててズボンのポケットに突っ込んだ。

「ああ、いた。風呂空いたぞ」

「うん」

階段の上から響いていたラジオの音が、そのときふっと大きくなった。悦子が襖をひらいたのだろう。私は咄嗟《とっさ》に慎司のほうへ近づいていき、そのまま横を過ぎて部屋に入った。

「なあ利一、風呂」

「入るよ」

私の様子を妙に感じたのか、慎司は疑うように視線を上下させた。が、すぐにどうでもよくなったらしく、押し入れの前へ行って膝をつくと、まるで親が赤ん坊の寝室を覗くときみたいに、口許をゆるませながらそっと戸をひらいた。

「俺これ……ほんと大事にしよ」

慎司の肩越しに、蛍光灯が偽化石を照らしていた。こうして離れて眺めても、やはり私の作品は博物館の硝子《ガラス》ケースに入っていても不思議ではないくらいの出来栄えで、慎司のやつはまるで大きなガムの噛みかすだった。隣にしゃがみ込むと、噛みかすたちを見つめる彼の横顔はうっとりしていて、私はなんだか急に彼が哀れになった。

「なあ……利一のやつのほうが上手いかもしれないけど、俺のもいい味出してるだろ？」

「そこに何隠してんのよ」

だしぬけに声がした。私たちが回転するように振り向いたときにはもう、悦子はすぐそばまで近づいていた。

「あ、駄目だって！」

慎司が立ち上がり、両手をでたらめに振りながら背後にあるものを隠そうとしたが、悦子は素早く身を屈め、彼の脇から顔を突き出して押し入れを覗き込んだ。慎司が「かあああぁ」と天井を仰いだ。

「……何これ」

悦子が眉をひそめて訊いた。

「アンモナイトの化石」

衝動が、私の口から言葉を押し出した。慎司が何か言おうとしたが、気づかないふりをして悦子に向き直った。

「もちろん本物じゃないよ。僕たちでつくったんだ、カタツムリと紙粘土でね」

悦子に誉められたかったのだ。すごいと言われたかった。私は彼女に、自分たちがどうやって、どんな苦労や工夫を重ねてそれを制作したかを話した。慎司は途中でもう諦め、タイヤから空気が抜けるような溜息をつくと、面倒くさそうに畳に尻を落とした。二人の作品を悦子に比較させてしまうことに、私は申し訳なさを感じたが、正直に言うとその気持ちはほんの小さなものだった。それよりもずっと大きかったのは、むしろ二人の作品をよく見比べてほしいという、なんとも邪《よこしま》な気持ちだった。

「へええ……」

悦子は押し入れに上体を突っ込んで、しげしげと興味深げに私たちの偽化石を観察した。ときどき手を伸ばして指先で慎重に触れてみたり、ちょっと持ち上げて顔の前に持ってきたりもした。そのあいだずっと、私は心の中で慎司に詫びていた。ごめんよ慎司、きみのすごく下手くそな作品を悦子に見せてしまって。しかしいっぽうで、こんな言い訳もしていた。なにも自分はわざわざ彼に厭な思いをさせたかったわけではないのだ。たまたま自分のほうが、こういった作業に向いていただけだ。

――が。

「いいじゃんこれ、上手いよ。よくできてると思う」

悦子がそう言って手に取ったのは、慎司の偽化石だった。

「こっちが慎司のでしょ？　リーのやつのも、色とか上手く塗ってあるけど、慎司のはすごく感じが出てていいよ。あんた、けっこうやるじゃん」

「……まあ、真剣にやったからな」

横目で悦子を見ながら、慎司はもごもごと呟いた。

それから悦子は二言三言、慎司の作品を誉める言葉を付け足して、最後にもういちど偽化石をぜんぶ眺めてから、部屋を出ていった。

前回とは別の理由で、私はまたも眠れなかった。身体の奥のほうで、炭酸のように何かが騒ぎ、いつまでもおさまってくれなかった。何か大切にしていたものを、知らないあいだに盗まれてしまったような悔しさと哀しさが胸を締めつけた。締めつけられているのに、胸の中にはぽっかりと穴が開き、その穴はどんどん大きくなっていくのだった。

暗がりで身を起こした。

すぐ隣では、慎司が薄目を開けて眠っている。その目がなんだか暗闇越しに自分を嗤《わら》っているようで、寝息もやけに耳について、私は腹の底が熱くなるのを感じた。慎司を視界から追い出そうと、顔を反対側へ向けると、中身を取り出してガランとなった本棚が目に入った。

あれ、と思った。

何か違和感があったのだ。

「やばい……」

微かな月明かりに照らされて、カタツムリがそこにいた。図鑑の背表紙に、イボのようにくっつき、のろのろと上へ向かって這い進んでいる。私は慌てて飛び起きてダッシュの水槽を確認した。あろうことか、蓋《ふた》がずれていた。中にはまだカタツムリがいたが、数は半分くらいしかいない。あとの半分は逃げ出してしまったのだ。布団を敷く前、ダッシュに餌をやったのだが、そのとき蓋をきちんと閉めなかったに違いない。

「慎司、カタツムリ逃げた！　慎司、慎司！」

慎司はぴくりとも動かない。電灯の紐を引いて明かりを点け、さらに何度か呼びかけたり肩を揺すったりしたが、彼は「あはぁ」と変な声を洩らして顔をしかめるだけだった。そんなことをしている時間ももったいなく、私は逃げたカタツムリを捜しはじめた。三匹は本棚ですぐに見つかった。畳の上に四匹這っていた。掛け布団をひっぺがしてみると、慎司の右足の親指に大きいやつが一匹くっついていて、人生ゲームで使う人間のような両目をにゅると引っ込ませた。あと何匹だ。ダッシュの水槽を覗き込んで数えてみると、これでちょうど二十一匹。ぜんぶでたしか二十三匹いたから、あと二匹だった。水槽を小脇に抱えたまま、私は部屋の中を隈《くま》なく見渡した。すると、カタツムリのかわりにとんでもないものを見つけた。なんと怖ろしいことか、入り口の襖が少しだけ隙間を開けていたのだ。飛び跳ねるように襖に近づいてひらいたが、暗い廊下にカタツムリの姿はない。どこかへ這っていってしまったのだろうか。私は自分の人生が厚い暗幕で覆われていくのを感じた。もし母に見つかったら、勘当され、家を追い出されて路頭に迷い、橋の下か公園の隅で暮らすことになるかもしれない。私は意味もなく宙を摑む動作をしながら、首を鳩のように前後させ、右へ左へ行ったり来たりを繰り返した。

が、廊下の明かりを点けた瞬間、人生を覆うその暗幕は取り払われた。床板に、てかてかと光る二本の筋が浮き上がっており、その先にそれぞれカタツムリが這っているのを見つけたのだ。すぐさま二匹を捕まえて水槽に放り込むと、パジャマの中で両脚が溶けてしまったように、私は床にへたり込んだ。そのまましばらく動けなかった。両親は眠っているらしく、家の中はまったく静かだった。

起《た》って台所へ行き、布巾を濡らして戻ってくると、私はカタツムリが這った痕跡をすべて消した。気持ちが落ち着いてくるに従って、カタツムリの脱走を発見する前の心情が、ふたたび胸によみがえってきた。布団の上で大の字になって寝息を立てている慎司が厭《いと》わしかった。私のものよりもずっと下手くそな偽化石を悦子に誉められ、こんなに大変なことが起きたというのに目を覚ましてもくれない彼に腹が立った。自分を誉めてくれなかった悦子のことも怨めしかった。いつのまにか私は手を止め、じっと濡れ布巾を握り締めていた。自分が急に、とてもみじめったらしく思えた。廊下にうなだれたまま、その思いが自分の中を過ぎ去ってくれるのを待ったが、いつまで経っても私の胸は、湿った砂を詰めたように重たかった。

二階へと階段を上っていったのは、それから数分後のことだ。

悦子の部屋の前に立ち、私は耳をすました。何も聞こえない。ネックレスを渡そうとしたときよりも、ずっと抵抗なく、私は右手を持ち上げて襖をスライドさせた。――カタツムリの脱走を、言い訳にできると考えていたのだ。もし悦子が目を覚まし、何をしているのだと訊かれても、逃げたカタツムリを捜しに来たと答えれば、きっと誤魔化せる。

では、そんな言い訳を用意して、いったい私は何をしたかったのか。

ただ、寝ている悦子を見たかったのだ。

脳みそが宙ぶらりんになったような心地で、私は足音を忍ばせて悦子の布団に近づいていった。彼女の顔はほんの少しこちらを向いていて、唇はゆるく閉じられ、いつもは耳の脇に垂れている髪が、頬の上にやわらかく載っていた。日焼けしているはずなのに、カーテン越しの月明かりのせいで、肌が白く見えた。そのほうが、彼女に似合っている気がした。掛け布団は腹のあたりまではね除《の》けられ、パジャマの胸が規則的に上下している。人が呼吸しているところを、そうして目でじっくりと確認したのは初めてだった。私は右手を持ち上げ、パジャマの上から自分の胸に触れてみた。私の胸も、悦子と同じようにふくらんだり縮んだりしていたが、彼女よりもペースはいくらか早かった。どうして悦子は慎司のつくった偽化石ばかり誉めたのだろう。何故私のものを誉めてくれなかったのだろう。もう何度も考えたそのことが、ふたたび頭の中を埋めていき、まるでそのせいで居場所がなくなったかのように、両目に涙が染《し》み出した。私のような弟ならよかったと、彼女は言ってくれた。いま目の前で眠っている悦子の弟になりたいと、私も願った。なれないことが悔しかった。慎司がいなければいいのにと思った。

悦子が寝返りをうったのをきっかけに、私は彼女の布団を離れた。

部屋に戻ると、布団には入らず、押し入れの戸を開けた。そこに置いてあった懐中電灯を点け、慎司がつくった下手くそな偽化石たちを照らしてみた。どれを見ても、やはりよくできてなどいない。「感じが出て」いるものなど一つもない。あるはずがない。慎司は不器用なのだから。私と比べて、こういったことがずっと苦手なのだから。ぜんぶ自分一人でつくっていればよかったと、私は思ったが、偽化石をつくると言い出したのがそもそも慎司だったことを思い出し、いっそう悔しくなった。

それから自分がやったことの説明を、私はいまだに上手くできない。

どうしてあんなことをしたのか、はっきりと言い当てることができないのだ。慎司への嫉妬。悦子への思いに対する不可解。一人っ子であることへの不満。作品を誉めてもらえなかった悔しさ。私が弟ならよかったという悦子の言葉を、鵜呑《うの》みにしてしまった自分への羞恥。——どれか一つでは、きっとなかったのだろう。おそらく、そういったもののすべてがひとかたまりになって、私にあんなことをさせたのに違いない。

気づけば私は懐中電灯を逆さに持ち直し、力いっぱい振り下ろしていた。ガツンと痛いほどの衝撃が右手に走った。もう一度振り下ろした。そしてもう一度。振り下ろすごとに、偽化石は細かく割れ、粉々になっていった。針の束みたいに尖った、それまで感じたことのない衝動が咽喉もとに突き上げ、いつしか私は夢中になって偽化石を破壊していた。抜けかけの乳歯を無理に捻《ねじ》るときのように、意識は痛みと興奮に囚われ、胸が苦しくて、涙がどんどん頬を流れた。

（七）

「あ、今日やるんだっけ。学校にあれ持っていかないと」

梅漬けを口に放り込んで家を出たとき、慎司が両手を叩き合わせて振り向いた。

「用意してある。僕が持ってる」

ほとんど味の感じられない梅漬けをしゃぶりながら、私は自分のランドセルを示した。その中には教科書やノートや筆箱といっしょに、スーパーのレジ袋が入っている。レジ袋の中には、壊れないよう一個一個ティッシュペーパーでくるんだ偽化石が詰め込んであった。今日の放課後、清孝と三人で宏樹を土砂崩れの現場まで誘い出し、騙《だま》すことになっていたのだ。

「俺のと利一の、ごっちゃになってない？　ああでも大丈夫か、俺のは特徴あるからな。おんなじ材料でつくっても、不思議と自分の作品ってわかるもんなのな」

「うん」

平静を装って返した声が、自分の心を刺した。袋の中に入っているのは、すべて私のつくった偽化石だった。

「リー、あんた大丈夫?」

悦子が小首をかしげながら顔を近づけてくる。

「なんか……変じゃない?」

「変じゃないよ」

顔をそむけて歩き出したとき、私の右手に、ゆうべの感触がまざまざとよみがえった。逆さまに持った懐中電灯の下で砕けていった、紙粘土の偽化石。だんだんと欠片が小さくなっていった、あの感触。

学校へ向かって歩きながらも、五時間の授業を受けながらも、私はずっと自分が懐中電灯を握っている気がした。何度も掌を膝にこすりつけたが、放課後がやってきても、とうとうその感触は消えてくれなかった。すべての物事が、音が、風景が、みんな哀しみにひたされて冷たくなっていくようだった。

「だって、このまえ行っただろ」

土砂崩れの現場へ行ってみようという私たちの誘いに対し、宏樹はあからさまに面倒くさそうな顔をした。しかし慎司は言葉巧みだった。

「たしかに行ったけど、あれからどれくらい作業が進んだか見てみたいじゃん。だって自分たちの町だぜ。あんな土砂崩れ、たぶんもう生きてるあいだは二度と起きないよ。どんなふうに土砂や岩や木が片付けられて、どんなふうに道路が綺麗にされていって、どんなふうに俺たちの町がもとの顔を取り戻していくのか見ておきたいだろ？　いや、むしろ見る義務があるんじゃないかって俺は思うんだ。時代の証言者なんだよ俺たちは。うかうかしてると作業がぜんぶ終わっちゃって、いざ行ってみたときには、もうあの場所はもとの姿に戻ってしまっているんだぜ」

多少言い過ぎかとは思ったが、自尊心の強い宏樹にはかえって効果的だったようで、みるみる顔つきが変わっていった。ついにはあたかも自分が私たちを説き伏せて現場に連れていこうとしているかのように、ずんずん先頭に立って歩き出した。

「あ、僕ちょっと用事があったんだ」

休み時間に言い合わせておいたとおり、私は途中で一隊を離れた。

「あとで、土砂崩れのところで合流しようよ」

宏樹が何か言う前に私は駆け出し、路地を曲がった。ランドセルが揺れないよう気をつけながら走り、ぐっと大回りをして、あの土砂崩れの現場を目指した。慎司と清孝が、適当な理由をつけて宏樹の到着を遅らせてくれることになっていた。そのあいだに私が土の中に偽化石を仕込むのだ。胸の中にはまだ、ゆうべの自分の行いが腫瘍《しゅよう》のように凝《こ》り固まっていて息苦しかったが、作戦だけはきちんと遂行しなければならない。

偽化石をうまく仕込めるような場所がはたしてあるのかどうか、そこが問題だと私たちは言い合っていたのだが、現場に到着した瞬間に不安は払拭《ふっしょく》された。

土砂や倒木や岩はもうおおかた片付けられ、今日か明日にでも道は人が通れる状態を取り戻しそうに見えた。道の左端に、これからどこかへ運ばれていくのだろうか、土が寄せ集められた小山がある。立ち入り禁止を示すポールやチェーンのすぐそばまで、その小山は迫っていて、上体を乗り出せばなんとか手が届きそうだ。私は周囲を見渡して、作業服の大人たちがこちらを見ていないのを確認すると、ランドセルから偽化石の入ったレジ袋を取り出した。袋の中でティッシュペーパーを剝ぎながら小山へ近づいていき、素早くそれらを土の中に埋め込んだ。一箇所にかたまって埋まっていては不自然なので、一つ一つの偽化石には適当な距離を空けた。距離といってもほんの十センチほどだ。あまり離して埋めてしまったら、掘り返しそこなうやつが出てくるかもしれない。

「何をしてるんだい?」

ぎくっと顔を上げると、ヘルメットをかぶったガニーさんが立っていた。

「あ、いえ」

私は咄嗟に視線をそらし、作業現場を見渡して「なるほど」という顔をした。ははあ、こんなふうに作業というものは進められていくのか。この前に比べるとずいぶん道が綺麗になっているな。この分だともうすぐ人が通れるようになるだろう。——そんな演技をしながらちらっとガニーさんのほうに目をやると、まだ私を見ていた。

「あんまり近づくと、危ないよ」

「はい、危ないです」

私のとんちんかんな返答に、ガニーさんは外国人のように肩をすくめた。そのままチェーンソー片手に作業現場の奥へと消えていく。ほっと胸をなで下ろしたとき、背後から慎司の声がした。

「あ、利一。お前のほうが早く着いたんだな。用事っていうのはすんだのか？」

「うん」

「そうか、ハッハッハ」

どうも慎司は、誰かを言葉巧みに誘ったりするのは上手だが、まるっきりの演技をするのは苦手らしい。私は思わず宏樹の顔色を窺《うかが》った。彼は片眉を上げ、訝るような表情をしていて、これはまずいなと思ったが、そのとき清孝が素晴らしい才能の片鱗《へんりん》を見せた。

「……おい」

彼は首を突き出し、疑問と興奮が入りまじったシリアスな目を、じっと私の傍らに向けていた。

「なあ、そこ……あ、違うかな……ん、待てよ」

吸い寄せられるように、清孝は小山のそばへ近づいていくと、右手を伸ばし——そこで一度ためらうように手を止め、それからまた伸ばして土の表面に触れた。彼は指先で少しずつ土を左右によけはじめ、その後ろから宏樹が、いったい何だという顔をして覗き込んだ。

「おい……ちょっと待て……え嘘……え嘘……」

まったく清孝の演技の才能は大したもので、私や慎司まで思わず信じてしまったほどだ。彼が土の中から何かを見つけて摑み、興奮に全身をわななかせながら振り向いてこちらに片手を突き出したとき、私も慎司も宏樹といっしょに「あっ」と声を上げた。

「化石だ、それアンモナイトだよ！」

そう言って鼻息を荒くしながら声を裏返したのが、自分なのだから我ながら呆《あき》れる。ほんの数秒間のことではあるが、私はそのとき清孝の手の中にあるのが本物の化石だと信じてしまったのだ。それほどまでに彼の演技は迫真で、偽化石は土にまみれて本物じみていた。

「まだあるかもしれない、捜してみよう！」

清孝の一声で、私と慎司は飛びつくように小山に手を伸ばした。そのときにはもちろん、これがすべて自分たちの仕込みであることを思い出していたのだが、不思議なことに胸を高鳴らせる興奮の度合いは変わらなかった。私たちは夢中で土を掻き、つぎつぎ偽化石を発掘した。一つ見つけるごとに声を上げ、飛び上がらんばかりに喜んだ。背後を見ると、宏樹は唇を結び、顔を硬くして両足を踏ん張っている。そうやって全身に力を入れていないと、きっといまにも発掘作業に加わってしまいそうだったのだろう。途中、私がちらっと目を上げたとき、チェーンソーを持ったガニーさんがこちらを眺めているのが見えた。まずいなと思ったが、ガニーさんはふいと視線をそらし、チェーンソーのエンジンをかけると、足元に転がっていた倒木の枝を伐《き》り落としはじめた。

埋め込んだすべての偽化石を私たちが掘り出したときも、宏樹はまだ両足を踏ん張ったままでいた。三人で顔を寄せ、こっちのほうが大きいとか、そっちのやつは雌っぽいなどと言っているあいだ、ずっとそうしていた。しかし私たちが、集まった化石を三等分してそれぞれ持ち帰ろうと言い出すと、とうとう「俺……」と口をひらいた。

え？　と私たちは彼を振り向いた。

「俺も」

は？　と私たちは首を突き出した。

「……ほしいんだけど」

計画が思い通りに成功したという経験は、きっとあれが最初だった。

私たちは目配せをし合い、視線と表情だけで協議している様子を見せてから、宏樹に向き直った。

「考えとくよ」

慎司が言い、私と清孝は思案深げに頷いた。

宏樹は怒ったように顎を硬くしたが、目は寂しそうだった。

「なあ利一……俺のやつどしたの？」

帰り道で慎司が訊いた。

「ああ、なんか慎司、すごく気に入ってたみたいだから、汚さないほうがいいんじゃないかと思って、持ってくるのやめたんだ。僕のだけで、数は十分だったし」

そうしてまた一つ、私は嘘を重ねた。

「利一……」

慈《いつく》しむように、慎司は立ち止まって私の顔をじっと見た。

「お前、やさしいのな。じつは俺、あれが汚れちゃうの、ちょっと嫌だったんだ。でももとそういう作戦だったから、ずっと言い出せなくてさ」

そうだったのか。

「ありがとな。俺、ぜったいあれ大事にするよ。利一がそんなふうに気い遣って、綺麗なままでいさせてくれたんだもん、大事にしなきゃ罰《ばち》が当たるよ」

顎を上げ、慎司は夕焼け空に視線を伸ばした。私も慎司の真似をして遠い空を眺めた。風には秋のにおいがして、町を照らす橙《だいだい》色の光は、私たちが家に着く前に残照へと変わった。

土砂の撤去が終了し、通行止めが解除されたと連絡があったのは、その日の夜のことだった。

（八）

翌日学校が終わると、慎司と悦子は私の家から荷物を抱えて帰っていった。別れ際に慎司が片手を差し出してきたので、何かと思ったら、どうやら握手を求めているらしい。私が仕方なくその手を握り返すと、彼はぐっと涙ぐみ、洟《はな》をすすった。慎司のことだから、どうせほんの一時的な感傷でそんなふうになっただけなのだろうが、私もつられて胸が熱くなった。悦子は馬鹿馬鹿しそうに笑いながらも、あまっていた私の左手を両手で握り込み、いろいろありがとねと言ってくれた。私は慎司の手を振り払って彼女の手を両手で握り返したかったが、できなかった。慎司に悪い気がしたのと、勇気が足りなかったのだ。

大きな荷物を担いで路地を歩き去る二人を、私は胸に何かぽっかりと穴が開いたような思いで見送った。そうしながら、ゆうべ悦子に、偽化石について言われたことを思い出していた。

——ほんとはリーのやつのほうがずっと上手くてカッコよかったけど、可哀想でしょ？　前から用意していた言葉を口にする言い方だった。

——下手くそだけど、なんかあいつ、一生懸命つくってたみたいだからさ。

それを聞いて私は、せっかくつくった偽化石ネックレスを、あの夜衝動的に懐中電灯で破壊してしまったことをひどく後悔した。もしプレゼントしていたら、悦子は喜んでくれていたかもしれないのにと。

私が土砂崩れの現場に慎司の偽化石を持っていかなかったのは、汚れないように気を遣ったわけではなく、あまりに出来が悪かったからだ。あれではぜったいに宏樹を騙せないと思ったので、申し訳ないとは思ったが、私のやつだけを持っていった。

あとで訊いてみたら、彼はあのガムの嚙みかすを、悦子と二人で使っている部屋の本棚に並べて飾ったらしい。何日か経ってまたうちへ遊びに来たとき、すっかり忘れていた冷凍庫のアップルジュースアイスを頰張りながら、慎司は嬉しそうに語っていた。

小山から掘り出した偽化石については、ずっと騙しているのは宏樹に悪いし、だいいち嘘をつきつづけるのも面倒だということで、私たちはすぐに白状した。宏樹は怒ったが、それはほんの二十秒ほどのことだった。清孝が、今度みんなであの場所へ本物の化石を捜しに行かないかと提案したからだ。

「いまはまだ斜面の工事をしてるから、勝手に土を掘ったりできないだろうけど、終わったらみんなで行こう。スコップ持って」

そのアイデアに、私たちは教室の片隅で小躍りした。

が、工事はいつまで経っても終わらなかった。大型トラックやミキサー車が行き来して、ひと月ほどが過ぎた頃には、斜面は無粋なコンクリートの壁へと変貌していた。私たちは自分たちの宝を大人に横取りされたようで、悔しかった。

ダッシュの水槽に入れていたカタツムリは、あれからすぐに逃がした。ある日の夕刻、何の気なしに覗いてみたら、小さいやつをダッシュが食べようとしているのを発見したからだ。腹をこわしてはまずいので、私はすぐにカタツムリをビニール袋に集め、翌日みんなといっしょに逃がしに行った。新しい仲間とうまくやれなかったら可哀想だということで、私たちはわざわざ清孝の家の裏まで行き、カタツムリたちをばらまいた。

そのまま四人で遊んでいたら、慎司が尿意をもよおした。清孝の家のトイレを借りるのを面倒くさがり、彼は雑木のあいだで腰をひねりながらチャックを下ろした。それを見ていたら、なんだか私も尿意をおぼえた。清孝や宏樹も同様で、私たちはけっきょく四人並んで立ち小便をした。そんなに我慢していたわけではないのに、私たちの立ち小便は長かった。身体から水分が出ていっているというのに、何故だか、新しくてさらさらした液体が全身を満たしていくような気分だった。湯気の先に、おっぱい草が何本か揺れていた。ぼんやりとそれを眺めながら私は、自分は男なんだという思いをにわかに抱いた。そして、女に生まれないでよかったと思った。

二階へ運んでおいた本のことを思い出し、その日の夜に本棚へ戻した。それから数日後、母が私の部屋を掃除しているときに大声を上げた。ゴミ箱の裏に、カタツムリが一匹へばりついていたのだ。どうやらあの晩、私は数をかぞえ間違えたらしい。どうして部屋にこんなものがいるのかと母は騒ぎ立てたが、私は白《しら》を切った。素知らぬ顔をしながら、清孝がガニーさんにプレゼントされたアンモナイトの化石を眺めていたときのように、過去へ思いを馳《は》せていた。もっとも過去といっても、ほんの数日前のことだったが。

生きているアンモナイトというものがどんな動きをしていたのか。何を食べ、何を探し、何から逃げ回っていたのか、わたしはいまだに知らない。それでも時々、あの頃のわたしたちはアンモナイトだったのではないかと思うことがある。

いまやアンモナイトはすっかり石化し、色褪《あ》せて冷たく固まったまま少しも動いてはくれない。それでも人というのは諦めが悪いもので、しばしばこんな空想をする。――今日にでも明日にでも奇跡が起きて、心と身体が一瞬で時間をさかのぼり、化石となった細胞たちがふたたび水分とエネルギーを取り戻し、自由に動きはじめてはくれないだろうかと。

じつのところ、やり方はわかっている。願いを現実のものとする方法を、わたしはあの冬の午後、仲間たちとともに知った。アンモナイト騒ぎがあった三ヶ月ほど後のことだ。

やり方を知っているのに、それを実践する勇気を、わたしたちは持つことができない。

奇跡を起こすたった一つの方法。

それは、強く願うことだ。

第四章　冬の光

（一）

「そんなんじゃないっての。こうやって、前にレンズが飛び出てるやつがあるだろ。プロとかが使うやつ」

やけに北風が強かったその日、放課後の道を歩きながら、宏樹は一週間後のクリスマスに手に入れることになっているカメラの話をしていた。

「それって、やっぱし高いの？」

突き出た額に風を受けながら慎司が訊く。いっしょに歩いていた私と悦子は、いつもながらの自慢話に辟易《へきえき》し、宏樹がその話題を出してからは一言も口を利いていなかった。

「まあ、ものすごく高価なものではあると思うぞ。カメラはやっぱり、いいやつになるほど値段も上がっていくからな」

難しい顔をして腕を組み、宏樹は遠くをじっと睨みつけた。私も見てみたが何もなかった。

「いいよなあ宏樹ん家は、金あって。うちなんて、今年のクリスマスプレゼントも、たぶんカンペンとかだぜ。うちの母ちゃん、変な絵がついてるやつ選んで買ってくるから嫌なんだよ」

慎司の言葉に悦子が唇をひらきかけたが、思い直したようで、何も言わずにまた前を向いた。そのころ彼女の髪は少しだけ長くなっており、ときどき手首に黒いゴムを留めていた。ただし実際に使ったところはまだ一度も見ていなかった。

カンペンというのは、当時の小学生たちのあいだで大流行していたアルミ製のシンプルな筆箱のことだ。慎司が使っていたのは、丸みを帯びた非写実的な木が並び、その上に小鳥が数羽飛んでいるという、ひどく子供っぽいやつだった。私のは紺色の地に「GOOD TOOL BOY」という意味不明の英語が黒く印刷されたものだったが、けっこう気に入っていて、たまに中身をぜんぶ出して丁寧に掃除していた。

「まあカンペンでも、もらえるだけいいかもしれないぜ」

宏樹がつづけるであろう言葉を私は予想し、その予想は的中した。

「清孝なんて、プレゼント何ももらえないんだろうから。あいつん家ほら、金ないだろ」

秋の偽化石の一件は、清孝から宏樹への痛快な仕返しとなったが、あのときの羞恥を彼はいまだ拭《ぬぐ》いきれていないらしく、ことあるごとにこうして清孝に対して仕返しの仕返しをしようとするのだった。

「この頃、あいつほら、給食の残りを家に持って帰ってるだろ？　おかずを何べんもおかわりして腹いっぱいにして、パンとかプリンとか蜜柑《みかん》とか、ランドセルに入れてるじゃん。ああいうの見てると俺、ほんと可哀想でさ。今日学校休んだのも、風邪だって佐織先生言ってたけど、あれたぶん栄養不足だぜ。肉とか、家でちゃんと食ってないんだ」

「肉ぐらい食ってるだろ。鶏肉とか、けっこう安いのあるぞ」

変に真面目な顔で慎司が言うと、宏樹はむきになって言い返した。

「いや、ぜったい食ってないって。あいつたぶん——」

急に言葉を切って立ち止まった。視線の先を見てみると、行く手のT字路を前傾姿勢で歩いていく人物がいる。服をはためかせ、前方をキッと睨みつけながら、北風に立ち向かうように歩を進めているのはキュウリー夫人だった。夫人を追い越すように、路線バスが通り過ぎていく。T字路のすぐ左側にはバス停があるが、彼女はあのバスを降りたところなのだろうか。

こんちはーという慎司の挨拶は風に吹き飛ばされた。

「清孝の具合、訊いてみようぜ」

慎司の言葉で駆け出した私たちがT字路に行きついたときにはもう、夫人の背中は十メートルほど先の路地を曲がって消えるところだった。

ばう、と背後で声がした。

「あ、ワンダ――」

最初に振り向いた悦子が声を上げた。私たちも振り向いたが、その視線と逆行してワンダはものすごい速さで脇を過ぎていき、そのまま後肢《あとあし》を激しくドリフトさせながら路地を曲がっていった。

「おばあさんのほう行っちゃった！」

悦子はどうしようという顔をした。彼女は私たちとは学年も性別も違い、弟の慎司も毎日の出来事を家庭でわざわざ報告するタイプではなかったので、そのときはまだ細かい事情を知らなかったのだ。

「姉ちゃん、大丈夫だって」

「でも」

「最近あいつ、手下になったんだ」

「手下？」

角を曲がると、しゃがみ込んだキュウリー夫人の前で、ワンダが首を突き出して舌をべろべろ伸ばし、彼女の膝を掻きながら狂気のように尻尾を振っていた。キュウリー夫人がこちらを見て「おう」と頷く。

そう、ワンダにとってかつての好敵手《ライバル》であり、以前の天敵であったキュウリー夫人は、いまや彼のボスとなっていたのだ。秋の終わり頃から、キュウリー夫人はご飯の残りをワンダに食べさせるようになり、次第にワンダは夫人を慕《した》いはじめた。冬になってからはすっかり従順な飼い犬と化し、夫人の言うことなら何でもきくようになっていた。もっともワンダにできるのはせいぜいおすわり、お手、伏せ、ちんちん、おまわり、逆おまわりくらいだったが。

「お前ほれ、落ち着け」

キュウリー夫人の一言で、何かそういうボタンでも押されたように、ワンダはぴたりと尻を地面につけて静止した。ワンダもキュウリー夫人も、どちらかというと顔つきが穏やかなほうではなかったので、なついているというよりは、師弟の盃《さかずき》でも交わし合った仲に見えた。

「清孝、風邪なんですか？」

慎司が訊くと、どうしてかキュウリー夫人は目をそらし、口の中でもやもやと何か聞き取れないことを言う。

「え？」

「いや、そのなあ……キヨとは、いま、ちょっとあれでさ」

「あれって？」

「ごたごたしててさ」

私たちは視線を交わし合った。夫人は居心地悪そうに唇を曲げ、ワンダの頭に手をついてヨッと立ち上がった。

「まあ、いろいろあるってこった」

踵を返して歩き出すので、私たちもついていった。ワンダもついてきた。

「清孝と何かあったんですか？」

私の質問が明らかに聞こえたくせに、キュウリー夫人は答えず、両腕を組んで肩をさする。

「おおさむさむ」

「あの」

「北風ぴーぷーだ」

「おばあさん、これから家に帰るんですよね。僕たち、いっしょに行って、清孝のお見舞いしよっかな。心配だから」

ちょっと探りを入れてみると、夫人はぎくっとこちらを見た。

「家は、駄目だ」

「どうしてですか？」

「家には……なんだほら……いま医者が来てんだ。診察の邪魔しちゃあれだから、行かないでくれ」

なにやら妙だ。さらに夫人は、もっと妙な言葉をつづけた。

「それから、あたしに会ったことは、キヨには言わないほうがいいね。いや、言うんじゃないよ。言っちゃ駄目だ」

私たちはふたたび困惑の視線を交わし合った。そのときになって私は初めて、キュウリー夫人が向かっているのが自宅と反対の方向だと気づいた。慎司も気づいたらしく、鼻の下を伸ばして夫人と路地の先を見比べながら訊いた。

「おばあさん、どこ行くの？」

「どこだっていいじゃないか」

「この先、山だけど？」

そう、キュウリー夫人が進んでいたのは、町から外れて山のほうへと向かう道だったのだ。ただし山までは、まだかなりの距離がある。

「その山に行くんだよ」

「え、何しに？」

「ただの散歩だ」

「でも、歩きだとけっこう大変じゃないですか？」

キュウリー夫人は足を止めた。ワンダが訊ねるようにその顔を見上げる。立ち止まったまま、夫人は顎を上げ、赤茶けた山をじっと睨んでいたが、やがて僕たちを振り向いた。

「あんたたち、暇かい？」

暇だった私たちは頷いた。

「山まで、あたしを自転車の後ろに乗っけてってくれないかね」

（二）

寒いからそこの金物屋で待っているというキュウリー夫人を残し、私たちはそれぞれ自転車を取りに家へ帰った。

「おう、早かったじゃないか」

急いで戻ってくると、まだほかの三人の姿はなく、夫人が店からレジ袋を持って出てくるところだった。忠犬ワンダが店の入り口で、はっはっはっと息を荒げて喜んでいる。

「何か買ったんですか？」

「ん……ああ、ちょっとね」

夫人は曖昧に答えたが、半透明のレジ袋の中に入っているのがカッターナイフであることに私は気づいていた。

「お待たせー」

「あれ、利一、早いな」

悦子と慎司もやってきた。

少し遅れて宏樹がむすっとした顔で現れた。彼は明らかに乗り気ではないようだったが、自分がいないところでまた何か変な作戦でも立てられたらたまらないと思ったのだろうか。あるいは、自分が清孝について喋ったことを、私たちがキュウリー夫人に告げ口するのを恐れたのかもしれない。

「ああ寒い……すげえ寒い」

宏樹はポケットから赤茶色の平たい袋のようなものを取り出し、両手でごしごしやった。どうやら携帯用カイロらしいが、ただ見せたかっただけなのだろう。私は目をそらした。

「そんで、誰があたしを乗っけてくれるんだい？」

訊いておきながら、夫人は勝手に私の自転車の後ろにまたがった。

「じゃ、出発するよ」

私たちは山へ向かってペダルをこぎはじめた。ワンダはキュウリー夫人の顔を見上げながら私の自転車の隣を走った。北風は額や頬に痛いくらいで、ときおり両目をつぶると、瞼の裏で目玉の冷たさがわかった。山には十五分ほどで到着し、私たちは左右からクマザサが迫る細道を無理やり自転車で登っていった。——が。

「もう……もう無理」

すぐに私が力尽きた。キュウリー夫人は小柄だし、水分も脂分もすっかり抜けたような感じではあるが、やっぱり大人なのだ。

「よし、そいじゃ、こっからは歩くよ」

夫人は自転車を降り、その場で二回ほど屈伸運動をした。

「もう少し行けば着く」

どこに着くのかと慎司が訊ねると、キュウリー夫人はにやっと唇の端を持ち上げた。

「いいとこだよ」


その「いいとこ」は、何もない場所だった。

しかしそこには私たちの町のすべてがあった。

自転車を停めたあと山道をしばらく登り、途中からキュウリー夫人の背中に従って獣道のような木々の隙間を抜けていくと、あるとき急に目の前がぱっと明るくなり、視界の上半分に空が、下半分に町が広がったのだ。

夫人は「こらしょ」と地面に腰を下ろし、ふんふん頷きながら満足げに町を見渡した。ワンダが寄り添うように隣へ座り、私たちも一列になって横に並んだ。いつのまにか風はやんでいたが、地面がしんと冷たくて、尻が凍りつくようだった。冷たいだけでなく、地面はとても硬く、それを意識したとき私は初めて、自分たちがいま大きな岩の上に座っているのだと気がついた。木がまったく生えていなかったのはそのせいだったらしい。土の部分と地続きだったものだから、わからなかったのだ。

屋根。公園。鉄塔。線路。短い電車。屋根。屋根。駅。雑木林。学校。濃い絵の具をぼてっと落としたように、女恋湖が暗い緑色に沈んでいる。その手前に広がる樹林の中に、私は王様の木を探してみた。あれほど大きなコナラだが、さすがにここからは見えなかった。秋に土砂崩れを起こした例の斜面は、古い絵を一箇所だけ修復したみたいに、新しいコンクリートを光らせている。視界の中で目立つのはその二つくらいで、何も大したもののない、見慣れた私たちの町だ。絵を描いたら緑と灰色の絵の具ばかり減りそうだった。

「ほんとにねえ……変わっちまったもんだよ」

私が漠然と抱いた感想と反対のことを、キュウリー夫人は呟いた。

「これでも変わったんですか」

「変わったさ……」

この町について話すとき、私たちはいつもゲームセンターがないとか、デパートがないとか、本格的な野球ができる広い運動場がないとか、そんなことばかり言う。しかし、自分たちと関わりのないところでは、確かに変わっていたのだ。その気になって見てみると、家々の屋根は綺麗で新しそうなものが多いし、右手に見える真っ直ぐな道路は、以前はもっと細くて曲がった道だった。

「ま、ここは変わらないけどね」

キュウリー夫人は尻の後ろに手をついて周囲を見回す。

「ずっと昔の娘時代、よく来てた場所なんだ」

「こんなとこで何してたんです？」

「何って、いろいろさ。あたしらの時代はテレビもなかったし、おもちゃだってみんな、たくさんは持ってなかったからね、何でも遊びにしちまってたんだ。こういう場所に来て、どんぐり探したり、キイチゴ食べたり、綺麗な花の冠をつくって頭にのせたりしてさ。こうやってただ景色を見て過ごしたりもしたよ。この岩、みはらし岩って呼んでたんだ、あたしらは」

風が吹き、からからに乾いた落ち葉が音を立てて足先を移動していく。ワンダが目で追いながら鼻をひくつかせ、おん、と小さく吠えた。

キュウリー夫人は長いこと、静かに景色を眺めていた。

そのとき夫人の頭の中をめぐっていたものを、いまではなんとなく想像することができる。しかし当時の私にはわからなかった。それはきっと、いっしょにいた慎司や宏樹や悦子も同じだろう。

やがて夫人が景色に顔を向けたまま言った。

「あんたたち、ちょいと昔の遊びに付き合ってくれるかい？」

キュウリー夫人は私たちにいろいろなことを教えてくれた。木の枝のところどころについている、うぶ毛の生えた米のようなものは、冬芽《ふゆめ》と呼ばれる芽で、中では新しい枝葉がじっと春を待っていること。下草の中にちらほら見える赤いキイチゴは、フユイチゴという本当の名前を持っていること。大きめの落ち葉を引っ繰り返すと、ときどき越冬中のテントウムシがびっしりついていること。

「あ、ほんとだ」

悦子がそのテントウムシたちを見つけて声を上げると、落ち葉を鳴らしてワンダが駆け寄っていった。私と慎司も落ち葉を引っ繰り返したが、テントウムシはいなかった。宏樹は面倒くさそうな顔をして、それでもスニーカーの先でそっと落ち葉の裏を確認していた。そのあいだに夫人は下草の中で屈み込み、フユイチゴをたくさん摘んだ。

私たちは大きな倒木に一列になって座り、土のにおいに包まれながら、フユイチゴをもらって食べた。酸《す》っぱくて耳の下が痛かったが、それでも口の中に流れ出た果汁から少しでも甘みを見つけようと舌を動かしていたら、やがて微かな甘さが唾液に溶け込んできて、その味わいかたがだんだん板についてくると、スーパーで売っているイチゴよりも美味しいと思えるようになった。

「お前、食べないの？」

宏樹だけフユイチゴを食べていないことに、私も悦子も気づいていたのだが、頓着《とんじやく》なく訊いたのはやはり慎司だった。

「いや、腹減ってないから」

「べつに減ってなくても食えるよ。こんなちっちゃいんだぜ。ほら一個」

「いいよ」

「何で」

「いいって」

植物や虫のことをいろいろと知っているだけでなく、夫人は工作も上手かった。クマザサの茎を、葉の周辺で五センチほど切り取り、彼女はカッターナイフを器用に動かしてたちまちバッタをつくってみせた。葉がピンと尻のほうへ伸びて、それがうまいこと翅《はね》に見え、細く剝いた茎の皮は、絶妙な角度で折られて脚になっていた。私たちも順番にカッターナイフを借りてバッタをつくった。慎司は例の偽化石制作時の不器用さをふたたび発揮し、歪な物体を完成させて喜んでいた。私だけがけっこう上手にバッタをつくり上げ、悦子も「へえ」と感心してくれた。私がそっと差し出したバッタを、彼女は二本の指でつまんで受け取り、いかにも本物っぽく倒木の上にちょこんと載せてくれたが、すぐさまワンダが近寄ってきて口に入れてしまった。私は微笑して寛容の精神を示したけれど、もう少しでワンダに殴りかかるところだった。

私たちが順番にバッタをつくっているあいだ、キュウリー夫人は紫色の小さな実が付いた灌木の枝を折っていた。一枝折るごとに、背の低い木全体がふるふると揺れた。あとで知ったところによると、それはムラサキシキブという植物だった。夫人はムラサキシキブの枝で、とても可愛らしい冠をつくった。出来上がると悦子を呼び、頭にそれを載せて「ほ」と裏返った声を洩らした。

「なんだ、似合うじゃないか」

悦子はこちらを気にするように顔を向けかけたが、私はもう一匹のバッタをつくるため適当なクマザサを探しているふりをした。


「え、どんぐりって食べられんの？」

キュウリー夫人が集めてきたシイの実を、慎司は疑いの目で見た。

「ほとんどは食べられないよ、えぐくってね。でもシイの実は大丈夫なんだ。このほれ、帽子の部分が実ぜんぶを包んでるのがシイの実。生《なま》でいけるよ」

「一個」

「洗ってからだ。川まで洗いに行こう」

キュウリー夫人を先頭に、一列縦隊になって山道を進んだ。道はとても入り組んでいたが、夫人は動物のように正確に私たちを水辺へと導いた。途中で顔を半分だけ振り返らせて、夫人は何か聞き取れないことを言ったが、たぶん足元をよく見ろと言ったのだろう。私たちは全員、急に現れたぬかるみに足を取られて声を上げた。

やがてたどり着いたその細い川は、太陽の光が反射してこない角度から見ると、何もないのではないかと思ってしまうほど完璧に無色だった。しかし首を伸ばして覗き込んでみると、滑《なめ》らかな水面に自分の顔が映り、その向こうで水草が流れに従って揺れている。水草のあいだに私は小魚を一匹見つけたが、誰かに教える前に、ぱっと砂を散らしてどこかへ消えてしまった。

「石で囲って、川の端っこに洗い場をつくっとくれ。どんぐりを入れるから。そうすると、虫食いの実が浮いてくるんだ。一目でわかる」

私たちは洗い場をつくり、道々拾い歩いてきたポケットのどんぐりをみんな放り込んだ。キュウリー夫人が腕まくりをして水をじゃぶじゃぶかき混ぜると、しばらくして五、六個の実が水面に浮かび上がってきた。夫人はそれを手早くつまんで草むらに放《ほう》った。

歯で殻を割り、私たちはシイの実を味わった。実際に食べてみるまで半信半疑だったのだが、それはほんのりと甘い、クリと生野菜を同時に食べているような感じの、なかなかオツな一品だった。なにより殻が割れるときのピシッという感覚や、コリッコリッと耳の奥に響く歯ごたえが心地よく、ああ木の実を食べているという気になれた。

「さすがに食べたいだろ、これは」

慎司が小声で宏樹に訊いた。その様子を見て、さっきフユイチゴをすすめたのも、彼の優しさだったのだろうかと私は思った。宏樹もそれに気づいたのか、やっと小さく頷いて、水の中から実を一つつまみ上げて口に入れた。

「……ん!」

演技かと思った。てっきり、そうやってまず歌舞伎役者のような顔を見せておき、あとで「美味《うま》い!」とでも言うものと予想していたのだ。しかし宏樹はその顔のまま目を白黒させ、大量の唾とともに口の中から実を吐き出した。

「苦い! なんだこれ、すげえ苦い!」

「ああ、いまのはクヌギの実だね。食べられないよ」

がばっと宏樹はキュウリー夫人の顔を仰ぎ見た。

「言おうと思ったんだけど、あんた、その前に食べちまったから」

宏樹は川に向かってしゃがみ込み、猛然と両手で水をすくって口をゆすぎはじめた。高価《たか》そうなセーターの胸が水でびしょびしょになり、あれではあとで風邪をひくのではないかと私は思った。その予想は的中することとなるのだが、まさかその風邪があんな出来事を引き起こすとは思ってもみなかった。

(三)

「この川はね、夏んなるとホタルが舞うんだ。あれは、いまでもいるのかねえ。昔はすごい数だったよ。川面にも光が映って、余計たくさんに見えてね」

私たちは河原の石にばらけて座り、あらためてシイの実を味わっていた。宏樹もセーターの腹に入れた携帯カイロで交互に手をあたためながら、遅れを取り戻すように実を頬張っていた。

「女恋湖の花火みたいにですか？」

私の質問に、キュウリー夫人はどうしてか答えなかった。聞こえなかったのかと思って言い直そうとすると、ようやく口をひらいた。

「そうだね、似てるかもしれない。女恋湖の花火もなあ……もっぺん見たいもんだ」

しかし、けっきょく夫人が女恋湖の花火を見ることは、もう二度となかった。

「もうすぐじゃないですか、冬の花火大会。二月のはじめだったと思いますよ」

悦子が言った。今度も夫人はすぐには答えず、川面を見つめたまま、ただ巾着のように唇をとがらせた。自分でも一つだけ食べたシイの実の殻を、夫人は掌に載せ、意味もなく指でつまんだりはなしたりしていたが、やがて、まるでそれまでの会話の流れを忘れてしまったかのように、急にこんな話をしはじめた。

「キヨが二年生の夏にほら、娘が死んじまっただろ、病気で」

娘というのはつまり、清孝の母親のことだ。清孝の家は、ずっと前に離婚して父親が町を出ており、二年少し前に母親が病気で死に、以来キュウリー夫人と二人きりで暮らしている。

「そのときキヨのやつ、何日も何日も泣いてね。先生の話だと、学校では泣いてなかったようだけど、そのぶんまで家で泣いてたんだろうね。ほんとにもう、晩ご飯も食べないで泣きつづけてさ」

そうだったのか。生徒数の少ない学校だったので、私は二年生のときも清孝と同じクラスだったが、当時はいまほど仲よくしていなかった。母親が死んだという話を人づてに聞き、それとなく様子を気にしてはいたのだが、急に無口になった気がしただけで、家で泣き暮らしているなんて思ってもみなかった。

「キヨは、母親が大好きだったもんだからね……まあ母親を嫌いな男の子なんていないけどさ。娘が生きてる頃、あたしは遠慮して、どっかに出かけるときなんか、わざと別に用事つくって二人で行かせたりしてたんだ。あたしがいるとほら、キヨが母親に甘えられないだろ。父親がいないし、母親は金を稼ぐために忙しく働いてるし、たまに出かけるときくらい、思いっきり甘えさせてやろうと思ってさ。キヨのやつ、母親にからまるみたいにして歩いてたよ、いつも」

もう何度も思い出したことを、また思い出している口調だった。キュウリー夫人は顎をしゃくれさせて唇を曲げ、頷くように小さく首を揺らした。

「だから娘が死んじまったとき、あたしはどうしていいかわからなくってね。二人で出かけたこともほとんどない。いっしょに暮らしていながら、向かい合ってじっくり話したこともない。そんな孫息子がさ、目の前で夜っぴて泣いてんだもん、参っちまったよ」

キュウリー夫人は私たちの顔をちらっと見ると、自分でどんどん話をすすめていたくせに、気まずそうに目をそらした。そして、それからは一度も私たちに顔を向けずに話した。太陽が川面に反射して、脂《あぶら》っ気のない頬をきらきらと照らしていた。

「そんなとき、この川のホタルのことを思い出してね。何か変わったもんでも見せりゃ、ちょっとは気が紛れてくれるんじゃないかって思ったんだ。べつに何でもよかったんだよ。あいつが知らないもの、見たことのないものなら何でも。ただほら、なにせ先立つものがないもんだから、ものを買ってやるのも難しいだろ?」

だからキュウリー夫人は、その年の夏、夕暮れに清孝を連れてここへ来たのだという。二人で出かけるのは、ほとんどそれが初めてだったと夫人は苦笑したが、水面に向けられた目は墨色《すみいろ》に沈んで哀しげだった。

「でも、あんとき来てよかったよ、ここに」

ちょうどいま私たちがいるあたりに、二人は座ったらしい。

ホタルを眺めているあいだ、清孝は何も言わなかった。ただ黙って、ホタルが目の前をふわふわ飛ぶのを眺めていた。だからキュウリー夫人は不安だった。孫がいったい何を考えているのか、ちっともわからなかったのだ。それでも、訊いたり探ったりすることができず、夫人もまた黙っていた。

「そうしてあたしたちが二人して、じっとしてたせいなのか知らないけど、ホタルがえらく多く飛んでくれてね。川に映った数と合わせると、そりゃもうものすごい数だった。それがみんな、ゆっくりゆっくり、真っ暗な中を飛んでるんだ。ときどき流れ星みたいに、シュッと速く飛んだりしてね」

綺麗だったろうな、と私が思うと同時に、まるで返事のようにキュウリー夫人がそっと頷いた。そのときのホタルをもう一度見ようとするかのように、夫人は目を閉じた。しかし、すっかりつぶっているわけではなく、細くひらいた瞼の隙間から、うたた寝をする直前のように川を眺めているのだった。

「いまだに、あんときキヨが何考えてたんだか訊いたことはないし、あいつも教えてくれたことはないんだけどね。きっと、たくさん、いろんなことを考えてたんだと思うよ」

長い時間、清孝は黙ってホタルを眺めていた。

「それが、だしぬけに口を利いたんだ。娘が死んでから、いっぺんも聞いたことがないような、しっかりした声だった。いまの声だね。娘が死ぬ前でも、死んだ直後でもなくて、いまのあいつの声だ」

その声で清孝は、

——綺麗だね。

そう言ったのだそうだ。

「それから、いきなりキヨは立ち上がってさ。なんだかもう、これから運動会でもはじめるみたいに、勢いよく立ち上がって、ばあちゃん帰ろうか、って明るい声であたしに言ってさ。あたしが返事する前に、くるっと背中向けて、すたすた歩いていくんだ。あたしは何がなんだか、よくわからなかったけど、お湯でも飲んだみたいに、急に胸の奥があったかくなってね。年寄りを一人で置いてくなって言って、キヨを追いかけたよ」

素直な笑みが、夫人の頬に刻まれた。

「あいつが強くなったのは、それからのことだったな」

夫人の話が終わると、さっきまでは呟くように低く聞こえていた川音が、ふっと高くなった。ワンダが身じろぎをして足元の石が動き、その音もやけにはっきりと耳に届いた。自分が何か言ったら、その声も大きく聞こえてしまうように思え、私はただ自分の足先を見つめていた。みんなも同じ気分だったのだろう、冬の川音に耳をすませながら、誰も口を利かなかった。落ち葉が一枚、くるくると回りながら目の前を流れていく。黒っぽい小さな鳥が飛んできて、刷毛ではらうように水面をかすめると、木々の奥へ消えた。

「ここで、あのホタルをもっぺん見たら……キヨはまた強くなってくれるかねえ」

掌に載せたシイの実の殻を眺め、夫人は呟いた。

「あいつ、もう十分強いと思いますよ。なあ？」

慎司が同意を求め、私たちは、宏樹でさえも、即座に頷いた。

それに対して夫人が返した言葉を、私はその後、何度も思い出すことになる。

「もっと強くなんなきゃ、駄目なんだよ」

場違いなほど力のある声で夫人は言い、一瞬後、自分が発したその言葉に驚いたように、両目をしばたたいて顎を引いた。

「まあ、なんにしても、もっぺんここで、ホタルを見たいもんだ。キヨといっしょに。ホタルと……そう、さっき言った女恋湖の花火も見たいね。あの二つが、この町での何よりの思い出なんだよ、キヨとの」

キュウリー夫人が少し顔を下へ向けた。光の加減で、なんだか急に老《ふ》けこんだように見えた。

けっきょくそのときは、夫人がどうして急にホタルや花火や清孝の話をしたのか、私たちにはさっぱりわからなかった。わからないまま、夫人につられて腰を上げ、河原を背にして山道のほうへと歩きはじめた。

山の空気は肌に冷たかったが、モザイク状の木洩れ日が、さらさらと音が聞こえそうなほど白くて明るかった。キュウリー夫人は私たちの先頭を、「おお冷える」とか「あたしもまだまだ若い」とか、一人のときには言わなそうなひとり言を口にしながら歩いた。それを聞きながら私は、家族というものについて考えていた。そんなことに頭をひねるのは生まれて初めての経験で、しかしたぶん、清孝は考えたことがあるのだろう。何度も。それまで一度も考えずにこられた自分は幸せだったのに違いない。

風が周囲の葉を一斉に鳴らし、私たちはそろって首を縮こませた。枝から離れた赤い葉が顔のすぐ前をかすめ、思わず目を細めたとき、「あ」と短い声が聞こえた。それがキュウリー夫人の声だと意識したときにはもう、彼女の姿はどこにもなかった。

ザッと何かが鳴り、ワンダが高い声で吠えた。

「おばあさん！」

道の脇の木に右腕を巻きつけるようにして、宏樹が身を乗り出していた。私たちも駆け寄って地面に膝をついた。目の前には大きな段差があり、二メートルほど下で、キュウリー夫人が呻《うめ》いていた。

（四）

「どっか折れてそうだったか？　言葉は喋れてたか？」

山道を駆け上りながら、清孝はつづけざまに訊いた。私と慎司が曖昧《あいまい》に答え、自分たちはとにかく急いで下りてきてしまったからと説明すると、「何考えてんだよ！」と大きな声を上げた。怒ったのは私たちに対してではなかった。

「ばあちゃん、自分の身体のことわかってるはずなのに、何で山になんて……」

清孝は必死の形相で足を速めて私たちを引き離し、ぐんぐん山道を進んでいく。詳しい場所を私たちから聞いてもいないのに、それがわかっているような足取りだった。

——誰か呼んできます！

キュウリー夫人が落ちたあと、悦子がそう叫んで背中を向けた。しかし夫人は、痛みに顔をしかめながら手を振り、いい、いい、と彼女を止めた。段差を飛び下りたワンダが、夫人に顔を押しつけるようにして、心配そうに鼻を鳴らしていた。夫人はまったく立ち上がれないようだった。

——いいわけないじゃないですか、誰かすぐ呼んで来ますから！　あ、でもそうか、半々に分かれたほうがいいかもしれない。

私たちは素早く相談をまとめ、悦子と宏樹がその場に残り、私と慎司が人を呼びに山を下りることに決めた。そして麓《ふもと》へと急いでいたところ、ちょうど自転車を停めたあたりで、こちらに向かって走ってくる清孝と行き合ったのだ。

「川のほうだろ。あの、迫《せ》り出したでかい岩の近くにある」

「そう、そこの段差に落ちたんだ。でも何で——」

私の質問の途中で清孝は答えた。

「ばあちゃん、俺といっしょにホタル見たがってたんだ。夏までホタルは無理だって俺が言ったら、あの川を見るだけでもいいなんて言って、病室の窓から山のほうずっと見てた」

「病室――？」

「あ、姉ちゃんと宏樹だ！」

川へとつづく径《みち》に駆け入ろうとしたとき、行く手から二人がクマザサを掻き分けながら突き進んでくるのが見えた。どちらも泣きそうな顔をしている。

「おばあさん、あたしたちに、手ぬぐいを濡らしてきてくれって言ったの。足を冷やしたいからって。あたしが上から手を伸ばして手ぬぐいを受け取って、川に行こうとしたら、危ないから宏樹くんもいっしょに行けって言って――あたし一人で大丈夫だって言ったんだけど、駄目だって怒られて――」

二人で川へ行き、手ぬぐいを濡らして戻ってくると、夫人が消えていたのだという。

それを聞いた瞬間、清孝が猛然とクマザサの中に分け入ったので、私たちは慌てて追いかけた。段差の上まで駆けつけると、たしかに夫人の姿はそこになく、ワンダだけが、リアルな置物のようにじっと座っている。清孝の先導で山道を迂回し、私たちは段差の下へと移動した。

「お前何やってんだ！」

清孝の怒鳴り声にワンダはびくっと首を縮こませ、上目づかいに彼を見たが、まったく身体を動かそうとしなかった。

「くそっ、ばあちゃんに命令されたんだな。動くなって言われたんだ」

清孝はいきなりワンダの頭を平手でぶっ叩いた。

「命令なんてきかなくたっていいんだよ！　馬鹿っ！　アホ犬！」

一発につき一語といった感じで、清孝は小学生の語彙《ごい》力で思いつくかぎりの悪態を放ち、ワンダの知能や風貌をつづけざまに罵倒した。ワンダはキュウリー夫人の命令を忠実に守り、じっと彼の平手と言葉に耐えていたが、しかし何度目かに彼が手を上げたとき、急に新しい命令を理解したように、がばりと立ち上がって清孝の顔を見た。

「ばあちゃんのとこ連れてけっ！」

「うをぅ！」

ワンダは駆け出し、清孝もすぐさま走り出した。道なき道を突き進みながら、清孝は断片的に事情を話してくれた。

秋の終わりから、キュウリー夫人は病気にかかり、バスで二十分ほどの場所にある病院に通院していたらしい。今月に入ってからは症状が重くなり、入院となっていた。そしてさらに、その病院には十分な設備が整っていないということで、もうすぐ遠くの病院へ入院しなおすことになっているのだという。

「ばあちゃん、それが嫌なんだ。町を離れたくないんだ」

キュウリー夫人が病院を抜け出したのは、これで二度目なのだと清孝は言った。

「前のときも俺、女恋湖のそばにいるところを捕まえて怒ったんだ。病院の先生も看護婦さんもみんな心配してんのに、なに考えてんだって。ふざけんなって」

だからキュウリー夫人は、路地で出会った私たち全員を連れてここへ来たのか。私たちの誰かが町をぶらついていて、清孝に会ったらまずいと思ったから。清孝が捜しに来て、病院へ連れ戻されてしまうと思ったから。

――と。

声を裏返してワンダが吠えた。行く手に茂るクマザサの中に、脱走兵のように肩をいからせて走るキュウリー夫人の後ろ姿があった。夫人は振り向いて「あっ」と口をあけ、それまでよりスピードを上げてまたばたばたと駆け出したが、さすがに私たちの足のほうが速かった。

およそ二十秒後、あえなく夫人は御用となった。

「もうちょっとしたら……家に寄ってさ、お前の顔見て……それからちゃんと病院に帰るつもりだったんだ」

「いい加減にしてくれよっ！」

言い終えると同時に清孝は咳き込んだ。

「お前、今朝、病院に電話くれて……風邪で学校休むって言ってただろ？　だからほら心配で……つい病院を出て」

「心配はこっちだ！」

吠えるように怒鳴ると、清孝はふたたび咳き込み、こんどは激しく噎《む》せ返り、それがやっとおさまってから、また夫人を睨みつけた。

「病院からここまで、ばあちゃんバス乗ってきたんだろ！　バス代だってただじゃないんだぞ。俺が何のために給食のパンとかを家に持って帰ってると思ってんだよ。ちょっとでも自分の食費を節約して、ばあちゃんの病院代にあてられたらって考えてんじゃないか。病気を治すにはお金がかかるんだ。たくさんかかるんだ。それなのに、勝手に病院抜け出して、お金使ってバス乗って、こんな寒い中、山なんて……」

清孝の声はだんだんと小さくなり、しまいには苦しげな息遣いの中に消えてしまった。

本当は、あんなことは言いたくなかったのだろう。清孝は、お金のことなど私たちの前では口にしたくなかったし、実際のところ心配していたのは、医療費よりも夫人の身体だった。しかし、ああでも言わないと、夫人がまた病院からの脱走を繰り返すと思ったのだ。その証拠に、清孝の顔はとてもつらそうだった。哀しそうだった。私たちは二人の横に立ち尽くしたまま何も言えず、ただ視線を下げて黙っていた。ものすごく責任を感じてはいるのだが、具体的にどんな責任をどう感じていいのか、わからなかったのだ。

「病気と……引っ越しかあ」

慎司の白い息は夕暮れの中にかすんで消えた。清孝とキュウリー夫人、ワンダとは山の下で別れ、私たち四人は自転車を押しながらとぼとぼと家路についていた。

――おばあさん、遠くの病院に移るって言ってたけど、お前どうすんの？

山を下りながら慎司が小声で訊くと、清孝はしばらく黙ってからこう答えた。

――ついてく。

――ってことは、転校？

――まあ、そうだな。

いつ、と慎司が訊くと、来月の終わりだと清孝は答えた。

だから、キュウリー夫人は花火とホタルを見たがっていたのだ。

自転車を停めた場所へたどり着くまで、私たちは誰も口を利かなかった。無言の空気の中に、それぞれの思いが重たく充満していた。自転車のスタンドを跳ね上げ、その勢いにまぎらわせて悦子が夫人の病気について清孝に訊ねた。しかし清孝は、すぐ隣を歩いている夫人のほうを気にしつつ、曖昧に首を振るばかりだった。

「ああ、俺風邪ひいたかも。変な実食わされて、急いで口ゆすいだときだ。参っちゃうよなあ、クリスマス前に風邪かよ」

宏樹を無視して悦子が呟いた。

「なんか、力になれる方法ってないのかな……清孝くんとか、おばあさんの」

彼女はハンドルを握った自分の手を見つめていた。ハンドルには、キュウリー夫人につくってもらったムラサキシキブの冠が引っかけてある。うつむいた彼女の肩口で、溶けかかった飴のような、冬の夕陽が沈もうとしていた。

「でも、病気はしょうがないだろ。神様じゃないんだから」

慎司が自分の下唇をしきりに引っぱりながら言う。悦子はこくりと頷いた。路地の脇に向かって、私たちの長い影が伸びていた。

――迷惑かけたね。

別れ際、キュウリー夫人は私たちを振り返り、ニヤっと笑ってみせた。その顔は、笑う前の何倍も哀しげだった。

自転車を押して家路をたどりながら、咽喉のあたりが、綿でも詰まっているように苦しかった。私は懸命に考えていた。何か力になれないだろうか。役に立てないだろうか。

（五）

その方法が見つかったのは、クリスマス前日の月曜日だった。

二時間目が終わった休み時間、教室の後ろで大きな音がした。何かと思って見てみると、戸口から悦子が上体を差し入れて教室の壁を叩いている。慎司がすごく嫌そうな顔で立ち上がった。

「……なんだよ。教室には来るなって言ってんだろ」

「うるさいわよ馬鹿。せっかくいい情報持ってきてあげたのに」

慎司の隣から私が訊いた。

「情報って？」

「あのね、ホタルって幼虫のときから光るんだって」

言いたいことはわかるわよね、といった顔で悦子は私を見たが、さっぱりわからなかった。

彼女は私の頭を、中身を確かめるように指先でとんとん叩いた。

「図書室から借りてきた本を、あたし一時間目と二時間目の授業中にずっと読んでたの。それでわかったことを、いまから言うからね。いい？　まず、ホタルは幼虫のときから光る。その幼虫は淡水中に生息していて――」

私と慎司の表情に気づいて彼女は言い直した。

「要するに、川なんかにいるってことね。で、その幼虫って一センチくらいの黒いイモムシみたいなやつらしいんだけど、川にいる時期がいつかっていうと、卵から孵《かえ》ったあと、夏が来て成虫になるまでのあいだ、つまり」

「待って」

わかった。

「いま川の中にいるんだ、そのイモムシみたいなやつが。光るやつが！」

「そう、いるの！」

（六）

「いた？」

「わかんねえよ」

「わかんないって何よ」

「どれが幼虫だかわかんねえんだよ」

半年ぶりに押し入れから出してきたという虫取り網の中を、慎司は苛立った顔でいじくり回し、その手もとにワンダが興味津々で鼻っ面を押しつけていた。私はダッシュの水槽を買ったときにおまけでついてきた小型の四角い網を、もう一度川の中に差し入れて砂利《じゃり》をすくった。顔を近づけてじっと観察してみるが、動くものは何もない。スニーカーに染みこんだ川の水は、爪先を噛まれているような冷たさだった。

「捕まえかたくらい考えてこいよ……」

風邪っぴきの宏樹は、そう強く誘ったわけでもないのについてきて、しかし身体がだるいと言って幼虫の捕獲には参加せず、顎をマフラーに埋めるようにして、河原の隅にしゃがみ込んでいる。そしてセーターの腹に入れた携帯用カイロをいじりつつ、ぶつぶつと文句ばかり呟いているのだった。

幼虫が光っているというから、その光っているところを網ですくえば簡単に捕まえられるくらいに考えていたのだが、そう簡単にはいかなかった。光っていたところで、日中は見えないのだ。

「清孝に電話でもして、ホタルの幼虫の捕まえかた訊いとけばよかったな。あいつ、そういうの詳しいだろ？　女恋湖に巨大鯉を釣りに行ったときも、餌のつくりかたとかよく知ってたじゃん」

水底の砂利をすくい直し、慎司は網の中を覗き込む。今日も、清孝は学校を休んでいた。先日の一件で、風邪が余計にひどくなったのかもしれない。

「何も釣れなかったけどな」

後ろで宏樹の鼻声が聞こえたが、慎司は無視してつづけた。

「なんか餌になるようなものないのかな。なあ姉ちゃん、ホタルの幼虫って何食うの？」

悦子は持参していた『ホタルの一生』をショルダーバッグから取り出し、ページを捲った。図書室から借り出してきたものだ。

「ええとね……カワニナだって。細長い、なんかタニシみたいなやつ」

「そういうのなら、さっき見たな」

慎司は先ほど脇へ捨てた砂利を探り、淡褐色《たんかつしょく》の、とがったかたちの巻き貝を拾い上げた。その貝なら、私もちょっと前に自分がすくった砂利の中で見ていた。

「なあ利一、まずこの貝を集めようか。急がば回れって言うだろ」

そういうわけで、私たちはカワニナの捕獲を開始した。これはとても簡単で、あっという間に十数匹ずつのカワニナが私と慎司の手にそれぞれ集まった。私たちはそれを網の中に入れ、その網をなるべく流れがゆるやかな場所にそっと沈めた。要するに、罠《わな》を仕掛けてホタルの幼虫を集めようという作戦だ。

この作戦が大成功だった。

「もしかしてこれか？　なあ姉ちゃん、これ？　このヒルみたいな黒いやつ？」

しばらく待機してから網を確認しに行くと、体長一センチほどの生きものが五匹ほど、それぞれカワニナの貝に顔を突っ込んでうねうね動いていた。真っ黒で、身体の両側からたくさんの短い脚がはえていて、母に見せたら倒れそうなやつらだった。

私たちはその黒い生きものを、『ホタルの一生』に載っている写真と丹念に見比べ、ゲンジボタルの幼虫だと確信した。「カワニナ・トラップ」と慎司が命名したその罠を、それから四回ほど川に仕掛け、最終的には合計二十数匹の幼虫を捕獲するに至った。幼虫たちは悦子が用意していたジャムの空きビンの中で、うねうね、くねくねと右往左往しながらよく泳いだ。

「姉ちゃん、バッグ貸して」

悦子のショルダーバッグからハンカチやティッシュやバンドエイドや『ホタルの一生』を取り出し、そこへ幼虫のビンを入れてみた。みんなでまわりを囲み、前髪同士がくっつくほど顔を寄せ合って覗き込むと、バッグの中はうまいこと暗くなった。——が。

「……光らないな」

慎司が眉をひそめた。

「……駄目だね」

私も首をひねった。

それから数分間、みんなで顔を寄せ合ってじっと観察していたのだが、幼虫たちは少しも光ってくれなかった。宏樹が唇の動きだけで悪態をついた。私たちの中に途惑いが広がりはじめ、誰かが何か言い出すのを待つような雰囲気になったとき、悦子が思案顔でその場を離れ、石の上に置いていた『ホタルの一生』を捲った。

「あ」

顔を上げ、彼女は頬を硬くして笑っていた。

「あたし、ちゃんと読んでなかったみたい」

何が、と慎司が探るように訊く。

「あのね、ホタルの幼虫って」

「夏が近づいて、あったかくなってから光るんだって」

「うん」

「かあああぁ！」

慎司は天を仰いだ。両手が、何か見えない動物でも抱いているように、胸の前に持ち上げられていた。

「なんだよ、けっきょくいまは光らないんじゃんか。成虫にしても幼虫にしても」

落胆がどっと頭の上にのしかかり、身体を支えていることが難しくなり、私は世界で最年少の老人にでもなったように、もう少しでその場にへたり込むところだった。

「こんなに集めたのに意味なしかよ、かあああぁ」

めりゃいんろ、というような声が、そのとき宏樹の口から聞こえた気がした。

私たちが振り向くと、彼はもう一度、不機嫌そうに、しかし今度はよく聞こえるように言った。

「あっためりゃいいんだろ」

何を、と慎司が訊いた。

水を、と宏樹はセーターの腹に手を入れた。

（七）

天井の電灯を消してカーテンを引き、さらにカーテンの上に私たち全員分の上着を吊すと、病室は真っ暗になった。

「なあキヨ……お前たち」

「いいから」

まるで不安な子供をさとす大人のように清孝は言い、キュウリー夫人の褞袍《どてら》の肩にそっと触れた。

クリスマスのその日、私たちは終業式を終えると、それぞれ家で昼食を食べてからバス停に集合し、キュウリー夫人の病院へとやってきた。病室は相部屋だが、昨日まで隣のベッドを使っていたという老人がちょうど退院したところで、そこにいるのは夫人一人だった。

私たちがそっと病室に入ったとき、キュウリー夫人はベッドの上で半身を起こして窓の外を見ていた。褞袍の肩口や、すじばった首のあたりに、ずっと同じ姿勢で動かずにいた人特有の、ひっそりとした線が浮き出していた。ノックをし忘れてしまったことに、こちらが気づくと同時に、夫人は振り向いた。途惑い顔の夫人に、私たちはばらばらのタイミングで挨拶をすると、勝手に準備に取りかかった。何も説明せずにやったほうがいいと、事前に相談をまとめてあったのだ。

「姉ちゃん」

慎司の合図で、悦子がショルダーバッグからジャムのビンを取り出した。ベッドの脇からは、布団の上に小さな白いテーブルが迫り出していて、彼女はそこにビンを置いた。暗くて中身は見えないが、水とホタルの幼虫たちと、万一幼虫たちが飢え死にしたらまずいので、カワニナが一匹入れてあった。

宏樹がズボンの前ポケットと尻ポケットを探り、四つの携帯用カイロを取り出した。一つをビンの下に置き、残りの三つで周囲を囲むと、それを悦子が、手首に留めていた黒いゴムでビンにくくりつける。

「もうすぐだから」

清孝はキュウリー夫人の肩口で、彼女と視線の高さを合わせるように腰を落とした。不審げな夫人の顔と、少し照れた清孝の顔が並び、二人の目はじっとテーブルの上のビンを見つめていた。

そして。

「……光った！」

悦子が声を上げ、手早くゴムとカイロを取り去った。その瞬間、緑色の光がビンの中から一気に放たれて、病室の壁や天井や、窓にかかった私たちの上着や、私たち自身の頬や額や、驚きに広げられたキュウリー夫人の両目を一斉に照らした。そんなふうに見えた。もちろん実際にはありえないのだが、本当にそう見えた。

ビンの中にはたくさんのホタルが飛んでいた。緑色の光たちが、互いにゆらゆらと近づいたり離れたり、ときにサッと横切ったりしながら、美しく輝いているのだった。

慎司がズボンの尻ポケットからカンペンを抜き出して、ビンの後ろに置いた。カンペンの表面にプリントされた絵が、ホタルたちのほのかな光でぼうっと浮かび上がった。慎司が厭がっていた、あの漫画的な木々は、私たちの願いと興奮の中で、いまは完全に山の木々となり、ホタルたちを堂々と見守っていた。

「これ、あの川のホタルなんだ」

キュウリー夫人の耳に口を寄せて清孝が囁く。

「まだ幼虫だけど、みんなが捕まえてきてくれた」

目の前で輝く緑色の光を見つめたまま、キュウリー夫人は黙っていた。きっと、言葉が出てこなかったわけでも、言うべき言葉を探していたわけでもないのだろう。両目に途惑いが浮かんでいるあいだはそのどちらかだったのかもしれないが、途惑いが消えてからは、きっと違った。彼女は自分の胸の中で、誰にともなく言葉を囁いていたのだ。私たちにはそれがわかった。その囁きを、夫人はしばらくしてから声にした。

「もう……見られないと思ってたよ」

夢見るような声だった。それから夫人は、唇をゆるくむすび、ホタルに目を向けたまま、ときおり瞼を細めたり、そうかと思えば驚いたようにひらいたりしながら、長いこと黙っていた。黒目の表面が濡れて、ほんの少しの身じろぎでも、きらきらと光った。

「ほんとは、花火も見せたかったんです」

悦子が申し訳なさそうに言う。

そう、花火についての相談も、私たちはしていたのだ。しかしこちらは、どうしても方法が見つからなかった。ホタルについて上手いやりかたを思いついたせいで、かえって私たちの中で花火に関しての悔しさが高まっていたのは皮肉なことだった。

「お店で売ってる打ち上げ花火を買ってきて、病室から見えるところで上げたらどうかとか、いろいろ考えたんですけど、いまの時期どこにも売ってないし――」

キュウリー夫人はそっとかぶりを振った。その顔はとても幸せそうで、これだけで十分だよと私たちに言ってくれているようだった。

「宏樹、撮って」

私が耳打ちすると、彼はしぶしぶといった様子で、首から提げていたカメラを持ち上げた。気の早いことに、宏樹の父親は、前日のクリスマスイブに息子へプレゼントを渡していたのだ。一眼レフの立派なカメラだった。その自慢話を聞いた私たちが、病室で光ったホタルたちを写真におさめてくれと宏樹に頼んでおいたのだ。そうすれば、新しい町の病院に移ったあとも、夫人はいつでもホタルを見ることができる。――花火を見せてあげられないかわりにと、私たちが考えた方法だった。

宏樹のポーズはなかなか様になっていて、左手を顎の下から突き出すようにしてレンズのつまみをいじるところなど、いかにも手慣れた感じだった。それまでにも父親のカメラを触らせてもらうことがあったのだろう。乾いた音を響かせて、シャッターが二度切られた。光が弱いから、シャッター速度をうんと遅くして撮ったのだろうなと、私はその夏に得た知識をさらいつつ思った。

「ちゃんと撮れた？」

「そんなのわかんねえよ、現像してみなきゃ」

「じゃ、念のためにもう一枚くらい撮っといてよ」

宏樹は不平そうに洟をすすり、ふたたびカメラを構えた。が、シャッターを切る前に「ん」と声を洩らす。

「なんか……ホタルっぽくなくなってるぞ」

ビンを見てみると、たしかに光の様子が変わっていた。

ばらけていた光たちが、何故かビンの真ん中あたりに集まっているのだ。そっと顔を近づけてみて、理由がわかった。ホタルたちは、みんなして餌のカワニナのまわりに集中していた。水があたたかくなって食欲が湧いたのだろうか。ビンの底に転がっていた哀れなカワニナは、群がるホタルの幼虫たちに持ち上げられ、光の塊が、人魂のようにふらふらと動きながら、水の中を徐々に上昇していく。

どうしたものかと私が腕を組んだとき、んふう、と変な息遣いが聞こえた。

「んふ……んふ……」

何かと思って振り向こうとしたその瞬間、宏樹がどでかいくしゃみをした。

「へえええええぇぇっぷ！」

私たちは驚いて首をすくめ、キュウリー夫人もベッドの上でびくんと動いた。しかし私たちよりももっと驚いた連中がいた。ホタルの幼虫たちだった。幼虫たちは同時に身をひるがえして四散し、緑色の光の塊が、いくつもの小さな光に分かれて上下左右へサッと飛び——。

「花火……」

悦子が呆然と呟いた。

病室のテーブルの上、カンペンの木々をバックにしたその小さな場所で、花火が弾け散ったのだ。

ほんの一瞬。

しかし、永遠に記憶できるほどの美しさで。

夫人の唇が、掠《かす》れた声で短い言葉を囁いた。よく聞き取れなかったが、それには何かに心からの感謝を伝える抑揚があった。小さく、夫人は洟をすすった。部屋は暗かったので、もし夫人がそのとき涙を流していても、どうせよくわからなかったのだろうけど、私たちはみんな彼女のほうを見なかった。ただ宏樹だけは、何が起きたのか理解しておらず、急に顔つきが変わった私たちのことを訝しげに眺めていた。

ビンの中で、緑色の光はふたたびホタルへと戻り、暗い森の中をふわふわと飛んでいた。

あの日の帰り道、年の内には珍しい雪が降り、わたしたちは空を見上げて口をあけながら歩いた。翌朝になると、見慣れたわたしたちの町は白く染まっていた。

病室で撮った写真を、宏樹はあとで焼き増しして、わたしたちにもくれた。さすがにカメラマンの息子というべきか、ホタルの幼虫たちは上手いこと緑色の光の線として写っており、よく図鑑などに載っている、いわゆるホタルの光の写真そっくりだった。くしゃみをした瞬間にも宏樹はシャッターを切っており、その一枚も見せてくれた。そこにあの奇跡の花火が鮮明に写っていたら、それこそ拍手喝采だったのだけど、くしゃみをしながらカメラをしっかり支えていられるはずもなく、真っ暗な中に緑色のでたらめな引っ掻き傷のようなものが浮かんでいるという、何だかよくわからない写真だった。

ホタルという生きものは、成虫になると、もう何も餌を食べないらしい。水だけをときおり飲みながら、幼虫時代に食べたものの栄養分だけで生き続けるのだという。そしてその栄養分が尽きてしまったとき、彼らは死んでしまうのだとか。

そう考えると、わたしたちはアンモナイトでもあり、ホタルでもあるのだろうか。ならばわたしたちがこの身体に抱えている栄養分の一つに、あの病室での奇跡は必ず含まれているに違いない。

しかし、ときおり思う。あのとき自分たちの目の前で、はたして小さな水中花火は本当にひらくべきだったのだろうか。

奇跡は何度もつづけて起こりはしない。この世の摂理《せつり》がいったいどうなっているのか、わたしにはわからないけれど、奇跡が連続して起こったという話はあまり聞かない。数少ない奇跡というカードを使うタイミングを、もし自分たちで自由に選べるとしたら。わたしたちは間違いなくそれを、キュウリー夫人の病気に対して使っていたことだろう。

第五章　アンモナイツ・アゲイン

（一）

目を開けると、首の後ろと右耳があたたかかった。それは何を隠そう悦子の身体のぬくもりで、具体的には彼女の太腿と腹だった。膝枕をして私の顔を覗き込んでいた彼女は、勢いよく首をそらせて大声を上げた。

「生き返ったよ！」

足音がどどっと集まり、視界を縁取るようにして五つの顔が並んだ。悦子と慎司と宏樹と清孝と……これは誰だ？　天然パーマの髪に、度の強そうな眼鏡。首が細くて肩幅がなく、こけしかマッチ棒に見える。色白の顔はひどく強張って、受話器みたいなかたちにひらかれた唇がワナワナと震え、よあ、よあ、よあ、

「よあっら」

と声を洩らした。

「何が？」

訊き返すと、その男の子以外の四人がどっと笑った。

「お前、ずっと気を失ってたんだよ。あのまま死んじゃうかと思ったぞ」

ずっと、というのは慎司が大袈裟に言っただけで、あとでみんなの話を総合して考えてみたら、ほんの一分にも満たない時間だった。が、とにかく私はそのとき人生初の意識喪失を体験したのだ。

「リー、この子とぶつかって倒れたんだよ」

悦子が状況を説明してくれた。私はみんなといっしょに、どうやらこの広場で手打ち野球をやっていたらしい。悦子がかっ飛ばした打球を追って後ろ向きに走っているうちに路地へ出てしまい、たまたま自転車で走ってきたこの見知らぬ少年と激突した。少年のほうは上手くバランスをとって倒れなかったが、私のほうは地面に転がって白目を剝いた。はじめはみんな、私が気恥ずかしさを誤魔化すため死んだふりをしているのかと思ったが、すぐに違うと気がついた。ぴくぴくしている私の身体を急いで広場まで運び、誰か大人を呼びに走ろうとしていたところで私が目を開けた。

——のだそうだ。

なるほど言われてみると、空高く舞い上がったボールを追いかけてバックしている自分を、おぼろげに記憶しているような気がする。

ちなみに手打ち野球というのは当時子供たちのあいだで流行《はや》っていた、暇つぶしを主目的としたスポーツで、バットのかわりに手でボールを打つ草野球だ。チーム制ではなく、そこにいるメンバーが交代でバッターボックスに立つので、勝ち負けは特にない。ピッチャーは下投げでゴムボールを放り、バッターは拳を握った腕を振ってそれを打つ。拳を強く握るほどボールはよく飛び、さらには拳の温度にも打球の飛距離は左右される。バッターボックスに立つ直前、私たちはみんな自分の利き手を反対側の腋《わき》の下に挟んでおき、熱を持ったその拳でボールを打った。上手い人になると、ピッチャーがボールを投げるまで腋に拳を挟んでいて、それを抜きつつ腕を振るというテクニックを見せた。私たちの仲間でそれができたのは悦子だけで、彼女はよほどのスランプに陥っているとき以外は必ず大ヒットを打った。この拳の温度と飛距離の関係について、私は中学のクラスメイトたちに笑われるまでずっと信じていた。

「でも、走ってきたのが自転車でよかったよな」

清孝が真剣な顔つきで言う。まったくだ。もし車だったら、こうして目を開けることなど二度となかったかもしれない。そう考えてぞっとすると同時に、自分がまだ悦子の膝の上にいることを思い出して身を起こした。

「リーの頭、重たいね」

悦子は立ち上がり、ジーンズの膝を交互に曲げ伸ばしする。私の意識はすっかりもとに戻っていたが、まだ周囲をガラス一枚とおして見ているような感覚があった。大きく息を吸って吐くと、冬の空気が鼻の奥を刺激し、その刺激で目の前のガラスが取り払われたが、微かに鼻孔に残っていた悦子のにおいもついでに消えてしまった。あれは彼女の服についていた洗剤のにおいだったのだろうか。私の家で使っていたものとは違っていた。

「あの……すみませんでした」

男の子が眼鏡の奥から臆病そうな目を向ける。立ち上がって並んでみると、ずいぶん背が低い。何年生かと訊いてみたら、一学年下の三年生だというので意外だった。もっと下かと思ったのだ。悦子が名前を訊ねた。男の子は杏仁《あんにん》豆腐のように白い頬をほんのり赤く染めて、サギノミヤリュウセイと答えた。

「え、何それどんな字？」

慎司が訊くと、彼は地面から小石を拾い、土に「鷺之宮劉生」としたためた。とめ、はね、はらいが完璧で、一同はしばらく言葉を失ってその文字を見下ろした。達筆さもさることながら、「劉」などという字をいったいどうやったら憶えられるのだろう。

「ごめんなさい、僕もう行かないと」

彼が路地のほうへ身体を向けると、たぶん彼の字に恐れをなしていたのだろうが、私たちは反射的にサッと道を開けた。

「あのきみ……どこ行くところだったの？　すごい飛ばしてたけど」

　珍しくおずおずとした悦子の質問に対し、劉生は「父親の事務所にこーよーしゃのきー、届けに行くところ」だと答えた。そのときは誰も意味がわからなかったのだが、あとになって公用車のキーだと知った。市議会議員である父親の事務所に、彼は忘れ物を届けに行くところだったらしい。父親は普段車で通勤しているのだが、前日の夜に急にどこかの新年会に顔を出さなければならなくなり、酒を飲んでしまった。仕方がなくタクシーで帰宅し、その朝もタクシーで事務所へ向かったのだが、昼間は公用車で動き回らなければならない。その公用車のキーを、うっかり家に忘れて出てしまったのだ。母親が買い物に出かけて不在だったので、父親からの電話に出た劉生が、事務所まで自転車を飛ばしているそのときに、私がばんざいの恰好で後ろ向きに現れたというわけだ。

「それ六段？」

　宏樹が劉生の自転車を覗き込んだ。

「あ、うん六段変速。スピードに乗ったときは、やっぱりずいぶん違うよ。でもそのせいで、この人の気を失わせちゃったんだけどね」

　ぱっと理解できないような言い回しだった。しかし見た目が弱々しいせいか、まったく厭味ではなかった。何を言っても厭味に聞こえる宏樹とは正反対だ。

　劉生は私たちにぺこりと頭を下げ、地面を蹴ってペダルを踏み込んだ。もともと小さな後ろ姿が、もっと小さくなって消えた。忘れもしない一月四日のことだった。

「清孝くん、またこの町での思い出が増えたじゃん。なかなか手打ち野球で気を失う人なんていないもんね」

悦子は冗談めかして言ったのだが、それで私たちの胸は、また寂しさでおおわれた。悦子も、言ったことを後悔するように視線を下げた。

年末に、キュウリー夫人は遠くの病院へ移った。そこで新しい治療を受け、手術をしなければならないのだ。バスに乗り込む夫人を、私たちは並んで見送った。ドアが閉まってバスが動き出したとたん、それまで座って尻尾を振っていたワンダがようやく事態を察し、ぉおーんと裏声で鳴きながら追いかけようとした。四人がかりで懸命に押さえ込みながらバスを振り返ると、リアウィンドウの向こうにキュウリー夫人の姿があった。光の加減で顔だけが浮いて見え、その顔はまるで、何か大事なものを失くしてしまったかのように、哀しげで、寂しげで、諦めに満ちていた。私は涙を我慢するのが大変だった。清孝は何でもないような顔をしていたが、いつどこで泣いたのだろう。私はいまだに知らない。

正月から、清孝の親戚だというおじさんが家に来て、一緒に暮らしていた。そのおじさんというのに私たちは一度も会ったことがなかった。どんな人なのかと訊いてみたら、

――普通の人だよ。

顔を見られたくないかのように、清孝はそっぽを向いてそう答えた。そして無理やりのよ

うに別の話題を口にするのだった。

四日後の一月八日、おじさんは自分の家に戻る。その日に清孝も引っ越しをし、おじさんと二人で暮らしはじめる。五日後の一月九日は、全国のほとんどの小学校で新学期がはじまる。私たちは見慣れた体育館で始業式を迎えるが、清孝はどんな場所で、どんなクラスメイトたちと、どんな先生の話を聞くのだろう。

「バッター、姉ちゃんのつぎからな」

私たちは手打ち野球のつづきをやったが、ぜんぜん盛り上がらなかった。さっきまでは守備が退屈で、早く打順が回ってこないかとじりじりしていたのに、いまは何故だかバッターボックスに立ちたくなかったし、立ったところでヒットを打ちたい気分にもならなかった。しかし、打ちたい気分のときにも打てない私の場合、どういうわけか適当に振った右手がボールの中心を捉えてしまい、そのボールは私たちが「ホームランの木」と読んでいたクスノキのてっぺんを越えていった。それが人生最初のホームランだった。なんだか私はいろいろなことが残念で、まるで残念というものの権化《ごんげ》のように、その場に突っ立ったまま清孝がボールを拾いに行くのを眺めていた。

「もうボール見えねえよ」

夕暮れが迫り、宏樹がそう言ったのを機会《しお》に解散した。帰り道で慎司が自転車を押しながら、「もーみーの木ーもーみーの木ーおっぱいもーみーのー木ー」と、クリスマスに考えたという替え歌を口ずさんでいたが、それも寂しさの裏返しだったのだろうし、悦子が弟の背中をばしんとやったのも、きっと同じだった。

家に帰ると、さらなる哀しい出来事が私を待ちかまえていた。

水槽の中でダッシュが動かなくなっていたのだ。秋の終わり頃から、どうも餌をあまり食べなくなったので気にはしていたのだが、とうとう水の中で四つ足を縮めたまま、私の友達はしんと固まっていた。

ダッシュの水槽にすがりついて私は泣いた。女恋湖の洞窟に置き去りにしてしまったことなども思い出し、もっと泣いた。やがて夕食のため私を呼びに来た母も、事態を聞いて一緒に哀しんでくれた。母は一度部屋を出て、台所でつけっぱなしにしていた味噌汁の火を止めてからまた戻ってくると、水槽に額を押しつけて嗚咽《おえつ》する私の背中を、ゆっくりとリズミカルに叩いてくれた。その手のおかげで、私はなんとか身を起こすことができた。部屋を出て、ひくひくいいながら唐揚げを頬張ったが、鼻が詰まって味がしなかった。

やがて父が帰宅した。私は同じ話をもう繰り返したくはなかったので、母がかわりにダッシュのことを説明してくれた。私を傷つけないよう、言葉を選んで話しているのがわかり、申し訳なく思った。父は一通り話を聞き終えると、それは冬眠だろうと言ってダッシュの様子を覗きに行き、やっぱり冬眠だと言いながら戻ってきた。私は大急ぎで夕食を平らげ、部屋でダッシュをつついて反応を確かめた。安心したところで、自分がかつて大量のカタツムりをこの水槽に押し込めたとき、母が中を見ないように「ダッシュ冬みん中」という偽りの注意書きを貼りつけたことを思い出した。知っていたのに実際にそれが起きてみると驚いてしまうのは、人生でわりとよくあることだが、そんなことは当時まだ知らなかったので、私は自分が馬鹿なのではないかと疑った。

それから床に図鑑を広げ、カメの冬眠について勉強した。勉強しながらふと、今日冬眠してくれてよかったなと思った。ダッシュのことがなければ、きっと私は夕食中うっかり母に、気を失ったことを話していただろう。そうなれば、過保護な母は私に金輪際《こんりんざい》手打ち野球をしないよう約束させていたに違いない。

（二）

「もうお正月ではごないまねん」

「もうお正月ではごないまねん」

「もうすぐ学校がはじまるのねす」

「もっと、いちいち〝ん〟を入れる感じで喋るんだ。はんじんまんぬんのんねんす」

「はんじんまんぬんのんねんす」

「宿題じぇんじぇんやってないのねす」

「宿題じぇんじぇん――え、やってないの？」

　慎司からマンツーマンでポックリの口真似のレッスンを受けていた劉生は、眼鏡の奥の両目を丸くした。その隣で悦子も顔を上げ、「やってないの？」と驚いた。

「昨日からちゃんとやってるよ、思いついて言ってみただけだろ」

「昨日からってあんた、今日入れて、もうあと四日しかないんだよ？」

「まだ四日あるんだよ。そういうものの考えかたしろって、佐織先生も言ってた」

　コップの水を例に挙げて佐織先生が話してくれたことを、どうやら彼は自己流に解釈していたらしい。

　その日も私たちは広場に集まっていた。とくにやりたいこともなく、みんなしてベンチのまわりでぼんやりしていたところ、劉生が自転車で通りかかったので、仲間に入れてやったのだ。

「今日は、あの人はいないの？　あの髪の毛のもじゃもじゃした」

「ああ清孝？　来るとき家に寄って誘ったんだけどな、引っ越しの準備があるからって断られた」

「へえ、引っ越すんだ」

　慎司が清孝の事情をかいつまんで話すと、劉生は世にも哀しい物語を聞かされたように目尻を下げ、ちょっと洟をすすった。驚いたことに、両目には本当に涙が溜まっていた。

「引っ越しとか転校って……つらいんだよね」

ひどく実感のこもった言い方だったので、ためじに訊いてみると、彼も転校組なのだという。

「僕、まだここへ来て半年も経っていないんだ。秋の彼岸の頃に、お父さんの仕事の都合で越して来たから」

ヒガン？　九月下旬だよ、と慎司と悦子が短く言い合った。

「それまではどこに住んでたんだ？」

何かを期待しているような訊き方を、宏樹はした。ここよりももっと店や遊び場の少ない田舎町を、きっと答えてほしかったのだろう。しかし劉生が答えたのは日本の中心の都市名だった。

「生まれてからずっとそこで暮らしていたから……こういうところには、なかなか慣れなくってね」

そんな発言が厭味にならなかったのも、弱々しい見た目のおかげに違いない。何年も経ってから、私は数学の授業でノートをとっていて、たまたま㎜の真下に∞を書いたとき、それが彼にそっくりで思わず吹き出してしまったことがある。

「劉生くんは、やっぱりもとの町に戻りたいと思うことある？」

悦子が訊いた。劉生は何か答えようとしたが、たぶんそれを胸に押し戻して別の言葉を返した。

「この頃はもう思わないよ。そんなに遠く離れているわけじゃないから、いつだって遊びに行けるし」

「遠いじゃない」

「途中で特急に乗り換えれば、一時間半くらいだよ」

「それ遠いって」

自転車を手に入れた一年生の春から、私たちの大航海時代ははじまっていたが、その自転車でたどり着けない場所はすべて遠かった。

「清孝のおじさんって、どこに住んでるのかな。あいつ、どんなとこに引っ越すんだろ」

慎司が腕組みをし、女恋湖の方角に顔を向ける。彼がそちらを見たのは、以前清孝に引っ越し先を訊いたとき、

――あっちのほう。

漠然と女恋湖のほうに目をやって、そう答えたからだ。

女恋湖の向こうには薄く雪をかぶった山がそびえ立ち、その裾野に、私たちの町で唯一の駅がある。そこから延びた線路は、山を迂回して、何もない寒村か、あるいは都会の大きな町へと通じている。どちらへ向かっても、最初の駅までできえ、とても遠い。

「あいつ、来月の花火大会には来ないのかな」

慎司が言うと、すぐさま宏樹が馬鹿馬鹿しそうに笑った。

「来るわけないだろ。電車に乗るのだって、ただじゃないんだから」

「ひょっとしてその人、経済状況がよくないの？」

劉生が薄い眉を垂らして気遣わしげに訊く。

「あいつん家、ぜんぜん金がねえんだ。貧乏なんだよ、び、ん、ぼ、ぅ」

いつもどおり私たちは宏樹を無視したが、劉生は小首をかしげて反論した。

「でも、新学期からは親戚のおじさんと暮らしはじめるんでしょ？　その人も経済的に苦しいとはかぎらないじゃない」

「同じようなもんだよ」

「どうして？」

言葉に詰まり、宏樹は小さく舌打ちをして目をそらした。

「でもさ、清孝のおじさんって、どんな感じなんだろうね」

さすがに空気が悪くなったので私は嘴《くちばし》を入れた。

「普通の人だなんて言ってたけど」

私たちにそう話したときの清孝の、どこか不自然な態度が思い出された。そして不意に、奇妙な感覚をおぼえた。何につけてもはっきりとものを言う清孝にしては、あの返答はやけに曖昧だったのではないか。おじさんというのがどんな人であれ、少しでもいいところがあれば、清孝は「いい人だよ」とでも答えていたのでは？

一月の風が吹き、広場の端に小さなつむじ風ができた。枯れ葉がくるくると舞って黒土の上に落ち、私は夏に見た赤い水の写真を思った。

清孝と仲良くなったのは、思えばあの一件がきっかけだった。それまではただのクラスメイトであり、親しく口を利いたこともほとんどなかったのだ。そう考えると、自分たちはそう長いこと友達をやってきたわけではない。引っ越し先について、あるいは同居するおじさんについて話すとき、清孝はどこかよそよそしく、お前たちには関係がないだろうという態度をとる。いままではそれを、彼の虚勢というか、自分の感情を表に出さないようわざとやっているものと思っていたが、ひょっとしたら付き合いの浅さがそうさせていたのかもしれない。

「クラスで、お別れ会ってやった？」

劉生に訊かれ、私たちは顔を見合わせて首を横に振った。

「普通はやるんだよね。僕もやってもらったよ」

劉生は懐かしそうな顔で冬空を仰ぐ。

「みんなで歌をうたってくれたりして——それ自体は照れくさかったし、どこか白々しい雰囲気もあったけど、それでもあの日は自分が主役になれて楽しかったな。すごくいい思い出になったよ」

「まあ清孝の場合、急だったし、冬休み直前に決まったことだから、クラスで何かやるのは無理だったんだろうな。佐織先生も、きっと冬休みに入ってから転校のこと聞いたんだろうし」

まるで自分たちの恥ずべき行為を言い訳するように、慎司がぼそぼそと言った。私も同じような口調でつづけた。

「いまからやるのも難しいよね……引っ越し準備で忙しそうだったんなら」

せめて餞別だけでも渡せればいいんだけどと劉生が言い、センベツ？　お別れのプレゼント、と慎司と悦子がまたやりとりした。

「お別れ会の最後に、僕、クラスのみんなからプレゼントをもらったんだ。どれもそんなにすごいものじゃなかったけど、心から嬉しかった。新品の下敷きとか、カンペンとか、磁器の貯金箱とか。使うのがもったいないから、大きな箱に入れて、ずっと部屋のサイドボードの上に置いてあるよ」

なるほどプレゼントか。考えてもみなかった。

「いいじゃん、プレゼント。俺たちでやろうよ清孝に」

慎司も目を輝かせてフンフン頷いた。

何をあげたら喜ぶだろうかと話し合った。自分が大事にしているものをあげたら気持ちが伝わるかもしれないという話になり、慎司は一昨年から机の引き出しに入れてあるカエルのミイラはどうだろうと言い出した。私や宏樹は彼がそれを大切にしていることを知っていたが、悦子はその存在さえ初耳だったようで、今日帰ったらすぐに捨てるよう命じた。慎司は頷いたが、その顔つきからして、ああこれは捨てるふりをして別の場所に移すつもりだなと私は思った。

「そうだ化石！」

ふと思いついた。

「ほら、前に土砂崩れがあったとき、ガニーさんが清孝にアンモナイトをくれたじゃない。そのとき清孝、すごく嬉しそうだったでしょ？　だから新しい化石をあげたらどう？」

そうしようそうしようと盛り上がったが、すぐに、いったいどうやって手に入れるのかという話になった。

「もうあそこの斜面、コンクリートで固められちゃったしなあ」

慎司が難しい顔で宙を睨み、ふと思い出したようにその目を宏樹に向ける。

「お前、家にアンモナイトあるんだろ？　でかいの持ってるって言ってたじゃん」

そういえば以前に自慢されたことがある。飾れるよう、ちゃんと台座に固定されたアンモナイトの化石が家にあるのだと。たしか父親が撮影旅行だかのときに外国で買ってきたのだとか。

「持ってるけど？」

「やれよ」

「は？」

宏樹が首を突き出して口をあけたとき、劉生が言った。

「化石なんて、僕が住んでた町のデパートでたくさん見たよ」

「馬鹿、そういうんじゃ駄目なんだよ。お金出して買うんじゃ。小遣い足りねえし、だいたい気持ちが伝わらねえよ」

慎司の言葉に、劉生は薄い唇の端を持ち上げた。冬の陽を反射させて、眼鏡のフレームがきらっと光った。

「誰も買うなんて言ってないじゃん」

（三）

「どこ行くのよ？」

話を切り出すと、母はひどく驚いた。息子が生まれて初めて電車賃をねだったのだから無理もない。

「冬休みの宿題で、知らない町について調べなきゃいけないんだ。それをずっと忘れてて、明日、宏樹とか慎司とかと一緒に電車に乗って調べに行くことにした。慎司のお姉ちゃんも一緒に行ってくれるって」

というのは、みんなで相談して決めた言い訳だった。宏樹は小遣いから電車賃を出すことなど造作もなく、劉生も問題なさそうな様子だったが、私や慎司や悦子には厳しい。だから嘘をついて親に電車賃をもらうことにしたのだ。どうして正直に、清孝へのプレゼントを手に入れるために行くと言えなかったのか。それは、私たちが明日やろうとしているのが、明らかな犯罪行為だったからだ。

「いくらいるの？」

帰りがけに本屋で時刻表を立ち読みし、必要な運賃は調べてあった。その金額を言うと、母は財布を持ってきて、少し多めに渡してくれた。悦子が同行するということであまり心配はしなかったようで、むしろ息子の成長を目にして嬉しそうだった。私は心が痛んだ。

「お昼ご飯は？」

「早めに食べて、すぐ出る」

嘘がばれる前にと、私はさっさと部屋へ引っ込み、ダッシュの様子を観察して夕食までの時間を過ごした。ダッシュはまるで、何か話したくないことでもあるように、小さな甲羅に閉じこもったまま出てこなかった。図鑑によると、カメは水中または落ち葉などの下で冬眠するらしい。家で冬眠させる場合は水中がオススメで、水槽にいつもより深く水を入れ、薄暗い場所に置いておくと、春が来るまでカメは眠っているのだという。冬眠中は皮膚呼吸が七割、肺呼吸が三割くらいなので、ときたま水面に顔を出して息継ぎをするが、これはなかなか見られないのだとか。ちなみに私が選んだ「薄暗い場所」は押し入れの奥で、しかしそこだと自分がいつかダッシュの存在を忘れてしまいそうだったので、押し入れの上下の仕切りに「奥にダッシュ」という張り紙をしてあった。

暗がりに頭を突っ込み、しんと動かない甲羅を眺めながら、私は清孝に思いを向けた。新しい学校で、友達はすぐにできるだろうか。あの夏の写真の一件がなければ、清孝とはきっと、いまでもただのクラスメイトだった。彼には、なんだか近づきにくいところがあったから。友達なんて求めていないという態度で、いつも一人で休み時間を過ごし、たまに視線が合うと、跳ね返すような目で見返してきたから。

もしかしたら、清孝は知らない教室でうまくやれないかもしれない。

しかし、たとえそうだったとしても、自分には遠い場所に仲間がいるのだということを憶えていてほしかった。行方不明のダッシュを心配して、清孝が電話をかけてきてくれたときは、本当に嬉しかった。実際にダッシュ捜しに協力してくれるとかくれないとか、そんなことよりも、自分を気にかけてくれている仲間がいると知ったことで、あのとき私はとても大きな勇気を得た。

気持ちには、気持ちでしか返せない。

明日自分たちが手に入れようとしているのは化石じゃない。化石の姿をした「気持ち」だ。普段の自分ならば、あんな大それた犯罪計画を持ちかけられたら、すぐさま断っていただろう。しかし今回は迷わず首を縦に振った。遠くへ旅立ってしまう清孝に恩返しできる、最後のチャンスだと思ったからだ。

それにしても劉生というのは大した三年生だ。字は上手いし、難しい言葉を知っているし、ただで化石を手に入れる方法をこともなげに発案してみせた。都会の小学生というのは、みんなああなのだろうか。それとも彼が特別に英才教育でも受けているのか。父親が市議会議員をやっているというけれど、有名な人なのだろうか。

「まだ冬休み中の取引先もあるからな」

玄関のドアが開く気配がし、父の声が聞こえた。母が「早かったじゃない」とか何とか言ったのだろう。ちょうどよかったので、私はリビングへ戻って訊いてみた。

「鷺之宮って名前の市議会議員、知ってる？」

父は憶えがないようだったが、母が「ああ」と手を打った。

「駅の前で演説をしてるの、わたし見たことあるわよ。たしか自然保護がなんとかって言って」

「おお、そういえば俺も見たな。朝で急いでたから、ろくに内容はわからなかったけど、あれだっけか、山林の開発に反対してるんだっけか。ものすごく身体を前に突き出して喋ってたのはよく憶えてるんだけどなあ。——社会の宿題か何かか?」

「うん、まあそんな感じ」

「そんな感じか」

何が面白いのか、父は口をあけて笑うと、冷蔵庫から缶ビールを出してコマーシャルみたいにグラスに注いだ。

(四)

「みんな、約束したものは持ってきた?」

劉生の言葉に、私たちはそれぞれのリュックサックを探った。途中駅で特急に乗り換え、向かい合わせの四人席に五人で座り、一路都会を目指しているところだった。

悦子と私の尻のあいだに、持参したものをつぎつぎ並べた。慎司が金槌《かなづち》とペンチ。悦子が大小のクギそれぞれ五本ずつ。私が金属製のスコップ。そして劉生がセロハンテープと画用紙帳。

「宏樹」

慎司に促され、ようやく宏樹は自分のリュックサックからマイナスドライバーを取り出すと、いかにも面倒くさそうに座席に放った。いつもながら宏樹は、清孝のこととなるとまったく乗り気ではなく、それでも来るだけは来るのだから、面倒くさいのはこっちだと言ってやりたいところだった。

「あれ、劉生、お前これ真っ白じゃんか」

慎司が画用紙帳を覗いて言うと、劉生は「あ」とリュックサックのポケットから黒いマジックペンを取り出した。

「家で書いてこられなくて。うち、僕が出かけるときにお母さんが持ち物をチェックすることがあるんだ。過保護で心配性なものだからね」

いかにも情けないといった感じで言い、劉生は画用紙の一枚に大きく「立ち入り禁止」と綴った。大人が――それもかなり達筆な大人が書いたような字だった。劉生はその注意書きを何度かなぞって太くした。

自転車で駅に集合する前に、私は清孝の家に寄っていた。そうするよう昨日話が決まっていたのだ。清孝に会って、別れのプレゼントを渡せる日時を訊き出してくるようにと。悦子が「サプライズ」という耳慣れない言葉を使って言うには、なるべく清孝には事前に何も予想させないほうがいいとのことだったので、私は「最後にみんなで手打ち野球をしたい」という偽りの名目で都合を訊いた。

玄関口に出てきた清孝は、廊下の奥を気にするような素振りを見せ、私を家の裏手へ連れていった。玄関を離れるとき、三和土に男物の革靴が見えた。大きくて、ひどく履き古されていて、踵が几帳面に框へ向けて揃えられていた。

——今日と明日は……ちょっと駄目だな。

——どうして？

今日明日が駄目となれば、もう引っ越し当日しかなくなってしまう。

——ちょっと、やらなきゃならないことがあるから。

——引っ越し準備？

——まあ、それもあるけど……。

清孝はしばらくためらってから、目をそらしてつづけた。

——冬休みの宿題もな。

——え、どっちの学校の？

いまの学校だと清孝は答えた。

彼は決して勉強が得意でもなければ、たぶん好きでもない。普段の宿題も、ちゃんとやってくるときより、やってこないときのほうが多かったくらいだ。しかも新学期は新しい学校で迎えるのだから、いまの学校の冬休みの宿題など、はっきり言ってしまえば、やる必要もない。それでも清孝は、遊びの誘いを断ってまでそれをやろうとしていた。私たちと遊ぶことは、しばらくないというのに。ひょっとしたら、もう永遠にないかもしれないのに。そこに私は清孝の、新しい学校生活への不安を見た気がした。

二日後は何時頃に家を出るのかと訊くと、昼過ぎとのことだった。

――じゃあ、朝一番にみんなでここへ来るから、必ずいてくれる？

――いいけど……。

――どのくらい時間ある？

――引っ越し当日だから、せいぜい三十分くらいだと思う。

――じゃあ三十分だけ手打ち野球やろう。

清孝は探るように私を見ていたが、やがて屈託した表情のまま頷いた。

そのときのことは、乗換駅で特急を待っているときに、みんなに話してあった。わざわざいまの学校の宿題をやる清孝の気持ちについて、悦子と慎司も私と同じように感じたらしく、慎司は「そんなに心配することねえのに……」と視線を下げ、悦子は黙ったまま唇を結んでいた。劉生は、自分も転校する前はいろいろなことが不安で、しかし勉強くらいしか準備できることがなかったので、授業のノートを何べんも見返していたと打ち明けた。宏樹だけは口の端に薄笑いを浮かべ、「恰好つけてるだけだろ」と言って私たちに無視された。

「あとどのくらいかな」

悦子が外を見る。

「一時間弱だね」

劉生が茎のような腕を持ち上げて腕時計を覗いた。

窓ガラスの向こうを、ものすごい勢いで草や木やトラクターが過ぎ去っていく。しかし遠くへ視線を伸ばしてみると、まるで電車が進んでいないかのように、山並みや雲はじっと動かない。最初に乗り込んだ鈍行電車が走り出し、冬空を映した女恋湖が遠ざかっていくのを見たときは不安をおぼえたが、町との距離がひらいていくに従い、その不安は期待に変わって胸を高鳴らせていた。帰りの電車ではきっと、いま金槌や画用紙が置かれているその場所に、私たちが手に入れた化石が堂々と鎮座していることだろう。私たちは心地よい疲れを全身に感じながら、満足げにそれを眺めているに違いない。熱湯と氷をいっしょに呑んだように、私の腹の底はカッカしながらゾクゾクしていた。

「キュウリー夫人、新しい病院で、看護婦さんとかお医者さんに紙を渡して、それぞれ自分の似顔絵と名前をかいてもらってるんだって」

今日の別れ際、清孝に聞いたことを思い出してみんなに話した。

「大きい病院だから、お世話してくれる人の顔も名前もなかなか憶えられなくて、仕方なくそんな方法を考えたみたい」

「なかなかいいアイデアだね」

劉生が目を細めて頰笑み、清孝のおばあさんというのは放射線の研究でもしているのかと訊いた。質問の意味がまったくわからなかった。私たちは夫人の顔がキュウリに似ているからら、教科書で見かけた「キュリー夫人」をもじってそう呼んでいたのだが、ではその「キュリー夫人」が何者なのかというと、じつは誰も憶えていなかったのだ。すると劉生がキュリー夫人について、私たちが知らない単語を交えつつ説明してくれた。何も見ないでどうしてそんなことが喋れるのかと、慎司がしきりに感心した。

途中、電車は長いトンネルを抜けた。それで思い出し、私たちは劉生に女恋湖の洞窟の話をした。自分たちの冒険を、多少の脚色を交えて彼に語ったのは、これから実行する犯罪に対するためらいを払拭するためだったのかもしれない。劉生は興味深げに聞いていたが、電車がトンネルを抜けると、ふと窓の外に目をやって黙り込んだ。流れる山並みに視線を向けたまま、彼は私たちがうらやましいと呟いた。

「僕にはそういう友達がいないし……そもそもお父さんとお母さんが厳しいから、塾とか書道教室とか習い事が多くて、なかなか外で遊べないんだよね」

「え、俺なんか、頭よかったり字が上手かったりするほうが、よっぽどうらやましいけどな」

慎司が真面目な顔で言う。

「それに親父さんも立派な人なんだろ？　俺も有名な父ちゃんがほしいもんだよ」

劉生は首を横に振るかと思ったが、頷いた。

「立派だよ、お父さんのやってることは。お母さんも、それをきちんと支えて立派だと思う。二人とも、立派であることに一生懸命で、ほんとに大したもんだよ」

彼の寂しげな顔に内心で首をひねっているうちに、電車は大きな陸橋を越えた。線路の下を流れる川が県境にあたることを、私たちは知っていた。

（五）

悦子が町の地図を持参してきてはいたが、どこをどう見ればいいのやら、さっぱりわからなかった。しかし道順は劉生が知っていて、迷いなく私たちを百貨店まで案内してくれた。見たことのないくらい巨大なその建物には、驚くほどの人がひしめき合い、とくに混んでいる場所など、買い物客が互いに身体をひねってすれ違っていた。店の外にも中にも「冬物バーゲン」という張り紙がたくさんあり、みんな何だか早口で、通りすがりに耳に入ってくる声は外国語みたいに聞こえた。

「こんなに人がいて……見つからねえかな？」

不安げな慎司に、劉生は大丈夫だと請け合った。

「混み合っていたほうが、むしろ見つかりにくいよ。万一見つかっても、逃げ切れる可能性が高い」

「そんなもんか」

一階のエスカレーターへと向かいながら、慎司は鼻の下を伸ばして周囲の人混みを眺めた。

その同じ人混みに、宏樹はうんざりしたような目を向けていた。

「俺、人がたくさんいるのって駄目なんだよな」

「清孝くんのためなんだから我慢しなさいよ」

悦子が女性服売り場を眺めながら言う。

「なんであいつのために、こんなことしなきゃならねえんだよ。俺、昨日からずっと思ってたんだけどさ、あいつを喜ばして何か意味あんの？」

そのときになると私は宏樹に対し、もういいかげん面倒くささを通り越して軽蔑に近い感情を抱いていた。たった一人で町を去っていく清孝の、不安や寂しさやを思うたび、その感情は強まった。しかし性格上、正面きって相手を責めることもできず、できないことが清孝への裏切りのように思えてつらかった。こういうときに気持ちを代弁してくれるのは大抵慎司で、今回もそうだった。

「お前さあ」

三階から四階へ向かうとき、慎司は宏樹に真っ直ぐ目を向けて言った。

「最後までそんなでいいのか？」

「そんなって何だよ」

宏樹が睨み返すと、慎司は「そんなだよ」と相手の全身を漠然と顎で示す。

「もう最後なんだぞ」

「いいじゃんか、こうやってちゃんと、手伝いに来てやってんだから」

「嫌々なら帰れよ。俺たち四人でやるよ」

宏樹は鼻から息を吸って何か言い返そうとしたが、それを飲み下すように咽喉に力を入れ、目をそらした。二人はそのまま黙り込んだ。エスカレーターは四階へ到着し、私たちはくるりと折り返して五階へ向かった。

「あれ？」

五階へ到着する直前、悦子が手摺りから首を突き出して下を見た。

「いま小澤先生みたいな人がいたよ」

「え、佐織先生？」

いち早く悦子と首を並べたのは慎司で、つぎに私が反対側に顔を突き出した。遠ざかっていく四階は人間の頭で埋め尽くされていて、一人一人の顔などぜんぜんわからない。

「似てただけだろ。だって四階、男の人の服売ってるところだったじゃん」

「女の人だって紳士服売り場に行くわよ」

「何で」

「買い物に決まってるでしょ」

慎司と悦子がそんなことを言い合っているうちに五階へ着き、私たちはさらに上を目指した。

（六）

最上階である九階の、エスカレーターのそばのベンチに座り、私たちはひと休みした。そこはレストラン街で、いいにおいがした。

「――ベストな決行場所は七階だね」

いまや私たちの指揮官となっていた劉生が自信ありげに言った。

「子供用品売り場があるから、僕たちがうろうろしていても怪しまれないし、混み合い具合も悪くなかった。七階で決行しよう」

私たちは頷き、下りのエスカレーターに乗った。

七階に到着したときには、緊張で下腹《したばら》が締めつけられ、私はにわかに便意を憶えていた。それを尿意と偽ってトイレへ行こうとすると、慎司もついてきた。仕方なく並んで小便をし、私は便意をそのままにみんなのところへ戻った。

「はじめるよ」

劉生の一言で、五手に分かれてそれぞれフロアを歩き回りはじめた。ぶらぶらと、なるべく自然な態度で。そうしながら私たちが丹念にチェックしていたのは、床と壁、そして柱だった。

百貨店の床や壁や柱に化石が埋まっていると劉生が教えてくれたとき、私たちはすぐには信じなかった。そんな夢のような話があるわけがない。しかし彼がつづけた説明を聞いているうちに、だんだんと興奮しはじめた。もっとも宏樹を除いてだが。

――白黒まだらの石が使われてるんだ。デパートとか、大きな駅とか、高級店の建築材料には。

大理石と呼ばれる石なのだという。

――太古の海底で、珊瑚《さんご》とか貝殻が固まってできた石なんだって。だからよく化石が埋まってる。外から見えるんだ。知らない人は、ただの模様だと思って、通り過ぎたり踏みつけたりしてるけどね。向こうに住んでいた頃、僕たくさん見たよ。

直腸周辺で継続していた便意を意識しながらも、私は目を凝らし、周囲の壁や床や柱を舐めるようにチェックしていた。これが大理石か。白と黒の、なんだか鳥の糞《ふん》のような色合いで、つるつるの表面が蛍光灯の光を反射させている。

十分ほど経ったら、もとの場所に集合することになっていた。そこで互いに成果を伝え合い、ターゲットを決めるのだ。私はそのターゲットが、自分の見つけた化石であってほしかった。化石はどこだ。どこに隠れている。あれはただの模様か。いや、そう決めつけているからこそ人は化石の存在に気づかないのだ。近づいてよく見てみよう。やっぱり模様だった。あちらの柱はどうだろう。しかしあんなに人が行き来する場所では、たとえ化石が埋まっていたとしても掘り出すことができない。と、そのとき私の目が何かの上を通り過ぎた。サッと視線が戻り、そこへ釘付けになった。〇・五センチくらいの大きさで、ちょうど剣道の面のようなかたちをしたもの。何食わぬ顔で床に埋まっている。私はあれを見たことがある。どこで見たのだったか。そう、テレビだ。あいつは――あいつはたしか古代の海に生息していた――。

「三葉虫《さんようちゅう》……」

思わず声に出していた。

かっと顔全体に血が上り、セーターの首もとが熱くなり、肌の内側をくすぐられているように全身が戦慄《せんりつ》した。とうとう見つけた。化石を見つけた。足がそちらへ向かった。すぐそばまで近づき、意識する前に私はしゃがみ込んで首を突き出していた。間違いない、三葉虫だ。こんなに早く見つかるとは思わなかった。きっとまだ、ほかの連中は何も見つけていないだろう。自分には才能がある。

ぎくっとして振り返ると、白いモヤモヤ頭のおばあさんが、私のすぐ隣にしゃがみ込んで顔を覗いていた。心臓が咽喉から飛び出すのではないかというくらい驚いた。

「……あんた、平気？」

体調でも悪くなったと思ったのだろう、おばあさんの顔は深刻だった。私はアア、ウウ、と意味不明な声を洩らして立ち上がった。

「アへ、平気です。ちょっといま僕」

おばあさんは心配そうに頷いて先を促す。

「なんか、足が痛くて……でもいいや、ぜんぜん痛くないだろうし」

支離滅裂なことを言い、くるりと背中を向けた。視線を感じながらその場を離れ、少し歩いたところでそっと振り返ると、人混みの向こうからおばあさんはまだこちらを見ていた。

私の頭の中ではもう先ほどの三葉虫は三倍くらいの大きさになっていたが、怪しまれてしまってはまずいので、仕方なくそのまま買い物客のあいだにまぎれ込んだ。

それから集合時間まで、一つの化石も見つけることができなかった。ひょっとすると劉生は大げさに話したのかもしれない。大理石の表面に、いかにも大量の化石が浮き出しているかのようなことを言っていたが、実際にはほんの少しなのだろう。しかしその貴重な化石を、私は見つけた。あの三葉虫の存在を教えてやったら、みんな興奮するに違いない。――ベンチに戻ってみると、慎司と悦子と劉生が口々に目撃談を披露し合っていた。このくらいと言いながら、それぞれが示している大きさは、頭の中で三倍になった私の三葉虫の、さらに二倍くらいだった。

「ねえ、リーは？」

悦子が顔を向けたので、私は咄嗟に首を横に振った。

「あっちは、人が多くて、探すどころじゃなかったよ」

「そうだよね。リーが行ったほう、すごい人だったもんね」

私が哀しい薄ら笑いを返している最中に、宏樹が戻ってきた。

どうだったかと慎司が訊くと、彼は何か不快なものでも目にしてきたかのように一度顔をしかめ、右手の人差し指と親指で驚くべき大きさを示した。コーヒーカップを乗せるあの――何というのだったか――ソーサーだ。ソーサーほどの直径を示して宏樹はこう言ったのだ。

「アンモナイトだった」

それを見た場所を聞き、慎司が悔しそうに歯噛みした。

「かあああぁ……全然気づかなかった」

巨大なアンモナイトが埋まっていたというのが、自分たちが先ほど行ったトイレの前だったからだ。手前の女子トイレを過ぎ、男子トイレへと向かう通路の壁に、その宝物は眠っていたらしい。まさに発掘作業にはうってつけの場所だった。

「行こう」

ためらいのない動きで劉生が歩き出す。肩幅のない、ボーリングのピンのような後ろ姿だが、その背中は勇ましいオーラに満ちていた。私たちが追いつくと、彼はリュックサックから画用紙帳とセロハンテープを取り出し、こちらを向いてニヤリと笑った。笑い返す私たちの顔は強張っていた。いよいよ決行のときが来たのだ。

「みんな準備して」

劉生はセロハンテープを二度千切り、白い手の甲に貼りつけた。画用紙から「立ち入り禁止」の一枚を破り取り、残りをリュックサックに仕舞う。私たちはぎこちない動きでそれぞれのリュックサックから道具を取り出した。金槌、マイナスドライバー、クギ、スコップ。

「ほんとめんどくせえ……見つけなきゃよかった」

という宏樹の声は少し震えていた。それに自分で気づいたらしく、ぐっと顎を引き、何もないところを睨みつけた。

トイレに通じる廊下を折れると、急に人けがなくなり、五人のスニーカーの靴音が手拍子のように大きく響いた。いくら静かに足を踏み出しても響いてしまうのだった。私たちはまずアンモナイトの存在を確認した。悦子がはっと息を呑み、慎司が「あひゃあ」と言った。宏樹の言葉は大げさではなかった。それは――壁の大理石の表面に浮き上がったアンモナイトの化石は、まさしくコーヒーカップの皿として使えそうなサイズだった。これに比べたら、ガニーさんからもらって清孝が大事にしているアンモナイトは赤ん坊みたいだったし、私の見つけた三葉虫なんてゴミだった。

「これ半ペタだけど、いいのか？」

慎司が誰にともなく訊いたのは、明らかに怖《お》じ気《け》づいたからだろう。いいも何もない。身体が半分に断ち切られていることで、その法外な大きさのアンモナイトは殻の内部までくっきりと見え、妙な表現だが、いまにも動き出しそうなほど生々しく、太古の命というものを強烈にアピールしていた。

「まずはトイレの中を見てきて」

劉生に言われ、慎司と悦子が男女のトイレを確認しに行った。男子トイレには誰もおらず、女子トイレは個室のドアが一つだけ閉まっていたとのことだったが、つぎの動きを決める前に、女子トイレから肥《ふと》ったおばさんがよちよち出てきてフロアのほうへ廊下を折れていった。

「掘り出そう」

言うが早いか劉生は小走りに廊下の折れ目まで移動し、「立ち入り禁止」の画用紙を両手でピシッと広げ、壁に貼りつけた。その隣に立ってフロアを監視しつつ、私たちに素早く片手を振って促す。

あとはもう、やるべきことは一つだけだ。

細かい方法は考えてきていない。さすがの劉生も実際の経験はなかったので、大理石からの化石の発掘は完全にぶっつけ本番だった。とにかく全員で力を合わせ、持ち寄った道具たちを駆使してアンモナイトを手に入れるのだ。いまのところ決まっているのはただ一つ——まわりの岩ごと化石を掘り出してリュックサックに放り込み、大人の来ない場所まで逃げる、それだけだった。アンモナイトを綺麗に削り出すのは、あとでもできる。

「姉ちゃん、クギ」

「うん……」

王様の木から勇敢に虫を捕ってこられる悦子も、さすがにためらっていた。

「早くっ」

悦子から無理やりクギを奪い取ると、慎司はそれを大理石の壁に鋭く突き立てた。コツッと貧弱な音がしただけで、まったく刺さらなかった。私は右手のスコップを握り直して慎司の隣に立った。慎司の飛び出したおでこには汗が浮いていた。目は泳いで瞳孔《どうこう》がひらき、唇は隙間をあけて微かにわななないている。――怖いのだ。私と同様、慎司は怖がっている。しかし彼は咽喉の奥で「うっ」と変な声を洩らしながら右手に握った金槌を振り上げた。宏樹が息を呑むのがはっきりと聞こえ、悦子が両手で口許を押さえた。

男の人の声がした。

「ああ、なんか工事してるみたいなんです」

劉生がそう言うのが聞こえた。振り返った私たちの位置からは、彼の姿しか見えなかった。廊下を折れた先に、相手は立っているらしい。

「さっき警備員さんに訊いたら、ほかの階のトイレを使ってくれって。僕、トイレの前でお父さんと待ち合わせしちゃったから、ここにいるだけなんです」

恐るべき演技力を発揮しつつ、いかにも「お父さん」を探すように、劉生は背伸びをしてフロアのほうへ視線を伸ばした。しばらくそうしてから、おそらく相手が立ち去ったのだろう、彼はこちらに顔を向け、またサッと片手を振る。

「やろう、早く」

顎を上げて言いながら、私はスコップを逆手に握った。壊れた機械のように、手がガクガク震えている。清孝へのプレゼント。彼が大切にしている化石よりも、ずっと大きなアンモナイト。どっどどっどどっと心臓が鳴っていた。ダッシュを女恋湖の洞窟に忘れてきたとき、心配して電話をくれたのは清孝だった。巨大鯉を釣るための仕掛けや餌のつくりかたを教えてくれたのも清孝だった。強さというものについて、生まれて初めて真剣に考えさせてくれたのも。気持ちには気持ちでしか返せない。いまこそ自らの手でその「気持ち」を壁の中から掘り出すときだった。私はスコップの先端をアンモナイトよりも少し下あたりに向かって力いっぱい突き出そうとしたが、そのとき、忘れていた便意がふたたび頭をもたげた。スコップを構えたまま、私は咄嗟に膝を曲げて肛門に力をこめた。慎司が眉をひそめて顔を覗き込んだ。

「何だその恰好」

「べつに」

緊張による錯覚の類ではなく、その便意は明らかに内容をともなっており、かつ深刻なものだった。危ない、と私は直感した。

「僕トイレ」

スコップを持ったまま、私は急いで男子トイレに駆け込むと、個室に飛び込んで間一髪のタイミングでズボンとパンツを下ろした。音をなるべくさせないようにトイレットペーパーを引き出していると、外から慎司と宏樹の笑い声がした。恥ずかしさと悔しさが胸を塞いだが、私はその思いを強さに変えて、きっとあのアンモナイトを掘り出してやると心に誓った。

もう遅いとは知りつつも、いかにも小便をしてきたかのようにチャックを上げながらトイレを出たが、誰もこちらを見ていなかった。みんな壁に注目している。慎司が左手でクギを支え、そこにコンコンと金槌を打ちつけているのだ。難しい顔で何か呟いて首をひねり、悦子がアドバイスめいたことを囁いた。宏樹は二人のそばでポケットに両手を突っ込み、苛立った横顔を見せている。

「駄目だ、ぜんぜん刺さらない。やっぱり最初はスコップでいこう。利一、貸して」

私が差し出したスコップを受け取る直前、慎司は疑うように目を上げた。

「お前、手洗った？」

洗っていなかったが頷いた。

「ほんとか？」

「いいよ、嫌なら僕がやるから」

いかにも不平そうに言い、私は慎司と場所を変わった。最初の穴は自分が開けたいという思いがあったので、ちょうどよかったのだ。

アンモナイトと間近で向き合ってみると、ふたたび緊張が両足から背筋へ駆け上った。が、もたもたしていると、また大人の声や便意やためらいや、その他どんな邪魔が入るかわかったものではない。私は一気にスコップを振りかぶって壁に打ちつけた。ガン、と大きな音がして、一瞬遅れて手首が痛んだ。細かい石くずがパッと散り、スコップの先がアンモナイトの少し下あたりに突き刺さった。——はずなのに、なんという硬さだろう、大理石はびくともしない。もう一度打ちつけたが駄目だった。私は両手でスコップを持ち直し、全身の体重を乗せて勢いよく——。

あ、と劉生の声が聞こえた。

聞こえた気がした。

素早くそちらに目をやった瞬間、私たちは全身に冷水を浴びせられたように身を固まらせた。廊下の折れ目から、制服姿の男の人がこちらに身を乗り出している。紺色の、揃いの上下。光沢のある黒いツバのついた、平たい帽子。——どう見てもそれは警備員で、両目は真っ直ぐ私に向けられていた。私はいまや、両手でスコップを振りかぶった石像だった。呼吸《いき》が止まり、舌が上顎にくっついて動かなくなった。自分の未来から、明るく楽しい部分がみんな、手に手を取って逃げていくのが見えた。警備員の後ろから、男の人がひょこっと顔を出し、「何だこりゃ」と呟いた。それは、先ほど劉生に話しかけたのと同じ声だった。

私たちは御用となった。トイレが工事中だと言われ、男の人は近くにいた警備員に何か訊ねでもしたのだろうか。それとも最初から劉生が嘘をついていると疑い、警備員に密告したのだろうか。貨物用エレベーターに向かってフロアの隅へと連れていかれながら、私は頭の一割くらいでそんなことを思っていた。ほかの九割を占めていたのは、開明書液《かいめい》のように真っ黒な、絶望だった。

「名前も学校名も喋っちゃ駄目だからね」

エレベーターに詰め込まれる直前、劉生が警備員の隙をついて低く囁いた。刑務所で囚人が何か大それた計画について囁くような、唇だけを動かす話し方だった。

「ずっと黙りつづけていれば、せいぜい夕方には帰してもらえる。僕のお父さんがまずいことになるから、名前も学校名も絶対に喋らないで」

返事はできなかったが、心の中で頷いた。なるほど、まだ希望はあるのかもしれない。沈黙をつづける勇気さえあれば、親や先生に犯罪を知られずにすませることができるのかもしれない。そのとき右手から声がした。聞き慣れた声で、疑問と質問が入りまじった抑揚だった。

振り返り、フロアの隅で不思議そうにこちらを見ている佐織先生の姿を目にしたとき、私はすべてを諦めた。もうこれ以上絶望することはないだろうと思っていたのに、もっと絶望し、目に映るものすべてが灰色に変わった。

劉生がチッと舌打ちをした。

（七）

「もしお前たちの部屋に」

八階にあった事務室へ連れていかれ、私たちは横長のテーブルに並んで座らされた。警備員とともに現れたあの男の人は、もう用がすんだとばかり、いつの間にかいなくなっていた。

「知らない子供たちがやってきて、壁に勝手に穴を開けたり、何かを盗んでいったりしたらどうする？」

答える勇気がなかったので、私たちはただ目を伏せた。警備員は折りたたみ椅子にどっしりと腰かけ、わざとのように足をひらいて座っている。その隣に立った佐織先生が、口の中で何度目かの詫びの言葉とともに頭を下げた。長いまつげを哀しげに伏せ、先生は身を縮こませ、あまりに縮こませているので、本当にだんだん小さくなってしまいそうだった。佐織先生の脇では、見知らぬ若い男の人が、半分心配そうに、半分面白がっているように状況を見守っている。その人は佐織先生といっしょに買い物に来ていたらしい。ジーンズがよく似合う長い足の脇に、テナントのロゴが入った紙袋を四つ提げていた。二つは恰好いいロゴ、二つは可愛らしいロゴだった。

「お前ら、キブツハソンって言葉を知ってるか」

どうせ知らないだろうという言い方だったし、実際知らなかったが、何かとても罪深い、取り返しのつかない行為や結果をあらわす単語なのだろうと思った。

「……すみませんでした」

最初に口をひらいて謝ったのは悦子で、それをきっかけに、私たちは口々にもやもやと謝罪の言葉を口にした。しかし警備員は何も耳にしなかったかのようにつづけた。

「泥棒という言葉は、さすがに知ってるだろうな」

ふん、と相手を馬鹿にしたような鼻息が右隣から聞こえた。劉生だった。私はヒヤッとして警備員の顔を見直したが、どうやら聞こえなかったらしい。

ノリのきいたワイシャツに乗っかった首を、じりじりと回しながら、警備員は黙って私たちの顔を順繰りに睨《ね》め回していた。子供を叱っている最中というより、嫌いな相手にどうやって音《ね》を上げさせるかについて思案をめぐらせているように見えた。私はセロハンテープに貼りつけられた蚊にでもなった気分だった。

「泥棒してきたものをプレゼントにもらって……お前ら嬉しいか？」

私たちはもうすべてを白状させられていたのだ。

警備員の頭は胡麻《ごま》塩の短髪で、こめかみのあたりに帽子を被っていた跡がついていて、そこが痒《かゆ》いのか、ときおり右手の人差し指でぽりぽり掻いた。左側を掻くときも右手で掻いた。

それを見て私は、父がいつも左耳を右手で掃除していることを思い出した。不器用ねと笑う母の顔も思い出された。そういえば小学校に上がるまで私は母に耳掃除をやってもらっていたが、自分でやるとあれは地獄の苦しみをともなうものと信じ込んでいた。父がそんな顔をして、食いしばった歯のあいだから「しいいぃ」などと息を吸い込みながらやっていたからだ。その話をしたときの母の笑い顔といったら。――そんなあたたかな家族の姿も、今回の出来事を境にもう二度と見られなくなる。そう思うと涙がこみ上げた。

「しかし、たまたま先生がいてくれてよかったよ」

私たちに対する嫌悪を顔と声に残したまま、警備員はじろりと佐織先生に目を向ける。

「こういう場合、自分の名前やなんかを喋らない子供が多いもんでね」

お前たちもそのつもりだったんだろうというように、警備員はこちらに顔を戻した。事実そのとおりだったので、私たちはうつむいていた顔をさらにうつむかせるしかなかった。

隣の部屋で電話が鳴った。そのままでいろと言うかわりに、私たちをギロッと睨みつけ、警備員は部屋を出ていった。誰かと話す低い声がしばらくつづいていたかと思うと、何か私たちを効果的に懲らしめる名案を思いついたというような顔で、警備員は戻ってきた。

「いまから特急に乗るそうだ」

教頭先生のことだった。佐織先生が学校に連絡し、来ることになっていたのだ。

「お前ら、しばらくそこで反省してろ」

佐織先生に、いっしょに来るよう合図をすると、警備員は立ち上がった。先生と、彼女の知り合いの男の人は、警備員につづいて部屋を出た。急に目の前ががらんとなり、部屋の酸素量が一気に増えたように、息苦しさが緩和された。しかしそのときドア口から警備員が首だけ差し入れて私たちを睨んだ。

「喋ったりするなよ」

沈黙地獄がはじまった。隣の部屋からは、説教の抑揚をもった警備員の声と、ときおり小さく相槌を返す佐織先生の声が聞こえた。私たちは警備員の言いつけを忠実に守って黙り込み、じっと首《こうべ》を垂れて隣の会話を聞いていた。といっても、ほとんど聞き取れなかった。警備員は低い声でぶつぶつと話し、ときどき大きな咳払いをした。左手の壁にアナログ時計がかかっていて、針は二時に近づきつつある。時間が早く経ってほしいのか、遅く進んでほしいのか、私にはわからなかった。

と、そのとき。

ガタンと目の前のテーブルが鳴った。何かが落ちてきたのかと思い、反射的に天板の上を見ると同時に、右側で誰かが動くのが見えた。座っていた椅子を勢いよく倒しながら、彼は跳ねるように立ち上がって部屋の出口へと消えた。おい！　と警備員の怒号が響き、佐織先生の短い声もした。私は混乱し、椅子から尻を数センチ浮かした状態で動けなくなった。足音がひとかたまりになって、廊下のほうへ遠ざかっていく。

「あいつ……何すんだ？」

慎司が怯えた声を洩らし、一度こちらに顔を向けてから、思い切ったように部屋の出口へ向かった。私もつづき、悦子も立ち上がった。部屋を出ると、そこには誰もおらず、開けっぱなしのドアの向こうで三人の大人の後ろ姿が遠ざかっていく。背後で小さく「勘弁してよ……」と劉生の声がした。

「追いかけよう！」

慎司が声を上げたときには、私も悦子も走り出していた。大人たちの後ろ姿が廊下の角を折れて消える。私たちがその角を曲がったときにはもう見えなくなっていたが、靴音からして階段を駆け下りていったらしい。

急いで七階フロアに出た。どちらへ行ったのかはわからなかったが、私たちの足は先ほどのトイレのほうへ向かっていた。買い物客はみんな、私たちの前方を不思議そうに見ていて、私たちの足音が近づくと、驚いたように振り向いた。

トイレへとつづく廊下へ飛び込んだ瞬間、私たちはその場に立ち尽くした。

宏樹が暴れていた。泡を食ってへっぴり腰になった警備員に摑みかかられながら、もがき、飛び跳ね、手足をやたらと振り回していた。そのそばで佐織先生が、胸のあたりに両手を持ち上げた恰好で立ち尽くし、知り合いの男の人は隣でぽかんと口をあけている。ぶん、と大きく宏樹が右手を振った。その手には彼が持参してきていたマイナスドライバーが握られていたので、警備員は「ほおう！」というような悲鳴を上げて跳びすさった。その隙に宏樹は駆け出し、あのアンモナイトに向かって突進すると、ドライバーの先をがつんと壁に打ちつけた。もう一度。さらにもう一度。四度目に振りかぶった右手を警備員が摑んだ。警備員はそのまま宏樹の胴体を抱きかかえ、自分の体重をかけながら相手を押さえつけにいった。佐織先生が掠れた声で何か言いながら駆け寄り、隣にいた男の人も足を踏み出した。しかし宏樹が、近づく相手に足を突き出したり腕を突き出したり、相手がいなくてもドライバーをぶん回したり、全方位型の暴れぶりを見せていたので、二人ともけっきょく後ずさって、成り行きを眺めているだけになった。警備員はいまや必死で宏樹を押さえ込もうとしていた。激しい呼吸音と乱れた足音、くぐもった意味不明の声が連続し、そのとき不意に、宏樹の泣き声が廊下中に響いた。

感情を剝き出しにした泣き声だった。うあああ、うあああと彼は口をあけてつづけざまに声を放ち、両目からぼたぼたと涙を流しながら、それでも相手の手から逃れようと、まだ暴れつづけていた。その両目は壁のアンモナイトに向けられたまま、一度もそらされることはなかった。

（八）

ふたたび同じ部屋に連れていかれ、同じように座らされたあとも、宏樹はずっと泣いていた。関節が白くなるくらいきつく握り締めた拳を、テーブルに押しつけながら、背中を震わせ、鼻水とよだれを垂らして泣きつづけていた。一度、漫画のように鼻ちょうちんができて割れたけれど、気づいてさえいないようだったし、誰も笑わなかった。教頭先生が到着してからも同じだった。私たちがさんざんしぼられ、ようやく解放されるときになって、やっと泣きやんだのだ。

外は夕暮れだった。

百貨店前の歩道には相変わらず人が溢れていて、たったいまの出来事が現実ではなかったような気さえした。もしそうなら、どれほどいいだろう。遠くへ目をやると、立ち並ぶビルの上のほうが、橙色の光に溶け消えていた。

駅前で佐織先生たちとは別れた。

木彫りの面のように厳《いか》めしい顔の教頭先生とともに、私たちは無言で改札口を抜けた。

「春に、ご結婚されるそうだ」

電車に乗り込んでから、教頭先生がぼそりと言った。

駅前で別れるとき佐織先生が、

――あの、こちらが先日お話しした……。

と傍らの男の人を示して言ったのだ。教頭先生は仏頂面のままながらも心得顔になり、男の人の顔を見て、軽く顎を引いた。相手はきまり悪そうにぺこりと頭を下げていた。

佐織先生の結婚について、電車の中で教頭先生が何か言葉をつづけるものと思ったが、それきりだった。話は今回のことに戻り、それぞれの親にきちんと話すよう念を押された。帰りが少し遅くなることは、教頭先生がデパートの公衆電話から全員の家へ連絡して伝えてあったが、事情は帰ってから本人が話すということになっていたのだ。

それから先生は、赤らんだ景色が流れていく窓を眺めて黙り込み、私たちも口が利けなかった。

ようやく先生が口をひらいたのは、途中駅のホームでカラスの鳴き声を聞きながら、鈍行電車の到着を待っていたときのことだ。

「馬鹿なことをしたもんだな」

誰に向かって言ったのでもないような、ほとんど独り言みたいな声だった。先生の右手が胸に沿ってゆっくりと上り、ネクタイを少しゆるめた。

「まったく無意味なことをしたもんだ」

頷くべきなのかどうか、私たちはわからなかった。わからなかったが、いちおう頷いた。

すると教頭先生が急に顔を向け、一人一人を確認するように見てから訊いた。

「どうして無意味だか、わかるか？」

誰も答えられなかった。それを予想していたように、教頭先生は小さく頷いた。そして驚くべきことに、少しだけ頬を持ち上げた。

「まあ……いまにわかる」

ホームのスピーカーからひび割れたアナウンスが響き、夕間暮《ゆうまぐ》れの空気を掻き乱して電車が到着した。特急よりもずいぶん乗客の少ない車両に乗り込むと、教頭先生は空《あ》いている席に座った。私たちはどうしていいか判断がつかなかったので、その近くにじっと立っていた。

「自分がどうして先生になったのか、わかった気がしたよ」

そんなことを、教頭先生は急に呟いた。そして、呟いたことを後悔するように視線を下げた。

電車を降りてそれぞれの自転車にまたがるまで、私たちは何も話さなかったし、誰も宏樹の顔を見なかった。教頭先生にさようならと言い、「じゃあ」とそれぞれ片手を挙げて別れるときも、まだ私は宏樹に目を向けることができなかった。ほかの三人はどうだったのだろう。三人とも私と目が合ったから、やはり宏樹のほうは見られずにいたのだろうか。日が暮れた山裾は、針葉樹が湿ったにおいをさせていた。

失神も、ホームランも、犯罪も、現行犯逮捕も、あんな宏樹を見たのも、思いを寄せていた女性《ひと》の結婚を知ったのも、とにかくすべてが初めてで、何をどう思えばいいのか、私にはわからなかった。

家に帰ると、私は教頭先生に言われていたとおり、両親にすべてを話した。宏樹ほどではないが、途中から涙が止まらなかった。家の玄関を入ったとき、安堵のあまり溢れそうになったのを堪えていた涙が半分くらいだった。私が泣いてからも、母は優しい言葉をかけなかったし、父も声をやわらげなかった。たぶんそのおかげで、私は自分の行為を本当に反省することができた。

それから、劉生はもう私たちと遊ばなくなった。市議会議員の父親に、付き合うなと言われたのかもしれない。ときどき六段変速の自転車に乗って、一人で路地を走っている彼を公園から見た。私たちが顔を向けていると、こちらに気づいているくせに、彼は真っ直ぐ前を向いたまま、視線を跳ね返すような顔で走り去っていった。

ところで百貨店からの帰りに教頭先生が「いまにわかる」といった理由は、冬休み最終日に明らかとなった。

化石は手に入れることができなかったが、私たちは約束したとおり、朝一番で清孝の家へ行き、呼び出す言い訳だったはずの手打ち野球を実際にやった。

「来月の花火大会……やっぱり無理だよな」

　いよいよお別れというそのとき、広場の隅で慎司が訊いた。

「遠いから、来られねえだろ？」

　すると清孝は、何か迷うように視線をそらし、そのまま相手の目を見ずに答えた。

「いや、そんなことはない」

「え、来るの？」

「来るっていうか……まあ、そうだな、来る」

　どうも様子がおかしかった。

「自転車買ってくれるって言ってたし」

　自転車？　という私たちの声は同時だった。はるばる自転車でここまで来るつもりなのかと訊くと、清孝は頷いた。

「十分くらいで着くから」

　数秒、静寂に包まれた。

「なに、おじさんの家ってそんなに近かったの？」

　悦子が身を乗り出した。

「まあ……本人も自転車で学校まで通ってるくらいだし」

　清孝はよくわからないことを答えた。

　そして、彼は私たちに驚くべきことを白状したのだ。

じつは親戚のおじさんというのは、何を隠そうあのガニーさんで、ガニーさんは清孝の母親の兄、つまりキュウリー夫人の実の息子なのだと。

「ばあちゃんが遠くに入院することになって……最初は俺もそっちへ行くはずだったんだけど、いろいろ難しくて無理だったんだ。それで、ばあちゃんがおじさんに相談したら、自分の家で暮らせばいいって言ってくれて」

「お前、え、お前、ガニーさんが親戚だなんて、え、ひとことも言わなかったじゃんか」

慎司は飛び出した額を突きつけるように前のめりになっていた。

「なんか恥ずかしいだろ……学校に親戚がいるって。それに、おじさん、昔ばあちゃんと大喧嘩したことがあって、あんまり仲よくないんだ。だからわざわざ言わなかった。そしたら、なんか俺が遠くに引っ越すみたいな感じになっちゃって……いや、最初はほんとにそのつもりだったんだけど……いよいよ言い出せなくなって」

「だから冬休みの宿題やってたのか」

私が言うと、「ああ」と清孝は苦笑して頷いた。

ガニーさんの家はどこにあるのかと悦子が訊いた。すると清孝は「あっちのほう」と女恋湖の方角を指した。

「湖の近くのアパート」

かあああぁ、と慎司が空を仰いだ。悦子は逆に、力を奪われたようにがっくりと首を垂れた。宏樹は怒りに満ちた顔で、先ほどからずっと清孝を睨みつけていた。その右手には何かが握られていた。ポケットから取り出したのだろう。彼はそれを、清孝を睨んだまま、またポケットに押し込んだ。一瞬見えたそれは、台座がついたアンモナイトの化石だった。

転校しないことや、引っ越し先がすぐそばであること——それを清孝が言い出せなかったのは、宏樹のせいもあるのではないか。もしかしたら清孝は、宏樹の反応を見たかったのではないか。そんなことを私は思った。

そうして冬休みは終わった。

二月の夜、私たちは女恋湖の土手に並んで花火を見物した。どういうわけかいつもより花火の数が少なく、迫力がなかったので、みんなして首をひねった。湖面に映った光をあわせて見ても、まだ物足りない。あとで知ったところによると、花火大会の直前、市の倉庫に何者かが侵入し、大量の花火が盗難に遭っていたらしい。

劉生が行方不明になったと知ったのは、それから一ヶ月ほど後のことだった。

女恋湖の土手で寂しい冬の花火を見た日、清孝はあの写真をわたしたちに見せてくれた。チェーンソーを持ったガニーさんと、ふざけた様子で力こぶをつくっているキュウリー夫人。そして幼い清孝。――清孝の前髪は妙に短くて、本人曰く、母親が自己流の散髪に失敗したのだとか。

それは、彼がまだ五歳のとき、両親とともに暮らしていた頃の写真だった。休日に、母親の兄であるガニーさんが、庭木の枝を伐ってやろうということで、チェーンソーを持ってやってきたのだそうだ。キュウリー夫人は少し肥っていて、それでも顔の骨格は同じだったので、ヘチマみたいに見えた。ガニーさんには髭がなく、ひどく若々しかった。わたしがそれを言うと清孝は、年相応に見えるけどと首をかしげた。ためしにガニーさんの年齢を訊いてみたら、「いま三十七歳」だというので驚いた。五十代後半か、ひょっとすると六十代だと思っていたのだ。髭というのはおそろしい。

ガニーさんとキュウリー夫人は実の親子だが、わたしたちは一度も二人がそれらしい雰囲気で会話《やりとり》しているのを見たことがない。もっとも二人が口を利いているところさえ、けっきょくほとんど目にしなかったし、そのうち一度は、自分たちが人生最大の危機に瀕し、ぜいぜいと息を切らして走ったあとだったので、ろくに憶えていない。

第六章　夢の入口と監禁

（一）

「このあとだよ、おじさんとばあちゃんが大喧嘩したの」

私たちが顔を寄せ合って眺めている写真を、清孝は顎で示した。写真は清孝の家に残されたたった一つの家具である卓袱台《ちゃぶだい》に置かれていて、周りには丸い食器のあとがシャボン玉のようにたくさん残っていた。

「外の枝を伐ったあと、おじさんがチェーンソーをそのへんに置きっぱなしにして、お茶飲んでてさ。それを見たばあちゃんが、キヨが触ったら危ねえだろがーって吠えて」

吠えたの？　と慎司が訊き直し、吠えた、と清孝は頷いた。

「でもチェーンソーって、べつに触っても危なくないんだよ。ほら土砂崩れのとき、みんなも近くで見たろ、刃はそんなに尖ってないんだ。ただ速く動くから木が伐れるってだけで、エンジンさえかかってなければ安全なんだよ」

「ガニーさん、そう言えばよかったのに」

私の言葉に、清孝は唇を突き出して難しい顔をした。

「言った。でもばあちゃん、そんなわけねえだろってまた吠えて、しょうがないから、おじさんがチェーンソーをよく見せてやったんだ。そしたらばあちゃん今度は、キヨがエンジンかけちまったら危ねえだろうがって」

キュウリー夫人のことだから、きっと言い返したかっただけなのだろう。

「だからおじさん、チェーンソーのエンジンをかけるのは子供じゃ無理だって言ったんだ。実際そうだよ。ボタン一つで動く高級なやつじゃないから、エンジンかけるには、モーターにつながってる紐をものすごく強く引っ張らなきゃいけないんだ、こう」

と清孝は右手で紐を引っ張るふりをしたが、勢い余って右肘が壁に激突して顔をしかめた。振り返って壁の表面を確認し、またこちらに向き直ってつづける。

「そしたらばあちゃん、そんなのコツさえ摑んじまえば誰だってできるなんて言って、自分でエンジンかけてみようとして」

「かかったの？」

悦子の質問にかぶりを振る。

「かからなかった――だけじゃなくて、手がすっぽ抜けて後ろにひっくり返った。ついでにおならが出た」

それがどうやら猛烈に恥ずかしかったらしく、キュウリー夫人はいよいよ激昂して、ガニーさんを無茶苦茶な理屈で責め立てたのみならず、相手の立ち振る舞いや自分への態度、幼少期から直らない鼻くそをほじる癖などを、学校では絶対に習わないような語彙を駆使してこきおろしたのだという。

「それで、売り言葉に買い言葉でさ。おじさんもばあちゃんのことひどく言っちゃって」

一時間近くにもわたる大喧嘩がはじまり、それが終わったときから現在にいたるまで、二人は犬猿の仲になってしまったのだそうだ。

「そんなことでねえ……」

悦子が卓袱台に頬杖をついて写真を見つめた。前髪が流れ、分け目が消えて額が隠れた。左の手首には髪を結ぶ黒いゴムがあったが、相変わらずそこに留めているだけで、実際に使っているところはいまだに見たことがなかった。

悦子の左の手の甲は、先週行われた県のドッジボール大会での怪我で赤くすりむけている。学年別のトーナメント形式で、各校の猛者《もさ》たちによって結成されたチーム同士が闘うのだが、悦子は私たちの学校のエース選手だった。男女無関係に選手が選ばれるので、ほとんどのチームは男子のみで、彼女の存在は大会でも注目されていた。私も観戦に行き、悦子が我が校のチームを決勝まで導いたのをこの目で見た。そして決勝戦で相手チームの男子と一対一になり、そいつをやっつければいよいよ優勝というそのときに、彼女がボールを投げようとして足を滑らせたのも見た。そこで目をつぶろうとしたのだが、転がったボールを相手選手が素早く拾い上げ、無防備な彼女の背中に思いっきり投げつけた瞬間も見てしまった。以来、彼女はどこかアンニュイな様子で日々を過ごしている。もちろんアンニュイというのは、かなりあとになって知った表現だ。

ところで、清孝の話を聞いて私は意外だった。キュウリー夫人は決して発火点が低いタイプの人ではない。いかにもすぐ怒りそうな風貌をしているが、それは単にそう見えるというだけで、彼女が実際に怒ったのを目撃したのは、私たちが清孝にワンダ殺しの罪を着せようとしていた、あのとき一度きりだ。しかし私がそれを言うと、

「昔は獰猛《どうもう》だったんだ、ばあちゃん」

写真を見つめて清孝は呟いた。

「ワンダとの決闘あったろ。あんな感じで、意見の合わない相手にはすぐ食ってかかって言い合いして、たいてい負かしてた。負けなかったのはおじさんくらいじゃないかな。ばあちゃんがいまみたいに丸くなったの、俺と二人で暮らすようになってからだよ」

何でか知らないけどな、と清孝はつけ加えた。

その日私たちが集まっていたのは、清孝が冬休みの終わりまで住んでいた、雑木林の縁《へり》の家だった。いや、その日だけではない。じつに連続十九日間、私たちはそこに集まって時間

を過ごしていた。新しい住人が見つかるまでのあいだ、たまに来て空気の入れ換えをするようにと清孝がキュウリー夫人に言いつけられていたのだが、暇つぶしにそれに付き合っているうち、外が寒いものだからなかなか出ていかなくなったのだ。十九日前からは、学校帰りに清孝といっしょにみんなで家まで来て、窓を開け放つのを手伝い、しかし寒いのでさっさと閉め、あとは卓袱台を囲んであれこれ喋りながら時間を過ごすのが恒例となっていた。休日も適当な時間に集まっては、かたちばかりの空気の入れ換えをして卓袱台を囲んだ。思えばあれが、私たちが最初に知ったインドアの楽しみだった。慎司は清孝のいないところではそこを「アジト」と呼び、その単語にはえもいわれぬ甘美な響きがあった。悦子だけは、来たり来なかったり、来たとしても早めに帰ったりしていたが、いま考えるとあれは水道が止められていたせいかもしれない。トイレが使えないので、私たちは尿意をおぼえると戸外《そと》へ出て、雑木林で立ち小便をしていた。

喋ることに飽きると、私たちはときおり窓辺に立って外を見た。去年の冬、足を痛めたキュウリー夫人が女恋湖の花火を見ていた窓だ。

冬が去り、汚れたガラス越しに望む雑木林は毎日少しずつ色を増やしていた。木々の枝にはイボのように新芽がふくらみ、足下では名前のわからない花が何種類も咲きはじめている。雑木林を歩いているときには、そんなことには気づきもしないのに、そうして窓から眺めてみると気づくのは不思議なものだった。

ワンダも毎日のようにやってきた。吠え声が聞こえると、私たちはビニール袋の中に用意していた給食の残りを持って玄関口に出た。そしてワンダに餌をやり、適当に耳の後ろや前肢のつけ根を掻いてやってから、また卓袱台に戻るのだった。

「今日は宏樹、来ないのかな」

慎司が思い出して写真から顔を上げた。

「食後のコーヒーでも飲んでるんじゃないの？」

悦子が鼻に皺を寄せて笑う。その日は土曜日で、私たちは午前中の授業のあと、いったん家に帰って昼ご飯を食べてから清孝の家に集合していたのだ。

「コーヒーを飲む宏樹をやります。清孝、髪」

「おう」

慎司が合図すると、清孝は素早く彼の後ろに回り、慎司の髪の毛を五・五に分けてぺったりと頭に押さえつけた。慎司は眉を寄せて上げ、コーヒーを飲むふりをした。

「んんん……にがみがきいてる」

そのとき玄関の戸がひらいて当の宏樹が顔を覗かせたので、二人は慌てて離れた。私たちは笑いをこらえ、慎司はふざけて耳をぴくぴく動かした。自分が耳を動かせることに、彼は数日前に気づいたらしく、以来ときどき練習して、いまでは遠目からでもけっこうわかるほど動かせるようになっていた。

「な、いいもん持ってきたぞ」

宏樹がリュックサックを畳の上に置き、中から何か取り出す。コミックを三冊重ねたほどの、四角い機械だ。上側に大きなボタンが並んでいて、手前の面の右半分には同心円状に細かい穴がたくさん並んでいる。左側には透明な窓があり、中に見えているのは……カセットテープか。

「この家ほら、何もねえだろ。だから音楽でもかけようかと思って」

いいねいいねと私たちは盛り上がったが、宏樹は片手でそれを制した。

「その前に、もっといいもの聴かせてやる。お父さんの部屋ですごいレコード見つけて、昨日の夜、テープに録《と》っといたんだ」

宏樹は横向きの三角形が描かれたボタンに指をかけ、心の準備はできているかというように私たちの顔を順繰りに見た。そんな目で見られても、メンバーの中で少しでも音楽に興味がありそうなのは悦子だけで、私たち男三人は、コント番組で歌のコーナーになるとチャンネルを変えたりトイレに行ったりする口だった。

「みんな絶対知ってるぞこれ」

というと、童謡か何かだろうか。私たちはいっそう興味を失ったが、宏樹はそんなことにはお構いなしにガチャリとボタンを押し込んだ。

カチッとテープが回転し、スピーカーからホワイトノイズが聞こえはじめた。しばらくそのままだったが、やがてプツッと音がして、いきなり男の人の声が響いた。まるでトランシーバーから聞こえているような、ひび割れた声で、何を言っているのかまったくわからない。——いや、わからないのは音質のせいではなかった。

「これ英語?」

訊くと、宏樹は素早く唇に人差し指を立てた。

声の主が別の男の人に変わった。何か言い、ふたたび最初の人が喋る。相手が答える。電話の声でも録音してあるのかと思ったが、やがてその会話に三人目が入ってきたので、違うとわかった。しびれを切らして慎司が口をひらきかけたとき、最初の男の人が、ゆっくりとした自信に満ちあふれた声で何か言った。そして音声は途切れ、またホワイトノイズだけが残った。

そのときはチンプンカンプンだったが、最後に聞こえた台詞は"That's one small step for a man, one giant leap for mankind"で、声の主はニール・アームストロング。ほかの二人は、彼とともにアポロ十一号に乗り込んだマイケル・コリンズとバズ・オルドリンだった。あとになってから知ったのだが、NASAが人類初の月面着陸に成功したときの、無線での交信の記録がレコード化されていたらしい。宏樹の父親が持っていたのは、その一枚だったのだろう。

「俺、決めたんだ。いつか宇宙飛行士になる」

まだテープの正体に見当がついていなかった私たちは、宏樹の唐突な発言にぽかんと口をあけた。その反応を読んでいたらしく、彼は用意していた口調で、いま私たちが聴いた音声が何なのかについて手短に説明した。さすがに私たちも興奮して盛り上がり、もう一度聴こうということになった。宏樹は鷹揚《おうよう》な仕草でプレイヤーを手に取り、まだ回っていたテープを止めようと停止ボタンを押そうとしたのだが、そのときスピーカーから声がした。

「ひろちゃんお風呂は？」

「あ、入る」

音声が途切れた。

「いまの、お前の母ちゃん――」

「線のつなぎ方がわかんなかったんだよ」

宏樹は慎司を遮り、耳を赤くしながらテープを止めて巻き戻した。配線の接続の仕方を知らなかったので、おそらく宏樹はレコードからテープに音声をダビングするとき、マイクモードで録音したのだろう。この愉快なミスをどう扱おうかと、私たちはいっせいに両目を広げたが、テープの巻き戻しが終わって宏樹が再生ボタンを押し込んだので、興味の対象はまた音声へと戻った。

私たちはプレイヤーに顔を寄せてアポロ十一号の無線を聴いた。頭の中に、宇宙船の操縦席や、真っ暗な空間に浮かぶ星々や、凸凹した月面の様子を描きながら。

「いつか迷ったときは、これを聞くんだ。それで俺、絶対宇宙飛行士になる」

「宇宙に行くときは、母ちゃんにもついてきてもらえよ」

清孝がぼそりと言ったので、私たちはどっと笑ったが、その笑いはほんの短いものだった。宏樹がまったく動じていなかったからだ。

「お前は、何か夢があんのか？」

そう訊かれ、清孝は口もとを引き締めた。私たちの顔にまだ少し残っていた笑いも消えた。

「……ある」

「へえ、何だよ」

「言いたくない。でもある」

「だから何だよ」

清孝はしばし迷い、やがて意を決したように顎をそらして口をひらいた。私たちはその口もとにじっと注目したが、それがよくなかったのだろう、清孝はまた口を閉じてしまった。

「俺だけ言うのは……嫌だ」

気持ちはよくわかった。私の胸にだって、じつのところひそかな夢があったが、友人たちの前で打ち明ける度胸などなかった。笑われるのが怖くて、言えるわけがない。しかしここで慎司が余計なことを提案した。

「じゃあ、みんなで言えばいいじゃんか。それなら清孝も言えるだろ？」

「まあ……自分だけじゃなければ」

「順番に話そうぜ、自分の夢」

「あんた夢なんてあったの？」

疑いの目を向ける悦子に、慎司は人差し指を振った。

「姉ちゃん、俺にはけっこうでかい夢があるんだ。ずっと黙ってたけどな」

「何よ」

待った、と宏樹が割り込んだ。

「いいこと思いついた。みんなで夢を言い合って、その証拠を残すってのはどうだ？　このテープ、B面が空っぽだから、そこに録音するんだよ。それで大人になったとき、誰がちゃんと夢を叶えられて、誰が叶えられなかったか確かめる」

自信のある勝負を挑む顔で、宏樹は私たちを見た。勘弁してくれと思った。なんとか話題を転じられないかと私は頭を働かせたが、口をひらく前に、慎司が「いいね」と身を乗り出した。ついで悦子も「面白そう」などと言い出し、しまいには清孝も「やってみるか」と苦笑した。

「利一もやるだろ」

宏樹は一応訊いてくれたが、返事を待たずにテープレコーダーを取り上げて早送りのボタンを押した。A面の最後までテープを送ると、迷いなく録音ボタンを押し込む。

「あー。あ。あ。ではこれからみんなで夢を言い合います。まずは俺から」

そうして、私たちは順番に夢を語り合った。内容については後述するけれど、A面にアポロ十一号の無線記録が、B面にそれぞれの夢が録音されているそのテープは、あとで宏樹がダビングしてくれて、いまもみんなの手もとにある。

その後、宏樹が別のカセットテープをリュックサックから出して入れ替えた。クラシックが再生され、なんだか急に部屋が別の場所のように見えた。そのときはタイトルなどわからなかったが、宏樹が持ってきたテープは「美しく青きドナウ」で、それが終わったあとに再生したのは「モルダウの流れ」だった。どちらもいい曲だった。私たちは思い思いの恰好で、少し眠気を誘うその旋律《せんりつ》を聴きながら、ぽつぽつと会話をした。あまり話が盛り上がらなかったのはきっと、それぞれが胸の中で自分の将来のことを思っていたからだろう。

うぉうぉうぉうぉうぉうぉうとワンダの吠え声が響き渡り、妄想と瞑想の中にいた私たちは一斉に叩き起こされた。

「何だ?」

「窓のほう」

慎司と悦子が同時に言い、私たちは立ち上がって窓に顔を寄せた。

ギョッと息を呑んだ。すぐ鼻先に見知らぬ男がいる。ひどく四角い顔をしたその男は、何か原始的な民族舞踊のように、手足を無茶苦茶に振り回している。——男が何をやっていたのかはすぐにわかった。足下で茶色いものが右へ左へぶんぶん動いていた。

「やめろ馬鹿っ」

清孝が叫んで窓の鍵を外そうとしたが、慌ててしまって上手くいかない。窓の外ではワンダが男の足に喰らいついたまま離れない。男は足を上げたり下げたり左右へ振ったり、反対の足でワンダを蹴飛ばそうとして空振りしたり、殴りつけようとしてバランスを崩したりしている。ダッと清孝が部屋を飛び出して玄関に向かったので、私たちもすぐに追いかけた。外壁を回り込んで窓の外側へ駆けつけたときはもう、清孝はワンダに覆い被さるようにして押さえつけていた。左手で相手にヘッドロックをきめ、右手でばんばん頭をひっぱたいている。ワンダは一発ごとにウン、ウン、と哀しげな裏声を洩らして首を縮こませていた。

そのそばで、見知らぬ男は右足首を両手で摑むようにしてうずくまっていた。五十代半ばくらいに見えた。ワンダはいまや私たちの飼い犬といってもよかったので、これは大変なことが起きてしまったと私は身を固まらせた。しかし同時に、何かしらの違和感をおぼえていた。それが何なのか、すぐにはわからなかった。

男は足首をさすりながら、顔に対していくぶん小さな目で、じっとワンダを見ていた。上は、綿の縮んだダウンジャケット。下はスーツのズボンらしいのだが、穿《は》き古されてラインがどこにもなくなっている。革靴はもうだいぶ磨きをかけていないらしく、砂埃《すなぼこり》そのもののような色をしていた。やがて痛みが落ち着いてきたのか、男はすっと立ち上がってポケットに手を入れると、半分つぶれた煙草の箱を取り出した。くの字になった一本を抜いて百円ライターで火をつけ、そのあいだ、一度もワンダから目をそらさなかった。そのときになってようやく私は、先ほどの違和感の正体に気がついた。男の表情にまったく変化がなかったのだ。普通ああいうとき――もっとも人が犬に襲われているところを二度も三度も目撃していたわけではないが――人はもっと顔を歪めたり、目を瞠《みは》ったり、口をぱくぱくさせたりするのではないか。しかし男は、ワンダを振り払おうと身体を動かしはしていたが、少しも表情を変えていなかった。

「すみませんでした、いつも急に嚙みつくことなんてないんですけど……」

ワンダを押さえたまま、清孝が強張った顔を上げた。男は頰をへこませて煙草を長々と喫い、五秒間ほどのあいだ火種がじりじりと真っ赤に光った。煙を吐き出しながら、相変わらずワンダから目をそらさずに、男は初めて言葉を発した。

「お前の犬か」

男の言葉には、どこのものだかわからない訛《なま》りがあった。

清孝は一瞬迷ったようだが、「そうです」と答えた。

「僕の犬です。すみませんでした」

そのときはまだ知らなかったが、彼がそう答えたのには理由があった。じつは冬のはじめあたりに保健所の職員がやってきて、ワンダを捜していたらしいのだ。どこかへ連れていくつもりのようだったので、キュウリー夫人が職員に、あれは自分の飼い犬だと嘘の説明をした。その夫人がいないいま、清孝としては「いいえ野良犬です」と答えるわけにもいかなかったのだろう。

「どうして、縄をつけない」

唇をあまり動かさない喋りかたで、胸から聞こえてくるような、低い、深い声だった。

「すみません、今度――」

「同じことを、してもいいか」

「はい？」

「お前に」

男の目が清孝を見た。瞼がひくりと動き、男の顔に初めて表情というものが浮かんだ。何か珍しいものでも見つけたように嬉しげな。

「俺がされたのと同じことを、お前にしてもいいか」

言っている意味がいまいちよくわからなかったし、もし言葉どおりの意味だったとしても、お前の足に噛みついていいかと訊かれて即答できるわけがない。

「犬から離れろ」

「え」

その声はボリュームが小さいのに、大声で命じるような強さを持っていた。清孝は反射的にワンダから手を放して身を引き、男に不安げな目を向けた。

「離れろ」

「飼い主が、悪いわけじゃないよなあ」

やけにゆっくりとした口調でそう言い終える前に、男は動いた。見えない速さで右足が蹴り出され、ギャン、と短い叫び声が一瞬だけ雑木林に響き渡ると、ワンダはまるで濡れた洗濯物のように背後の壁にビシャッと激突し、反動で身体を弓なりにそらせて宙に舞った。

そのまま地面に落下した。

誰も動けなかった。声を出すこともできなかったし、たぶん数秒のあいだ、呼吸さえしていなかった。ワンダは土の上に横たわったまま四肢を痙攣させ、よだれを垂れ流し、口もとの黒い粘膜質《ねんまくしつ》の皮膚のあいだから、ふっ、ふっ、ふっ、ふっ、と私たちが聞いたことのない息を洩らしていた。男が無言で背中を向けたときも、煙草の煙をぱっぱっと立ち上らせながら路地のほうへ歩き去っていったときも、私たちはまだ動けなかった。

窓の中から微かに弦楽器の旋律が響いていた。

（二）

どうして私たちは大人に話さなかったのだろう。

怖かった、という表現がいちばん近いように思える。昼間の出来事を親や教師に話すのが怖かった。自分たちが悪いことをしたというような、不可解な罪悪感が胸を摑み、話してはいけない、ばれてはいけないと、晩ご飯を食べるときも、何か話しかけられて答えるときも、視線を水平より上に向けることができなかった。もっとも大人に相談していたとしても、事態が好転していたとは思えない。私たちがそれぞれの家に帰ったときにはもう、彼らの計画はすでに進行しはじめていたのだから。

「利一ちゃん」

晩ご飯のホワイトシチューを食べたあと、私が部屋の押し入れに上体を突っ込んでいると、母が襖を開けた。私は取り出そうとしていた福助の貯金箱を慌てて奥へ押し込んだ。

「何その恰好……ああ、カメ？」

え、と私は訊き返したが、すぐに頷いた。

「そう、ダッシュがちゃんと冬眠してるか、見とこうかと思って」

貯金箱を開けるつもりでいたことは、母に知られたくなかった。使い道が、ワンダの病院代だったからだ。

――家の中に運ぼう。

男が歩き去ったあと、清孝がワンダを抱き上げようとした。しかしぐったりしたワンダの身体は一人では持ち上がらず、私と宏樹が手伝った。清孝が裸足でいることに、そのとき初めて気がついた。私たちはそれぞれのスニーカーをつっかけていたが、彼は靴も履かずに玄関を飛び出していたのだ。清孝の手はひどく震えていた。それを見たから私と宏樹の手も震えたのか、あるいは最初から震えていたのかはわからない。ワンダを支える六つの手は、みんな強張って小刻みに動いていた。

――慎司。

悦子が促し、二人で玄関を入っていった。苦しげな呼吸を繰り返すワンダを部屋に運び込むと、さっきまで壁際に放り出してあった慎司のジャンパーが畳の上に敷かれていたので、私たちはその上にワンダを横たえた。

　必要最低限の言葉以外、みんな口にしなかった。畳に膝をつき、私たちは引き攣《つ》った顔を寄せ合ってワンダの様子を確認した。宏樹のカセットテープはもう停まっていたので、湿ったものをせわしく引きずるようなワンダの呼吸音ばかりが、見慣れた和室に響いていた。

――いきなりこんな……。

清孝は途中で声を詰まらせ、言葉のつづきを託すように右手を持ち上げて、そっとワンダを撫でようとした。その瞬間、バネ仕掛けのようにワンダの上体が跳ね上がり、バクッと凶暴にひらかれた口が清孝の手に襲いかかった。

——って！

清孝は素早く手を引いたが、歯の先が手の甲をかすめ、肌に白い真っ直ぐな跡が残った。その跡は、呆然とした目で清孝が見つめているうちに、赤い内出血の痣《あざ》へと変わった。輪が広がるように、私たちはワンダから遠ざかった。

——平気……？

悦子が心配そうに覗き込んだのは、清孝の手ではなく、顔だった。清孝は頷いたが、まったく平気そうではなかったので、私たちは彼のまわりに集まった。ひとかたまりになった私たちを、ワンダは上体を危ういバランスで持ち上げたまま獰猛な目つきで睨みつけていた。敵を見る目だった。自分を蹴りつけた男と私たちを、同じ人間としてひとくくりにしている目だった。私たちの手や悦子の口もとのように、ワンダの前肢も細かく震えていた。

——ワンダ、病院に連れていったほうがいいよね。

悦子が言ったが、すぐに、お金の持ち合わせがないという話になった。しかし宏樹が、自分の父親が外国でひどい腹痛を起こして病院に担ぎ込まれたとき、財布を持っていなかったのだが、きちんと診察をしてもらったし薬ももらえたことを思い出した。その話に勇気づけられ、私たちは町に一軒だけある動物病院へワンダを連れていくことに決めた。しかし私たちが少しでも近づくと、ワンダは畳に電流でも流れたかというようにビクンと上体を跳ね上げて鋭い目を向けるのだった。落ち着くまで待とうということになり、しばらく部屋に座り込んだまま時間を過ごしたが、ワンダの様子に変化が見られる前に、窓から夕陽が射し込みはじめた。

——明日にしよう。

清孝が顔を上げた。

——一晩ここでじっとしてれば、ワンダも落ち着くかもしれない。

清孝は家の裏手に転がっていた空の段ボール箱を持ってくると、びりびりと上手いこと破いて高さを三分の一くらいにした。破いた部分の紙を、細かく千切って箱の中に入れ、外から落ち葉を持ってきてその上に入れて、部屋の隅に置いた。

——トイレ、ここだからな。

そっとワンダに教えたが、ワンダは自分を捕獲する罠でも現れたかというように、浅い段ボール箱を睨みつけていた。ワンダにやるつもりで持ってきていたソーセージや菓子パンの残りを思い出し、私たちは箱の隣に置いた。あまりトイレに近いと嫌がるのではないかと悦子が言ったので、少し離した。

——慎司、上着どうする？

ワンダの身体の下に敷かれたままのジャンパーを、清孝は気にしたが、慎司は大丈夫だと片手を振った。

——落としたって言うよ。

玄関ドアに鍵をかけ、私たちは家をあとにした。

ガニーさんに買ってもらった自転車にまたがり、清孝が最初に路地を遠ざかっていった。その背中を見送ったあと、私たちはひとかたまりになって分かれ道まで自転車をこいだ。お年玉がまだあるから、自分がワンダの治療費を出すと宏樹は言った。彼と別れてから私と慎司と悦子は、宏樹一人に出させるわけにはいかないので自分たちも出そうと約束し合った。

「カメ、真面目に冬眠してた？」

私は母に頷き、けっこう真面目にやっていたと答えた。

「で、何？」

部屋の入り口に立ったままの母に訊くと、母は「ああ」と急に意地悪っぽい顔になり、意外な名前を口にした。

「鷺之宮劉生くん。あんたたちが悪戯に巻き込んだ子」

「うん、どうしたの？」

思わず目を伏せながら訊いた。

家に帰ってこないらしいと、母は真面目な声に戻って言った。

「もう七時過ぎでしょう？　お母さんが心配して、うちに電話してきたのよ。いま訊いてみますねって言ったら、何か心当たりがあったらあとで連絡してくれればいいからって、切られちゃったんだけど。あんた今日、一緒じゃなかったわよね？」

「会ってないよ。あれからいっぺんも遊んでない」

どうしたのかしらねえ、と片手を頰に添えて首をかしげ、母は廊下を戻っていった。私も軽く首をかしげながら、押し入れの貯金箱に手を伸ばした。

（三）

「うちにも電話あったよ。な、姉ちゃん？」

翌日曜日の朝、清孝の家に行こうとしたら、ちょうど慎司が誘いに来た。悦子と三人で自転車をこぎながら、私たちは劉生の話をしていた。どんよりとにごった雲が、町に腹をこすりそうなくらい低く広がり、空気は雨のにおいがした。私たちは三人ともサドルと後輪のあいだに傘を突っ込んでいた。

「あれから何も連絡なかったけど、劉生くん、けっきょく何時くらいに帰ってきたんだろうね」

悦子は気軽そうに言い、私たちも曖昧に首をかしげた。あとで知ったところによると、劉生の母親は学校で電話番号を聞き、宏樹や清孝のところにもかけていたらしい。

劉生の話題はそれでおしまいになり、私たちはワンダのことを話しながら先を急いだ。怪我が悪化していないだろうか。もう立てるようになっているだろうか。ワンダを蹴飛ばした男のことを三人とも口にしなかったのは、やはり怖かったからだろう。怖いものを怖いものとして話題にできるようになったのは、もっと年齢《とし》を重ねてからのことだった。怖いと言わなかったのは、なにも見栄や羞恥心のためではない。口にすることで自分の感情が増幅《ぞうふく》されることを、私たちは知っていたのだ。大人になるに従ってだんだんと、話すことで反対に感情が軽減されるようになっていったのだが、その境目が何歳だったのかはもう思い出せない。

「清孝、まだ来てねえんだよ」

家に着くと、宏樹が玄関先で自転車のサドルに尻をもたれさせて待っていた。

「あいつ、ワンダのこと心配じゃねえのかな。けっきょくそんなもんか」

宏樹はくちゃくちゃとガムを嚙んでいた。ひと嚙みごとに大きく顎を動かし、見せびらかすような嚙みかたをしていたのは、病院代をポケットマネーから出すという英雄的行為と何か関係あったのかもしれないし、昨日の宇宙飛行士＝アメリカ＝ガム、といった連想があったのかもしれない。

「ワンダは？」

悦子が首を伸ばして引き戸の向こうを覗いたが、磨《す》り硝子なので何も見えない。

「ああ、さっき向こうの窓から覗いてみた」

「どうだった？」

「生きてた」

「当たり前じゃない馬鹿」

悦子の口調は自分が意図していたよりも、また宏樹が予想していたよりも強かったようで、二人は互いに気まずそうな顔をした。

「お、来た来た」

慎司の声に振り向くと、清孝が自転車で近づいてきた。

「けっこう重たくてさ」

清孝があちこち擦り切れたリュックサックのファスナーを開けると、真っ白で可愛らしい犬が、中からこちらを見上げて舌を出していた。いや、そういう写真だった。

「このドッグフード買うのに、店が開くの待ってたら、遅くなった。いま鍵開けるよ。ワンダは？」

「さっき窓から覗いた」

「どうだった？」

「生き……いきしてた」

「そっか、よかった。これ食ってくれるかな。あいつ、ちゃんとした犬用の餌なんて食べたことないからなあ。もし嫌がったらと思って、いちおう牛肉の缶詰も買ってきたんだけど。人間が食べるやつ」

清孝が引き戸の鍵を開け、全員で玄関へ入った。家の中はワンダのにおいがした。

「あいつを病院に連れてったあと、何食おうか」

慎司が呑気そうに言う。昨日みんなで相談して、今日はそれぞれの親に、昼食はいらないと言い置いて出てきたのだ。私と清孝と慎司と悦子は、宏樹の家で食べさせてくれるからと言い、宏樹は私の家で食べさせてくれるからと言ってあった。なにしろ犬を動物病院に連れていった経験などないので、診察や治療にどのくらい時間がかかるものかわからない。昼どきに帰れず、親を心配させてしまったら面倒なことになる。

「な、みんなで弁当買おうぜ。あのほら、学校の近くの弁当屋で。それで、もしワンダが食べてなかったら、牛肉の缶詰も食っちゃおう」

「清孝くんのでしょ」

廊下を抜け、開けっぱなしの襖のあいだから部屋を覗いた瞬間、あ、と誰かが声を上げた。もしかしたら私だったのかもしれないし、全員同時だったのかもしれない。

追い詰められた動物特有の、緊迫した顔が、視界の端にあった。しかしそれはすでにして残像であり、本物のワンダはもう私たちの足のあいだを剛速球のようにかすめ、一直線に部屋を飛び出していた。

「おいワンダ！」

清孝が慌てて追いかけたが、遅かった。

戸の隙間を抜け、ワンダは雑木林の中へと消えていた。

「かあああぁ……」

部屋の入り口に立ちつくしたまま、慎司が頭を掻く。途方にくれて部屋に向き直り、彼はもう一度「かあああぁ」と別の抑揚で声を洩らした。畳の真ん中に敷かれた彼のジャンパーに、黒いバッテン印のようなフンが残されていた。

「……産みたてだな」

宏樹がジャンパーに近づいて気の毒そうに呟く。

「まあでも、健康的なうんこだ」

清孝がフンを覗き込んだ。

それはワンダの状態が最悪ではない証拠だと、私たちはみんなでなるべく慎司の気持ちを盛り上げた。慎司は頬だけで笑いながら頷き、口の中で何かぶつぶつと聞き取れないことを呟いて、フンを落とさないようモッコの要領でジャンパーをそっと持ち上げた。そして清孝が製作した段ボール箱のトイレにフンを入れようとした。何か意図があってそうするのかと思い、私たちは黙って見ていたが、ただ錯乱しただけだったらしい。「意味ねえか」と小さく呟き、彼はフンを外へ捨てに行った。

「ワン……あ、名前呼んじゃ駄目かな」

隣を歩く清孝に訊くと、彼は少し考えてから頷いた。

「警戒してるだろうから、静かにしてたほうがいいかもしれない。呼ばないで、聴き耳立てながら歩こう。なるべくゆっくり」

雑木林を進み、私たちはワンダを捜していた。走れたこととフンが健康的だったことで少しは安心していたが、それでもやはり、ちゃんと様子を見ておきたかったのだ。

「さっきの餌、ちょっとずつ撒いてみれば？　そんで、どっかに誘い込めばいいんじゃねえの？」

慎司の提案になるほどと思ったが、清孝はかぶりを振った。

「そんなことして捕まえたら、あいつ絶対暴れる。どうせ餌を置いとくんなら、わかりやすい場所に、ある程度まとめて置いとこう。ワンダが腹減ったときに食べるだろうから」

それはいいアイデアだと、私たちは大きな木の根元などにドッグフードの小山をつくりながら進んでいった。空が曇っていたので、林の中はひどく暗かった。

「なあ、臭くない？」

慎司がリュックサックをこちらへ向けたので、私は鼻を近づけてみた。フンを除去した彼のジャンパーが、丸めてそこに突っ込んであるのだ。フンの本体は取り除いても、べっとりと付着した部分はそのままだったので、リュックサックの布地越しでもちょっとにおった。しかし私は臭くないと嘘をついた。

「ぜんぜん?」

「ぜんぜん」

「そっか」

慎司は暗然と微笑んだ。

一時間ほどかけただろうか、隅々まで雑木林の中を捜したのだが、ワンダの姿はなかった。ここを出て向かうとしたら、どこだろうと話し合った結果、山と女恋湖という二つの候補にしぼられた。町中は人が歩いているので行かないだろうと踏んだのだ。山は、例のホタルの幼虫を見つけに行ったときについてきたし、女恋湖のあたりでもたまにワンダの姿を見かける。どちらを先に捜そうかと相談し、私たちは女恋湖に決めた。近いからというのが理由だった。昨日の今日で、ワンダの身体はまだ完全に回復していないだろうから、そう遠くまでは行かないのではと思ったのだ。

が、ワンダはいなかった。湖畔には人の姿もなく、冬なので虫さえおらず、おまけに硫黄成分のせいで湖には魚が棲まないので、見渡すかぎり生き物がまったくいなかったと言ってもいいだろう――いや。

「あそこ！」

言ってから私は両手で口を押さえた。ほかの四人が私の顔と視線の先を見比べた。

「いま、何かいた」

囁き声で教えた。

「草が動いたんだ……あっちの木のあいだ」

行こう、と清孝が小走りになって左手の樹林地へと向かい、私たちもつづいた。草を鳴らして進んでいると、「おい」と宏樹が立ち止まった。顎で右手前方を示している。

「あのへんに駆け込んだ。あそこのほら、王様の木の向こう。――清孝、餌」

清孝は頷いて背中を向け、宏樹がファスナーを開けて中からドッグフードをひと掴み取り出した。仁義を切る人のように、ドッグフードの載った手を斜め下へ突き出しながら、宏樹はそろそろと進みはじめる。私たちは少しずつ互いの間隔を広げながら王様の木に向かって進んでいった。見たところ、木の根元に動くものはない。本当に宏樹は何か見たのだろうか。

と、宏樹が立ち止まった。

「……うん？」

いわゆる屁《へ》っ放《ぴ》り腰の体勢で、ドッグフードを前方に突き出したまま、宏樹は不思議そうな声を洩らした。私たちは困惑の視線を交わし、宏樹の横へ並んだ。そして全員で「うん？」と同じような声を洩らした。

下草の中から㎜∞という顔が覗いていた。

(四)

昔もいまもよく見かける手品で、あるものが別の何かに変わってしまうというやつがある。たとえば箱に入れたハンカチが白い鳩に変わったり、あるいはボールの絵が本物のボールに変わったり。観客は「あっ」と驚いて身を乗り出すが、それは目の前で行われているのが手品だからであり、手品師が事前に「いまから何か驚くようなことが起きますよ」といった素振りを見せているからだ。何の前触れもなく、そこにあるはずの何かが別の何かに変わっていても、人は驚かない。ただ不可解な思いに囚われ――あるいはそれが不可解なのかどうかもよくわからず、「うん？」と眉をひそめて首を突き出すことになる。

「お前、何してんの？」

宏樹はぽかんと劉生の顔を見下ろした。劉生は目の前に突き出されたドッグフードを一瞥し、宏樹の顔に視線を上げ、私たち全員の顔をちらっと見渡した。

「隠れてたんだ」

最低限の情報しか伝えないと決心しているように、劉生の返答は短かった。

「隠れてたって……俺たちから？　え、何で」

と訊ねたとき、慎司はまだ昨夜のことを思い出していなかったのだろう。劉生の母親から電話があったことを、すっかり忘れていたのだ。私も忘れていた。宏樹や悦子や清孝も忘れていて、思い出したのは同時だった。

「あ」

「お前」

「そういや」

「ひょっとして」

「まだ帰ってないとか？」

私、宏樹、清孝、慎司、悦子の声がひとつながりになって、劉生はその勢いに圧《お》されたように上体を引いた。一瞬迷ってから頷く。

「ちょっとその……まずいことになってね」

劉生が顔をうつむけたので、それまで眼鏡のレンズの反射で隠れていた両目が見えた。いったい何があったというのだろう、黒目が細かく揺れている。まずいことというのは何だと訊こうとすると、彼はそれを言わせまいとするように、さっと顔を上げた。

「みんな、早く帰ったほうがいいよ」

まさか劉生に言われるとは思わなかった。

「いま僕が隠れたのには、じつは理由があったんだ。みんなの足音が近づいてくるのを聞いて、あいつらかと思ったんだよ。あいつらっていうのは、僕のことをその、僕をあの……」

言葉が見つからない様子で、あのそのええとと劉生が繰り返していたとき、パキッと地面の枝が折れる音がした。私たちは同時に顔を上げ、劉生は鋭く振り向いた。そこに立っていたのは、すらりと背の高いカマキリだった。いや、そんなふうに見える人間だった。顎が小さくて額が広く、ちょうど逆三角形の顔をしたその男は、両手を胸の前に持ち上げた状態で立ち止まり、表情のない目でこちらを見ている。事態を呑み込めていない私たちがボンヤリ見返していると、三角形の顔がわずかに傾《かし》いだ。色白で皮膚が薄く、ひどく不健康そうな顔だった。

「まずい、見つかった……」

劉生が逃げ場を探すように素早く左右を見た。

「逃げられると思ったのに……どうしよう……みんな、動かないほうがいい……じっとしてて」

男がいささか唐突に表情を変えたのは、彼がそう言い終えた瞬間だった。後ろから紐を引っ張ったように、顔の造作をギュッと真ん中に集め、いきなり凶悪そうな声を張ったのだ。

「こんなところに隠れてやがったのか！」

何なんだいったい。あいつは誰で、劉生は何を言っているのだ。まったく状況が摑めないが、私たちを睨みつけているあの男が明らかに味方でないことだけはわかった。逃げたほうがいい。逃げなければ。

「逃げるなよ」

もし男が、叫ぶように、嚙みつくようにそう言っていたら、それが引き金になって私たちは一斉に駆け出していただろう。しかし男の声はやけにねっとりとしていて、まるで物理的な粘着力を持っているかのように、私たちの足を動かなくさせた。

「何もしない……大丈夫だ」

近づいてくる。両足を動かしていないみたいに、草の上を上半身がこちらへ向かってゆっくり滑ってくる。

「まずい……まずいよ……」

華奢《きやしや》な両手で顔の下半分を覆うようにして、劉生は繰り返し呟いていた。

（五）

銘柄によって煙草のにおいに違いというのはあるのだろうか。使われている葉の種類が異なるわけだから、もちろんまったく同じではないのだろう。ひょっとすると喫煙習慣のある人には違いがわかるのかもしれないが、いまも昔も、私には区別がつかない。

それでも、私は瞬間的にわかった。あとで訊いてみたら、ほかのみんなもそうだったらしい。あるいは私たちの心に何か予感めいたものがあったのかもしれないが、とにかくその煙をかいだ瞬間、私たちは相手の姿を見る前にこう感じた。——あいつだ。

「……どうなってる」

どこのものだかわからない訛りを含んだ声。洞窟の奥で身を起こした男は、私たちをじろりと睨め回したあと、背後に立っていたカマキリ男に鋭く目を向けた。地面に置いたカンテラが、四角い顔を下から照らし、荒削りの彫刻のように見えた。

「ちょっとあの、こっちで」

三角顔のカマキリ男は、四角顔の男よりも立場が下で、しかも相手を恐れているらしい。細長い身体を折り曲げながら、私たちが歩いてきた通路のほうを示した。

「事情を説明しますんで」

私たちが連れていかれたのは、あの人魚の洞窟だった。

冬のあいだ雨がほとんど降っていなかったので、女恋湖の水位が減り、洞窟へつづく水際の道はふたたび現れていた。カマキリ男は迷いのない足取りでそこをたどり、無言で私たちを導いた。何故、ワンダを蹴飛ばしたあの男がここにいるのか。どうして劉生がいっしょなのか。私たちはさっぱりわからなかった。わからなかったが、大変だ、大変だ、という思いが頭の中と身体の中でぐんぐんふくれあがり、いまにも咽喉を割って飛び出してしまいそうだった。しかし断りもなく奇声を上げたりしたら何をされるかわかったものではない。昨日のワンダのような目に遭うかもしれないし、もっと怖ろしいことをされるかもしれない。私たちはじっと歯を食いしばって成り行きに身をまかせるしかなかった。

チッと舌打ちをし、四角顔の男はカンテラを持って立ち上がった。その舌打ちは非常に板についているというか、それが男の癖であることが一度目からわかるような舌打ちだった。指に挟んでいた煙草を咥《くわ》え、昨日と同じように五秒間ほどかけてゆっくりと煙を吸い込み、吐き出しながら屈み込んで床のカンテラを持ち上げる。私たちはそろりと左右に分かれ、壁にくっつくようにして道をあけた。男はカンテラを持ったまま通り過ぎようとしたが、私の顔を見てぴくっと眉毛を動かした。私は何か自分が取り返しのつかない失敗をして、相手の怒りをかってしまったのだと思った。もう駄目だ、おしまいだという無根拠な絶望感が全身にのしかかったが、そのとき男が私から目をそらして隣の慎司を見た。悦子を見た。宏樹を見て、清孝に顔を近づけた。

「……お前らか」

どうやらいままで私たちの顔がよく見えていなかったらしい。

昨日出会った小学生たちがいまここにいる理由を考えているのだろう、男は眉根を寄せて小さな両目をしばたたかせていた。空気の動かない洞窟の中で、煙草の煙が四角い顔を撫でるように這い、頭の上の真っ暗な空間に消えた。けっきょく男は何も理由を思いつかなかったらしく、その苛立ちを表情に込めてカマキリ男を睨みつけた。

「どうなってる」

「いま事情を……あのでも、こいつらを知ってるんで？」

何とも答えず、四角顔の男は咥え煙草で私たちのあいだを通り過ぎた。カマキリ男といっしょに、洞窟の出口のほうへと歩いていく。——かと思えば立ち止まって振り返る。

「お前、いっしょに来い」

男の眼窩《がんか》が頬骨の影になり、どこを見ているのかわからなかった。誰に言ったのだろう。並べられた石像のように私たちが身を硬くすると、劉生がうなだれた恰好で離れ、男たちに近づいていった。三人は、くの字になった曲がり角の向こうへと消えた。

真っ暗になった。

「あいつ——」

ひそめたつもりの声が思いのほか響いたらしく、慎司はもっと声をひそめた。

「あいつ何されるんだ？」

私は黙ったまま首を横に振った。たぶんみんなも同じような仕草を返したのだろうが、互いの姿はまったく見えなかった。真っ暗な視界の真ん中あたりに、歪なかたちの緑色のものが浮かんでいる。それは私が右を見れば右に、左に視線を移せば左に動いた。四角顔の男が持っていたカンテラの残像だった。

カマキリ男の話す声が、あぶくのように途切れ途切れに響いてくる。ときおり四角顔の男が低い声で言葉を挟むと、カマキリ男は慌てたような感じでその声にかぶせて言葉を返す。会話の内容は、まったく聞き取れない。

「何なのよこれ……」

答えが返ってくることを期待していないのだろう、悦子の呟きは質問の抑揚を持っていなかった。しかし私は、さっきからあることを考えていた。この状況を説明できそうな単語が一つだけ、頭に浮かんでいたのだ。それはとても言いづらい、おぞましい単語だった。

「たぶん——」

胸の中から絞り出すように、私は思いきって言った。

「たぶんこれ、誘拐だと思う」

その言葉を予想さえしていなかったのか、あるいは予想していたが聞きたくなかったのか、悦子ははっと息を呑んだ。

「誘拐って」

「劉生の誘拐」

清孝が淡々と声を挟む。しかし吐息は微かに震えていた。

「あいつらたぶん、劉生を誘拐してきて、ここに隠れてたんだ。でも劉生が隙を見て逃げ出して、たまたま俺たちと林の中で出くわしたところに——」

劉生を捜しにやってきたカマキリ男が現れた。これは全員逃がすわけにはいかないと、彼は劉生とともに私たちのことまで捕らえて洞窟へ連れ込んだ。清孝の説明は、私の考えと同じだった。

「え、じゃあ何、俺たち誘拐されたの？　え、こっから出られないの？」

そんなことは考えてもみなかったというように、慎司が急に息を荒くした。

その頃になると、視界にだんだんと変化が現れはじめていた。緑色をしたカンテラの残像を塗りつぶすようにして、もっと明るい緑色が曖昧に広がっていく。ヒカリゴケはやがて周囲の壁いっぱいに姿を現し、おぼろげなエメラルドグリーンの光の手前に、四人のシルエットが浮き立った。

「誘拐って、身代金とか要求するの？　うちお金ないよ」

悦子の輪郭が細かく揺れ、清孝の影がそちらに顔を向けた。

「そういうのがあるとしても、劉生のとこだけだと思う。身代金とかは」

「じゃあ、あたしたちはどうすれば帰してもらえるの？」

「劉生が帰してもらえるようになったら、たぶんそのときいっしょに」

「もし劉生くんが帰してもらえなかったら？」

足音が戻ってきた。全員のシルエットがぎゅっと収縮した。

三人が近づいてくると、橙色の光がふたたび周囲のヒカリゴケを塗りつぶした。先頭を歩いていた四角顔の男が立ち止まり、カンテラを持ち上げる。顔の向きを変えず、目だけで私たちを見下ろし、その口には相変わらず煙草が咥えられていたが、奇妙なことに長さがさっきよりも伸びていた。いや、単に新しいのを喫い直しただけか。男が半びらきだった唇を横に結ぶと、煙草の火先がじりじりと赤くなった。吸い込んだ煙をエクトプラズムのように鼻から流れ出させながら、男は暗い音でまた舌打ちをした。

何か言うものと思ったが、四角顔の男はそのままうっそりとした足取りで私たちのあいだを抜け、先ほどまで座っていた場所にふたたび腰を下ろす。そこは洞窟の最奥部だった。夏に私たちが人魚の生首を発見してパニックに陥った場所だ。あの騒動のあと、ひょっとすると将来的にまた誰かが驚くかもしれないということで、私たちは生首をもとの場所に戻し

——。

いや、ない。

教頭先生がつくった人魚の生首が、そこにないことに私は気がついた。男たちがどこかへやったのだろうか。

あれは何だろう。両足を投げ出して座り込んだ男の、汚い革靴の先。くたびれたバッグが置かれたその隣。カンテラの光に半分だけ照らされて、球状のものが山と積み重なっている。

少しずつ大きさの違う、茶色いボールたち。小さいものは拳ほど、大きいものはソフトボールほど。じつのところその球状の物体は、私たち全員がよく知っているものだったのだが、実際に目で見たのは初めてだったので、そのときは誰も正体に思い至らなかった。

劉生がザッと勢いよく私たちの中へ飛び込んできた。顔を強張らせて後ろを振り向いたので、カマキリ男が彼の背中を押したのだとわかった。カンテラが背後の地面に置かれているせいで、私たちの影がちょうどカマキリ男の胴体を覆っている。逆三角形の顔だけが、天井近くの暗がりに浮いて見え、人魚の生首よりも怖かった。

「面倒なことになったよ……お前たちのおかげで」

両頰の陰影をひくひくと蠢《うごめ》かせながら、カマキリ男は低く笑った。私たちもつられてにやにや笑ったが、そのとたんに相手の笑いは消え去った。

「端に固まって、座ってろ」

全員さっと壁際に並び、素早く尻を下ろして膝を抱えた。カマキリ男は、もう私たちの顔を見たくないというように、皮膚の薄い額に皺を刻んで地面を睨みつけた。

（六）

そのまま時間が経った。男たちは黙り込み、聞こえてくるのはときおり四角顔の男がライターを無意味に擦るシュッという短い音くらいだった。私たちは身じろぎはもちろん、咳やくしゃみをするのも怖ろしく、呼吸音にさえ気を遣って膝を抱えていた。劉生も、ダウンジャケットの胸に顎を埋めるようにして、ぴくりとも動かず、気でも失ってしまったのではないかと私は心配になった。しかしそっと顔を覗き込んでみると、両目はひらかれていて、眼鏡の向こう側をじっと見つめている。

「説明するよ」

突然、劉生が声を発した。

「もう気づいてるだろうけど、僕は誘拐されたんだ」

勝手に喋り出したりしたら、男たちが怒るに違いない。私は慌てて洞窟の奥を窺《うかが》った。しかし男たちは四角と三角の顔をカンテラの光に浮き立たせ、唇を結んで黙り込んでいる。劉生は顔を上げ、誰のほうも見ないでつづけた。

「うち、お父さんは平日も土日も仕事だし、お母さんは手伝いで事務所に行っていることが多いから、夕方まで大抵一人で家にいるんだ。昨日もそうだったんだけど——四時頃かな、机に向かって塾の予習をしていたら呼び鈴が鳴って、ドアを開けてみると」

ぞんざいな仕草で、男たちのほうを顎で示す。

「あの人たちが立ってた。それからはあっという間だったよ。口をふさがれて、身体を持ち上げられて、気がついたら車に乗せられてたんだ。それで、ここへ連れてこられた」

ふたたび首を垂れ、長々と溜息を洩らしてつづける。

「うちにはもう連絡をしていて、誘拐が嘘じゃない証拠にって、僕も電話口に出させられた。余計なことを喋らないように、首に刃物を突きつけられながらね。――あの人たちの目的はわからない。もちろん僕の親に何かを要求しているんだろうけど、僕には教えてくれないんだ」

「やっぱりお金なのか？　身代金？」

慎司が囁き声で訊いた。

「いや、だからそれは――」

おい、と洞窟の奥から声が飛んできたので私たちは凍りついた。

「静かにしろ」

カマキリ男はじろりと私たちを一瞥し、正面に座った四角顔の男にちらっと視線を投げてから、またカンテラを見つめた。どうせ怒るなら最初から怒ってほしかった。劉生の話を止めようとしなかったので、会話はけっこう普通にしていていいのかもしれないと、私は微かな安堵をおぼえていたところだったのだ。もっともそれは咽喉がからからのときに小さじ一杯の水をもらったほどの安堵だったが、ないよりはずっとましだ。その水を取り上げられた私たちは、ふたたび暗い静寂の中に放り出された。

ここへ連れてこられて、もうどれくらい経ったのだろう。宏樹が腕時計をはめていたが、文字盤のライトを点灯させる勇気がなかったので時間はわからなかった。劉生の手首にも時計があったけれど、アナログで、カンテラの光がほとんど届かないため針を読めない。ひょっとすると、もう夕食どきくらいになっているかもしれない。私が帰ってこないことを心配し、誰かに電話をかけようかどうしようかと、母が居間の電話機の前に膝をついているところが思い浮かんだ。その肩に手を添えて、もう少し待ってみようと言いながらも、目の奥の不安を隠しきれていない父の姿も想像された。あの子、ほんとにどうしたのかしら。心配ないさ、きっともうすぐ帰ってくる。でも。あと十分だけ待ってみよう。わたし、やっぱり心配だわ。十分だけ、な。ええ……そうね。哀れな父と母。息子がとんでもない事件に巻き込まれていることなど二人は知るよしもないのだ。そして無事の帰宅を信じて待っている。

いまの状態に比べれば、デパートの事務室で警備員に絞られたことなど快楽と呼んでもいいくらいだった。自由への切望と後悔が、胸をいっぱいに満たしていた。ワンダを捜しに女恋湖へ行くというのは全員の総意だったので、誰のせいにもできない。しかし林の中へ向かったのは私のせいだ。下草が動いたのを見つけ、みんなに教えたのだ。だからこんなことになった。だからこんな寒い場所に――。

そう、寒い。どうしていままで意識せずにいられたのだろう。洞窟の中は猛烈に寒かった。風も吹いていないのに、氷の歯で噛みつかれているみたいに鼻や頬が痛いし、立て膝に添えた手の指は細かく震えている。あまりの緊張で、どうやら温度を感じることを忘れていたらしい。しかし大抵の忘れ物がそうであるように、いったん思い出してからはことさらそれが意識された。寒い——ものすごく。周囲が暗いからこそ見えないが、きっといま自分の吐いている息は真っ白に違いない。

寒さを思い出したのは全員同時だったのかもしれない。誰も何も言い出さないのに、私たちはそれぞれ音をさせずに尻をずらし、互いのあいだを詰めて身を寄せ合った。

ほかにできることは何もない。こうして黙ってくっつき合ったまま、解放されるのをひたすら待つしかないのだ。何日かかるだろう。何週間かかるだろう。いや、そんなにかかるはずがない……とも言い切れない。なにしろすべてがわからない。ただ一つだけ希望があるとすれば、私たちを捜索している——あるいはこれから捜索をはじめることになる大人たちが、この洞窟に目をつけてくれることだ。これは案外期待してもいいかもしれない。何故といえば、町に長く住んでいる大人であれば、この洞窟の存在を知っている可能性があるからだ。こっそり潜んでいるのに、ここほどぴったりの場所はない。そうだ、男たちが隠れ処《が》にこの洞窟を選んだのは失敗だった。

誰か思い出してくれないだろうか。教頭先生はどうだろう。そういえば、学校にはもう連絡はいっているのだろうか。いったいいま何時だ。私はそろりと片手を動かして劉生の左手を摑んだ。腕時計の文字盤を自分のほうに向けてみる。暗くて読めない。カンテラがあるほうへ向けてみたら、ガラス面に光が反射して、もっと見えなくなった。男たちの気配を気にしながら、私は爆弾でもいじる気分でつぎつぎ時計の向きを変えた。すると劉生が面倒くさそうに言った。

「十一時四十分だよ」

私は素早く洞窟の奥を見た。男たちはこちらへ顔を向けたが、すぐに興味を失ったようで、前に向き直った。全身から逃げ出した血が、また戻ってきた。しかし、そうか、まだ十二時にもなっていないのか。考えてみれば朝から清孝の家に集合し、一時間ほど雑木林の中をうろついたあとで、すぐに女恋湖に来たのだ。大して時間が経っているはずがない。

昼食はいらないと母に言い置いて出かけてきたことを、私は心から後悔していた。大人が私たちを心配し出すのは、夕方になってからだろう。行方不明に気づくのは、もっと遅くなってからに違いない。しかし、気づいてからは案外早いかもしれない。清孝の家の前には私たちの自転車が停めっぱなしになっている。それを誰かが見つける。劉生が姿を消していることはすでにみんな知っているから、これは人さらいが彼ら五人のことも連れ去ったに違いないということになる。大規模な捜索がはじまる。誰かがこの洞窟のことを言い出す。全員がひとかたまりになってここへ突入し、男たちは首根っこを摑まれて御用となる。

足音がした。

反響のせいで方向がわからなかったので、男たちのどちらかが立ち上がったのかと思い、私たちは洞窟の奥に顔を向けた。二人は座ったままこちらを見ている。あれ、と思って反対側を振り返ると、通路の先から円柱状の光が近づいてきた。

「すみません、遅くなりました」

若い男の声だったが、懐中電灯は足下へ向けられていたので、姿は見えない。それでも懐中電灯の光が私たちを照らした瞬間、男が「！」と驚いて立ち止まったのがわかった。

「え、増えて……」

説明する、と言って立ち上がったのはカマキリ男だった。懐中電灯を点け、巣穴を移動する生き物のような動きで若い男へ近づいていく。カマキリ男の懐中電灯は持ち手のついた大きなものだったので、照射範囲が広く、新しく入ってきた男の姿がその光の中にぼんやりと浮かび上がった。顔はまだ見えないが、ずんぐりむっくりの体型で、買い物のときに見栄を張る癖があるのか、身につけているセーターもズボンも身体より少しずつ大きかった。セーターの肩で、水滴が光っている。外は雨が降っているのだろうか。

やがて男の顔が見えた。もしそのとき危機的状況にいなかったとしたら、私たちは一斉に笑い出していたかもしれない。新たに現れた若い男は、まん丸の顔をしていた。

たとえば三人組がみんな四角い顔をしているか、丸い顔をしているか、三角の顔をしている確率と、四角と丸と三角が一人ずつ揃う確率は、どちらが高いのだろう。数学は得意でないのでよくわからないが、たとえば血の繋がった家族では顔の造形が似てくることを考えると、△○□のほうがずっと珍しいのではないか。実際、私はあんなトリオを串田楽《くしでんがく》の鍋以外で見たことがなかった。

丸顔の男は額と頬にニキビがあり、まだ学生といっても通用しそうな顔をしていた。ほかの二人が、もし別の場所で出会ったとしても悪党に見えそうなのに比べ、彼はとても善良そうに見えた。もっともほかの二人とともにこんな犯罪に手を染めている以上、善良なわけがないのだが。――と、男の顔をこっそり眺めているうちに、いささか遅すぎるようではあるが、私はある事実に気がついた。それは重大な、自分たちにとって大きな意味を持つ、その後の人生を左右する可能性のある事実だった。

私たちは彼らの顔を見ている。

「説明するから、ついてこい」

カマキリ男は若い男を促して通路を戻っていこうとしたが、そのとき奥から四角顔の男が呼び止め、自分も行くと言って腰を上げた。

「あいえ、座っていていただいて構いませんよ。私から説明しますんで」

「いや、お前たちに……アアッ！」

苛立たしげな咳払いに、私たちはびくんと痙攣した。

「お前たちに、話しておきたいことがある」

カマキリ男は困惑した顔でちらっと丸顔の男を見て、丸顔の男はもっと困惑してほかの二人を見比べた。けっきょく三人はいっしょになって私たちから離れていき、くの字のカーブを折れて消えた。今度は先ほど劉生を連れていったときよりも遠くへ行ったらしく、足音がやんでからも、話し声は聞こえてこなかった。

「僕たち……顔を見た」

気づけば私は両手で口を覆って呟いていた。

「何回も見た……」

「どうしたのよ、リー」

私の声に切迫したものを感じたのだろう、悦子が顔を寄せて早口で囁いた。ほかのみんなも緊張した顔を突き出したが、劉生だけは気だるそうに項垂《うなだ》れたままだった。

「あの人たちは誘拐犯だよね……」

口が勝手に動き、私はうわごとのように喋っていた。

「劉生のこと誘拐して……いまは僕たちのことも誘拐してるんだよね……でも、どうして顔を隠さないの？」

誰も答えず、話のつづきを待つように私を見た。ほとんど意識することなしに、私の咽喉の奥からは言葉が洩れ、単語同士がつながって、だんだんと早口になっていった。

「普通は隠すでしょ。だって知られたらまずいもの。あとで僕たちが、これこれこういう顔をした人たちに捕まってましたって話したらおしまいだもの。そうでしょ。それなのにあの人たちは隠さなかった。まったく隠さなかった。僕たちに堂々と顔を見せてた」

頭がしっかりしていたら、私はつぎの言葉を自制したことだろう。

「僕たち帰れない。家に帰れない」

「リー、大丈夫、帰してくれるわよ」

「くれないよ」

無造作にワンダを蹴り上げた男の足、表情のない顔、ワンダの悲鳴、立ち上がることもできず慎司のジャンパーの上で震えていた無惨な姿、それらが重なり合って頭の内側を満たしていた。

「だって僕たち顔を見てるんだもの。顔を知っちゃってるんだもの。ねえ考えてみてよ、もし僕たちが家に帰ったらどうなる？　大人とか警察の人が、誰に誘拐されてたのかって訊くよね。僕たちは答えるよね。一人はこんな顔で、もう一人はこんな顔で――」

ようやくみんな、私が言いたいことを理解してくれたらしい。カンテラの光を受けた八つの目が、にわかに水風船のようにふくらんだ。誰かの咽喉から、ぐうという細い呻きが洩れた。

「言わなきゃいいんだ、黙ってればいい」

さも名案を思いついたというように慎司が言う。

「そりゃできるさ、黙ってることはできる。でも向こうは信じないよ。あの人たちは、僕たちが黙っているなんて信じてくれない。僕たち殺されるんだ。だから三人とも顔を隠さないでいるんだ。最初からそういうつもりだったんだ。林の中で劉生といっしょに見つかって、ここに連れてこられたときから、もう殺されることが決まってたんだ。僕たち死ぬ。死ぬ。死ぬんだよ。死ぬ、死ぬ――」

劉生の息遣いが聞こえた。短い、震えた息遣いだった。うつむいたまま、彼はすすり泣いていた。ダウンジャケットの背中がひくひくと痙攣している。絶望に囚われてその背中を見ると、視界の隅に洞窟の最奥部が入り込んだ。四角顔の男がカンテラを置きっぱなしにしていったので、例の正体不明の球状のものがよく見える。さっきは気づかなかったが、そのボールにはそれぞれ白くて短い棒のようなものがついていた。いや、棒じゃない。何だろう、ロープの先っぽのようなかたちをした――。

「あれ……花火だよな」

清孝が低く言った。そう、花火だ。どうしてさっきは気づかなかったのか、洞窟の奥にごろごろと転がり、重なり合い、カンテラの光を浴びているそれは、大小の打ち上げ花火なのだった。

「何でこんなところに花火があるんだ？」

言ってから清孝は、唇をすぼめて眉根を寄せた。

「もしかしてあれ、市の倉庫から盗まれたやつじゃないか？　ほら、冬の花火大会のとき、花火の数が少なかっただろ。それで、あとで新聞に載ってたじゃんか、あれは倉庫から花火が盗まれたせいだって」

憶えている。父が地方欄の記事を見つけ、朝食を食べながらしきりに不思議がっていたのだ。花火など盗んでどうするのだろうかと。打ち上げたりしたら、すぐに犯人だとばれて捕まってしまうのにと。

「カエルだ……」

慎司が絶望的な声を洩らした。

「俺たち、カエルみたいにやられるんだ……爆竹のかわりに、あの花火を尻に」

「馬鹿っ」

悦子の声はほとんど悲鳴だった。それと重なるようにして、劉生がしゃくり上げた。これまで気丈に振る舞っていた彼も、殺されると知ってさすがに耐えきれなくなったものらしい。思えば彼は、突然家にやってきた男たちに拉致され、こんな場所へ連れてこられ、私たちが現れるまで一人きりだったのだ。どんなに心細かったろう。そして私たちが現れてからは、きっと責任を感じていたに違いない。言葉や態度にこそあらわさないが、何の関係もない私たちを事件に巻き込んでしまったことに対し、強い後悔をおぼえていたはずだ。私は劉生の震える背中を見た。声をかけることはできなかった。彼は屈《こご》めたダウンジャケットの背中を震わせて――。

待て。

そのとき初めて私は気がついた。どうして彼は上着を着ているのだ。部屋で勉強をしていたら男たちがやってきて、車に乗せられたのだと言っていた。なのに何故ダウンジャケットを着ているのだ。それだけじゃない、腕時計もそうだ。家にいるときに腕時計などするだろうか。

「あぁ……」

劉生が顔を上げた。涙はそこになく、かわりにあったのは、何か自分だけのための見せ物を愉しんでいるかのような、屈託のない笑顔だった。

泣いていたのではない。

あろうことか、彼はずっと笑いを堪えていたのだ。

「あぁ駄目だ……もう駄目」

はあはあと苦しげに呼吸しながら、片手で眼鏡を持ち上げ、ダウンジャケットの袖で両目を押さえる。なんとか笑いをおさめようとして口を閉じるのだが、うふっ、ぐふっと唇の間から息が洩れてくる。それを見ても、誰も何も訊ねなかったのは、あまりに混乱していたからだ。

私たちが言葉を取り戻すよりも、劉生の笑いがおさまるほうが少しだけ早かった。

「みんなツノダさんに会ってたんだってね、昨日」

何の話だ。

「ほらあの、いちばん偉い人。四角い顔した。さっき聞いたよ。みんなに会ったときツノダさん、隠れ処になりそうな場所を探してたんだって。そしたら空き家っぽい家があったから、窓から覗いてみたら、中にみんながいて、なんだ人が住んでたのかって思って立ち去ろうとしたら犬に嚙みつかれたって言ってた。だから蹴飛ばしてやったって」

言い終えると劉生は眼鏡を外し、ふっと息を吹きかけてから顔に戻した。

「でも、まさか僕までみんなに会うとはなあ。よっぽど縁があるんだね。さっき僕、ちょっとおしっこがしたくなっちゃってさ、洞窟から出たんだ。それで、ついでに少し身体を動かしとこうと思ってぶらぶら歩いてたら、みんなの姿が見えて。すぐに隠れたんだけど、見つかっちゃった。言い訳がパッと思いつかなかったもんだから、設定に沿って適当に喋っちゃって……あれは失敗だったなあ。でもよく見つけたよね、けっこう素早くしゃがんで、中腰のまま動いたのに。僕、隠れるのには自信あったんだけどな。みんな虫でも探してたの？　宏樹くんが手に持ってた茶色いのって何だったの？」

言っていることがさっぱりわからない。設定って何だ。

劉生は「まあいいや」と肩をすくめた。

「ほんとは、もっとみんなのこと怖がらせてから種あかししようと思ってたんだけどね、なんだかあんまり不憫だから、もう話すよ」

これはキョーゲンユーカイなのだと、彼は言った。

知らない言葉だった。

「きょ、う、げ、ん、ゆ、う、か、い。ほんとは誘拐なんかしてもされてもいないのに、そういうふりをすること。けっこう前から相談してて、お互いに利益があるようにやり方を話し合った上で、昨日決行したんだよ」

あの三人は建設会社の人間なのだという。

「倒産寸前の、ちっちゃな会社なんだ。まあそれでも社員は二十人くらいいるって言ってたかな。その二十人の社員を、あの人たちは助けてあげたいんだって」

社員を助ける――。

「ツノダさんが社長で、あの背の高い、細長い人が専務のミナクチさん。小肥りのタミヤさんは、あれでも係長で、ツノダさんの甥っ子らしいよ」

誘拐事件をでっちあげることで、どうして建設会社の社員が助かるのだ。

「知ってるかな、うちのお父さん、自然保護を訴えて山林開発に反対してるんだ。ほかの議員はほとんど賛成派だったんだけど、お父さんだけ一人で反対運動をつづけてきたの。それでも苦労の甲斐あって、このごろようやく反対派の仲間が増えてきてさ。このままだと、いま計画されてる山林開発が本当に白紙に戻りそうな勢いらしいんだよ」

現在《いま》ならば、そのへんでピンときただろう。しかし当時の私にはさっぱり話の内容が摑めなかった。それはほかのみんなも同様で、何も言わずにただ話のつづきを待っていた。

「だからツノダさんたち、僕を家に帰すことと引き替えに、お父さんの議員辞職を要求してるんだ。あ、もちろん〝ツノダ建設のツノダと申しますが〟なんて言わないよ。僕の家に電話するときも、あれ何ていうんだっけ、声を変える機械を使って喋ってたし。ちなみにその電話では僕もお父さんと話して、〝車に乗せられて、山を越えて海のほうまで連れてこられた……窓から海が見える……怖いよお父さん〟なんて言っておいたんだ」

自分の台詞を劉生は情感たっぷりに、息も絶え絶えに喋った。

「だからこの場所は絶対に見つからない。そもそも警察には連絡してないだろうしね。連絡したら僕の命は保証しないって、ツノダさんが電話で言っておいたから。お父さんの性格からして、言うことは聞くんじゃないかな。それで、僕が戻ってくるのならって、大人しく議員を辞めると思う」

隠れ処としてこの洞窟を提案したのは自分なのだと、劉生は言った。

「みんなから聞いておいてよかったよ、ここのこと。前にほら、デパートへ化石を盗みにいったとき、電車の中で教えてくれたじゃない。あの話がなかったら、僕知らなかったもの。この場所、隠れ処にはちょうどいいよね」

ここで劉生は、三人の男がいるほうへちょっと首を伸ばし、少しだけ声を抑えて説明をつづけた。

「ツノダさんの父親——前の社長さんが、二年くらい前に死んじゃったらしいんだよね。それで、そのときになって初めて会社の経営の実情が明らかになったんだって。そこそこのレベルでやっているとばかり思っていたのに、じつはギリギリのところまで経営が悪化してて、いまにも倒産しちゃいそうな状態だったみたい。で、いまはもっとギリギリの状態」

でもね、と劉生は細い人差し指を立てた。

「まだ一つだけ、最後の望みがあったんだ」

それが町の山林開発だったのだという。

「工事自体は大手の建設会社が取っちゃうだろうけど、ツノダさんとこの会社もかなりの仕事を請け負うことになるはずだったんだって。もし予定どおりに開発が実行されればね。でもそれを、僕のお父さんが止めようとしてる。いまにも中止になりそうな感じになっちゃってる」

少し呑み込めてきた。

「ええと、つまり」

頭を整理しつつ私は口をひらいた。

「あの人たちは、劉生のお父さんに反対運動をやめてもらいたいってこと?」

見事に言い当てたつもりだったのだが、質問自体に驚いたという顔をされた。

「だからそう言ってるじゃない」

劉生は薄ら笑いで先をつづける。

「そういうわけで、僕が協力して、今回の狂言誘拐がはじまったわけ。でも開発への反対運動をやめるようお父さんに要求したら、誘拐犯が建設関係の人間だって疑われちゃうでしょ。だから議員辞職を要求してるんだ。お父さん、自然保護運動のほかにもすごくいろんなことやってるから、議員辞職を要求するのであれば、建設関係の人間は疑われることはない。ツノダさんたちもそう言ってたし、僕もそう思うよ。お父さんが辞めたら、開発の反対運動がおさまってくれることはほぼ確実みたい。もともと大半が賛成してた、町にも大きな利益のある事業だからね」

そこまで丁寧に説明してもらうと、さすがの私にも理解できた。なるほど、ではこの誘拐は、誘拐のようで誘拐ではなかったのか。どうりで劉生の様子がしばしば不自然だったはずだ。どうりでカマキリ男――ミナクチが樹林で私たちと出くわしたとき、妙にわざとらしい言動になったはずだ。あれはアドリブだったのだろう。そうか、みんな嘘だったのか。誘拐事件なんて起きていなかったのか。

と、いうことは。

「帰れる！」

悦子が胸の前で手を打ち鳴らし、あっと口を押さえて男たちがいるほうを振り返り、くすくす笑いながらこちらへ向き直った。

「帰れるじゃん、あたしたち」

そう、帰れるのだ。家に帰れる。慎司が両の拳を握り、震えるくらい力をこめてダブル・ガッツポーズをした。宏樹は身体が溶けたのではないかというほど両肩を脱力させ、顔を上に向けて「はあああぁ」と声を洩らした。私は両腕を持ち上げて掌をこちらに向け、十本の指をランダムに動かしつづけながら眉を寄せるという謎の動作をした。

「……犬じゃないぞ」

清孝が急に低い声を出した。顎に力を入れ、劉生の胸のあたりを睨みつけている。

「え?」

「俺、頭悪いから、いまの話よくわかんなかったけど、あいつがワンダだってことは知ってる。お前はまだ引っ越してきてそんなに経ってないから、知らなかったのかもしれないけど、あいつはワンダだ」

「でも犬でしょ?」

劉生は首をかしげ、憐憫《れんびん》のようなものを浮かべて相手を見た。清孝の顔に、ぐっと力がこもった。まずい、と思って私は何か別の話題を探したが、例によって慎司のほうが早かった。

「でもさ」

ちょうど私も気にしていたことを、彼は訊いてくれた。

「一つわかんないんだけど、劉生のほうには、どんないいことがあるんだ? だってほら、向こうは得するかもしれないけど、お前はただ面倒くさいだけで、ちっともいいことないだろ？」

「それは」と返し、劉生は初めて口ごもった。視線を下げて唇を結び、しかしすぐに顎を持ち上げて、反論でもするように言う。

「ただやってみたかっただけだよ。面白いかなと思って」

ふうん、と慎司は鼻の下を伸ばして頷いたが、あまり納得しているふうではなかった。私も消化不良な感じだったが、「なあ」とそのとき宏樹が話題を転じた。

「それより、あの花火は何なんだ？　あそこにいっぱいあるやつ」

「ああ、あれはきちんと約束を守らせるためのものだよ」

「誰に？」

「お父さんに。インパクトが欲しかったんだ」

劉生は小さな掌にぺちんとパンチを叩き込む。

「犯人たちが本気だってことをわからせるインパクト。ほら、市の倉庫から花火を盗めば、すぐに話題になるでしょ？　だって花火大会の花火が少なくなっちゃうわけだから。その花火を自分たちが持っているって、ツノダさんがお父さんに伝えたんだ。それで、もし息子を帰したあとでまた議員に復職したら、家か事務所を吹っ飛ばすって言ったの。これなら約束は守られると思わない？　なにしろ、よくある誘拐と違って、今回は要求するのがお金じゃないから、僕が解放されたあとこそが肝要なんだ。〝わかりました、議員を辞めます〟って口で言っておいて、僕が家に戻ってから〝なぁんちゃって〟ってこともできるわけだし」

なるほど、たしかに花火を盗んだのは上手い作戦だったかもしれない。たとえば「俺たちはダイナマイトを持っている」とか「ピストルを持っている」と言っても、嘘かもしれないと思われる。しかし市の倉庫から花火が盗まれたことは、おそらく町中の人が知っている。

「あの花火のことを僕が言い出さなければ、ツノダさんもミナクチさんもタミヤさんも、今回の話には乗ってこなかったんじゃないかな。あまりに不確実だものね。花火はもっとたくさん盗んだんだけど、別の場所に隠してある。でもツノダさんが、少しだけ持っていこうって言い出して、バッグに詰めて持ち出してきたんだ。それが、そこにあるやつ。何で持ってきたのかはよくわからないんだけどね」

「ねえ、そもそも最初はどうやってはじまったのよ。あんたが話を持ちかけたの？　もともと知り合いだったの？」

解放される嬉しさが一段落し、悦子の口調は相手を問いただす辛辣《しんらつ》なものに変わっていた。そうだ、自分たちもとっくにそんな態度になっていてもよかった。家に帰れるのは嬉しいことだが、なにしろ劉生のせいで、あんなに怖い思いをさせられ、こんなに寒い場所に座らされているのだ。ワンダが蹴飛ばされたのだって劉生のせいだ。

「いや、偶然会ったんだよ、お父さんの事務所の前でね。お父さんが公用車のキーを家に忘れて、それを僕が届けに行ったんだけど」

ああ、と劉生は思い出して、私たちを顎で示した。

「みんながほら、公園で、手でボールを打つ変な野球をやってたとき。僕が自転車で利一くんとぶつかったでしょ。あのあとだよ。キーを届けに事務所へ行ったら、汚いワゴン車が停まってて、作業着の男の人が立ってたんだ。顔をさ、こおんなふうに強張らせて、事務所の中に入ろうとしているんだけど、なかなか足が動かないって感じだった」

それがツノダだったらしい。

「ツノダさん、お父さんに直談判しに行くところだったんだって。山林開発に反対するのをやめてくれって。そのときは僕、変な人だなって思っただけで、すぐに事務所に入ったんだ。お父さん、ちょうど仕事の電話をしてるところだった。僕がポケットからキーを出してみせたら、相手と話しながら、そこに置いておけって顎で示してさ。電話が長引きそうな感じだったから、僕、キーをそばの机に置いて、すぐに事務所を出たんだ」

するとそこには、まだ先ほどの男が立っていた。

「作業着の胸を見たら、ツノダ建設って刺繍《ししゅう》がしてあって、僕、ぴんときたんだよね。山林開発の中止については町の建設会社の抵抗があるだろうって、夜遅くにお父さんがお母さんに話してるの聞いたことあったから」

それだけでぴんときたなんて、私はにわかには信じられなかったが、劉生ならばあり得ることだろう。

「力になりましょうかって言ったんだ、僕」

物語の重要な部分を話すように、口調がゆっくりになった。

「山林開発への反対をやめてほしいんじゃないですかって。ツノダさん、ものすごく驚いた顔してたけど、僕がお父さんの息子だってことを説明したら、じっと僕の顔を見て、話を聞いてみたそうな表情になった。追い込まれて、きっと藁《わら》にもすがりたいところだったんだろうね。もちろんそのときは僕も、狂言誘拐のことを考えていたわけじゃないよ。でも思ったんだ、この人といっしょに何か――」

一瞬、言葉を探すような間があった。

「何か面白いことをやれるんじゃないかって」

小さく笑い、劉生はつづける。

「そのときは、それ以上の話はしなかった。僕だって具体的な作戦は思いついていなかったしね。だから家に帰って、じっくり考えたんだ。何か面白い方法はないかなって。そこで思いついたのが、この狂言誘拐だったってわけ」

後日、電話帳で会社の住所を調べ、劉生はツノダと交渉をしに行ったのだという。

「みんなが公園でまた変な野球やったりしてるとき、たまにそばの道を通ってたの見たでしょ。声かけてくれなかったけど。あれはツノダさんの会社に行ってたんだ。それで、花火のことか、この洞窟のこととか話して、ちょっとずつ口説いていった。もともと自信はあったんだけど、何回目かでツノダさん、とうとう首を縦に振ったよ」

そしていまに至るというわけらしい。

「でも、もうおしまい。全部やめ」

劉生は両手を力なく上げてひらひらさせた。そして、まるで私たちに楽しみを奪われたというように苦笑しながら言った。

「みんなが関わってきちゃったら、もう計画は上手くいかないもん。僕のお父さんはまだ警察に連絡せずにいるだろうけど、五人が行方不明になったら、ぜったい警察沙汰になっちゃう。そしたら面倒だからね。これでおしまい。終了。僕は家に戻って、適当に犯人たちの人相だの何だのを説明して、それをもとに警察が捜査して、でも犯人は捕まらない。で、みんなは今回のことを誰にも話さないでいる。——あ、わかってると思うけど話しちゃ駄目だからね。何があっても」

それは保証のかぎりではないぞという意味合いのことを、私は劉生に言ってやりたかったが、彼がつづけた言葉で考えを改めた。

「ツノダさんは怒ると怖いから、誰かに喋ったことがばれたら、危ないよ」

飼っている猛犬でも自慢するように、劉生はほくそ笑んだ。

足音が聞こえた。

三人が戻ってきたらしい。カーブの向こうから懐中電灯の光が現れ、壁と地面を舐めるように這い寄ってくる。もうすぐ解放される。家に帰れる。

ここで、私は思い出していてもよかったのだ。

十分ほど前に自分自身が口にした言葉を。

——あの人たちは、僕たちが黙っているなんて信じてくれない。

そのときは本当の誘拐だと思い込んでいた。だから、三人の顔を見てしまった自分たちは殺されるに違いないと言った。これは劉生が仕組んだ狂言誘拐だったのだと知り、事態は変わったが、変わらないことだってある。たとえば、いくら私たちが喋らないと約束しても相手はそれを信用できないだろうという点。そして私たちが三人の顔を知ってしまっているという点。いや、顔だけでなく、いまや素性から何からすべて知ってしまった。

「ちょうどよかった。いまみんなに説明し終えたところなんだ」

劉生は立ち上がり、ズボンの尻をぱんぱんはたいた。

「ここ寒いし暗いし、もう出ようよ。おしまいにしよう」

三人は劉生の前で立ち止まった。ツノダだけが一歩前にいて、細長いミナクチとずんぐりむっくりのタミヤは後ろに控えてうつむいていた。まるでこれから起きることを見たくないというように。

「あとのことは、また相談すればいいよ。みんな、昨日のほら、ツノダさんが犬に嚙まれたって言ってた家に自転車を置いてきたらしいから、とりあえずそこまで送ってあげて――」

「ぐざっぺが」

知らない単語がツノダの咽喉から洩れた。そのときは意味がわからなかったが、あとで知ったところによるとそれは北国の古い方言で、誰かを最大限に罵倒するようなときに用いられるものだった。劉生も私たち同様、言葉の意味はわからなかったに違いないが、相手の言い方で大まかな意味を悟ったらしい。飼い犬が自分に向かって急にうなり声を上げたように、すっと顔が硬くなった。彼は頰を歪めて無理やり笑い、何か言いかけたが、出てきたのは言葉ではなく「あうっ！」という濁った短い声だった。鳩尾にめり込んだツノダの右足が、肺から声を叩き出したのだ。劉生の両足が地面から浮き、身体がねじれながら吹っ飛んだ。ドサッという鈍い音とともに、劉生は半回転してうつぶせになり、左右のスニーカーの先が同時に地面を打った。

「お前のせいだ……ぐざっぺが」

虚ろな反響をともなったツノダの低い声以外、何も聞こえなかった。

「全部おしまいだ……会社も、社員も、俺も」

ひくひくと、うつぶせた劉生の身体が動いた。右手が、そこだけ別の生き物のように、何かを求めて地面を這い進んだ。目のないその生き物は、震えながらずるずると、ずるずると移動し、壁際に置かれていたカンテラに近づいていった。あっと思ったときにはもう、真っ白に光る耐熱ガラスに指が触れていた。声のない悲鳴を上げ、劉生の右手は跳ねのいた。指先がガラスの縁を跳ね上げ、カンテラは横倒しになって転がり、一瞬後には消えていた。

「おしまいだ……」

暗がりに響いてきたのは、怒りと悔しさに加え、強い哀しみの滲んだ声だった。もうあと戻りできないところまで追い詰められた人間特有の声だった。

終章　夢の途中と脱出

（一）

寒かった。怖かった。外では雨が強まったらしく、静寂の中に雨音が聞こえていた。しかしそれは普通の雨音ではなく、狭い洞窟の中で増幅され、ボリュームを上げたホワイトノイズのように反響しているのだった。その音が耳孔《じこう》の奥に忍び入り、鼓膜の隙間から沁み込んでだんだんと頭の中を満たしていくような気がした。自分が人間でなく、白い霧の入った袋か何かに変わってしまいそうで、私はときおり痙攣に近い動きで首を振って正気を保った。雨音だけじゃない。少しでも気を抜いたら恐怖と絶望に両脚を摑まれ、どこかへ引きずり込まれてしまいそうだった。

劉生が転がして消してしまったカンテラは、ツノダがふたたび灯《つ》けようとしたのだが、どこかがいかれてしまったらしく上手くいかなかった。ツノダは低く唸ってそれを壁に投げつけ、耐熱ガラスが木っ端微塵《こっぱみじん》になった。電池を節約するためだろう、やがて懐中電灯も消され、洞窟は真っ暗になった。それでも仲間たちのシルエットが見えていたのは、ヒカリゴケのせいだ。おそらく隙を見て逃げ出させないための用心だろうが、私たちは洞窟の最奥部に集められていた。そこではとりわけヒカリゴケが繁殖し、エメラルドグリーンの光が壁を覆っていた。仲間たちの輪郭が、影絵のように光を刳《く》り抜いている。こんな状況でなかったら、どんなに感動的な景色だったろう。

「寒い……寒い……」

ずっと遠くから聞こえるような、細い細い声が、劉生の咽喉から繰り返し発せられていた。自分の肩を両手で抱き、その手がひどく震えているので、ダウンジャケットの生地に指先が擦れて小刻みに鳴っている。

悦子が劉生の脇に身体を寄せ、小柄な相手に覆い被さるようにして抱きしめた。寒い、寒い、という劉生の声は、悦子の腕の中でくぐもり、いっそう遠ざかった。私たちがいる洞窟の最奥部には、劉生が吐き戻したもののにおいが漂っていた。あれから劉生は、うつぶせたまま断続的に嘔吐し、それがようやく落ち着いてからも、呼吸はずっと濁った音をさせていた。

――上手くいかなかったら……お前が家に帰りたいだの何だのと騒ぎ出したら。

劉生を蹴り飛ばしたあと、ぶるぶる震える彼の背中を睨み下ろしながら、ツノダは歯のあいだから言葉を押し出した。

——こうすることも考えてたんだ……本当の誘拐にしちまうことも。

彼の後ろで、懐中電灯を持ったミナクチとタミヤは顔を伏せていた。そのときの様子から、二人がツノダの考えを知って、まだそれほど時間が経っていないことがわかった。あくまで直感だが、表情がそれを語っていたのだ。おそらくツノダが彼らを洞窟の入り口のほうへ連れていったあのときに、初めて聞いたのだろう。

——どうせもう、おしまいだったんだ……はじめから、おしまいだった。これが最後の手段だった。生きてくんなら、本当の犯罪者になるしかなかった。

——おじさん……でも。

タミヤの声は咽喉に引っかかって掠れていた。

——本当の誘拐にしちゃったら、あの子を家に帰せなくなってたんじゃ……。

そう、計画の途中で劉生がゴネたからといって、本当の誘拐にしてしまっては、彼を家に帰せなくなる。なにしろ顔も素性も知られてしまっているのだ。

——帰さないつもりだった。その場合は、あいつを……。

言葉の最後を嚙み潰すように、ツノダは顎に力を込めた。けっきょくその口から具体的な言葉は出てこなかったが、帰さない、という表現が意味するところは一つしかない。まさかずっと一緒に暮らすわけではないのだから。

――それがまさか、こんな……。

向けたくないほうへ無理やり首をねじ曲げるようにして、ツノダは立ちすくむ私たちを見た。そう、こんなことになるなんてまったく予想していなかったのだ。向こうも、こちらも。そして一度こんなことになってしまった以上、どちらももう、いまいる場所から抜け出すことができない。

――ちくしょう！

短く叫び、ツノダはいきなりゴリラのように両腕を持ち上げた。その両腕を怖ろしい勢いで振り下ろし、自分の膝を何度も、何度も何度も拳で打ち据えた。何かのきっかけで、自分たちがあの両腿に取って代わってもおかしくない。それが私たちにはわかった。

だから、すべての命令に従った。洞窟の奥に集まれと言われて集まり、座れと言われて座り、動くなと言われてじっと膝を抱えた。

いまはツノダもミナクチもタミヤも、彼らの荷物や花火とともに、離れた場所に座っている。劉生の吐瀉物《としゃ》のにおいが嫌だったのか、それとも私たちの存在そのものが嫌だったのかはわからない。懐中電灯が消されていたので、どのくらい離れているのかは判然としないが、ときおり衣擦《きぬず》れの音やツノダの暗い舌打ち、あえぐような誰かの息遣いが聞こえてくるので、それほど遠くにいるわけではないのだろう。そもそも、離れているから何だというのだ。この洞窟はまぎれもない一本道で、私たちは最奥部にいる。外に出るには、彼らに道をあけてもらうか、上へ向かって穴でも掘るしかない。

一つだけ希望があるとすれば、私たちの行方不明を知った誰かが、この場所の存在に気づいてくれることだ。が、もし気づいてくれて、ここへ大人たちがやってきたら、ツノダはどうするだろう。それを思うと、私はどうしても最悪の想像をしてしまうのだった。

はっと顔を上げ、私はツノダたちのほうへ目を向けた。

何も見えなかったが、私の脳裡にはあの花火の映像がはっきりと浮かんでいた。盗んだ花火の一部をツノダが持ち出してきた理由を、劉生は知らないと言っていたが、もしやツノダは最悪の事態を想定し、あれを所持していたのではないか。

「夕方になれば、大人たちが心配して捜してくれる」

劉生の肩口に頭を押しつけるようにして、清孝がそっと囁いた。

「最悪でも、夜になれば気づく。気づいて助けに来てくれる」

しかし劉生は顔を伏せたまま首を振った。

「この場所まで捜してくれない……気づいてなんてくれない」

「大人たちの中には、わりと知ってる人がいるんだよ、ここは」

「知ってるわけない……こんな場所」

「お前はまだ来たばっかりだからそう思うだろうけど、教頭先生も言ってた。昔はここで遊んだ子供がけっこういたんだって」

「でも、僕、電話でお父さんに、海が見える場所にいるって言っちゃった……間違ってここを捜されないように」

そうなのだ。少なくとも劉生の親は、この場所を捜しにはこない。そもそも洞窟の存在を知らないかもしれない。しかし私たちの親ならば望みがある。自転車が清孝の家の前に停めてあるのだから、歩いて行ける場所を、徹底的に捜してくれるだろう。――しかし、自暴自棄になったツノダがそのときどんな行為に出るかを考えると、助けに来てほしいのだか、ほしくないのだか、私にはわからなかった。

聞こえるのはふたたび虚ろな雨音だけになった。

やがて劉生の咽喉から、ドアが軋《きし》むような声が洩れた。自分自身を抱きしめながら、小柄な下級生は泣いていた。

「なあ劉生、いいもん見せてやるよ」

慎司が劉生のそばへ這い寄って頭をぽんと叩き、相手が顔を上げないので、額を無理やり押し上げた。

「これ見えるか。ほらこれ」

彼は相手を安心させるように囁く。しかし何を指しているのかまったくわからない。

「見えないか？　ここ、ほら」

どこを見ろというのだろう。壁に出口の光でも見えているというのか。私は周囲に視線を飛ばしたが、何もない。ヒカリゴケと私たちのシルエット以外は何一つ見えない。

「耳が動いてるだろ、右も左も。面白いだろ」

私は泣きたくなった。

しかし私より先に劉生がしゃくり上げた。彼はガバッと顔を伏せ、ウッ、ウッ、ウッ、と身体を震わせて泣き出した。慎司は地面に膝をついたまま、しばらく相手に顔を向けていたが、やがて静かにもとの場所へ戻り、「駄目か」と呟いた。

足音が聞こえたのはその直後だった。

さっと空気が緊張した。私たちは耳をそばだてて息を殺した。劉生がまだしゃくり上げていたので、悦子が耳もとで小さく「しー」と言った。

声がする。どうやらタミヤらしい。耳に意識を集中していると、どうにか会話が聞き取れた。「……たのか?」というツノダの問いかけのあとで、タミヤが答える。

「はい……五台あったので、ぜんぶ」

「場所は?」

「言われたとおり、駅前に」

何の話だ。

いや待て。

「自転車――」

悦子が囁いた。

そう、自転車だ。私たちの自転車を、タミヤはツノダに命じられて動かしに行ってきたのだ。駅まで。私たちが電車に乗ってどこかへ出かけたと見せかけるために。

私たちの胸に残っていた最後の希望の光は、それで消えた。目の前も、胸の中も、どこもかしこも真っ暗になった。

（二）

火を焚《た》こうと言い出したのはミナクチだった。あまりの寒さに、さすがに耐えきれなくなったのだろう。空気が薄くなるとか何とか、当時の私には理解できなかったやりとりがあったあと、最終的にツノダは承諾した。タミヤが薪《たきぎ》を集めてくることになり、彼は懐中電灯を持って洞窟を出ていった。

ようやく寒さから解放される。私たちは言葉こそ交わさなかったが、ヒカリゴケに浮き出した全員のシルエットがむくっと高さを増した。

タミヤが戻ってきたのは十分ほど後のことだった。右手に懐中電灯、左手にたくさんの木の枝を抱えている。タミヤが持っている懐中電灯は、そろそろ電池がまずいことになっているらしく、出ていくときよりも光が弱いように見えた。タミヤもそれを気にしていたのか、ツノダとミナクチのそばまで来ると、すぐにスイッチを切った。

「倒れた木の下から、雨に濡れてないやつを探してきたんで、火はつくと思います」

どさどさとタミヤは薪を地面に降ろした。音の鈍さからして、持ってきたのは朽ち木の類らしい。じっと見ていると、暗闇の中にパッ、パッ、と火花が散った。そのたび、ストロボライトをあてたように、三人の男たちの姿が浮かび上がり、周囲の壁に真っ黒な影が映った。三度目でライターに火がつき、ツノダはそれを新聞紙のようなものに移した。途端に三人の周辺が橙色に照らされ、影が炎の動きにつれてヒクヒクと揺れた。ツノダが低い声で指示し、タミヤが地面に転がっていた花火を遠ざける。そうしているあいだに火はだんだんと弱まってきて、消えてしまいそうになった。ああもう消えてしまう、と思ったそのとき、ようやく薪に火がついたのだろう、落ち着いた炎が地面でゆらめきはじめた。炎は少しずつ大きくなり、やがていわゆる焚き火となった。

三人は炎に近寄り、背中を丸めてうなだれた。両手を持ち上げてかざしたり、枝を差し伸べて火をいじったりしたが、誰もこちらに顔を向けない。まるで私たちなどそこにいないかのような態度だった。

「あの」

すぐそばで急に発せられた悦子の声は、ものすごく大きく聞こえ、私は後頭部でもひっぱたかれたように首をすくめた。遠い焚き火に照らされて、彼女の顔はほんの少しだけ表情が見て取れた。目が真っ直ぐに男たちに向けられ、口もとは決意をあらわして横に結ばれている。

「火にあたらせてくれませんか」

相手の反応を待つ、いくらかの間があった。男たちはこちらに顔を向けていたが、何も答えない。ミナクチとタミヤが、ツノダのほうを窺った。ツノダはどろんとした無表情で、ただ黙っている。それを半ば予期していたように、悦子は傍らに座り込んでいる劉生の肩に触れた。

「この子だけでも、お願いします。すごく寒がって、震えてるんです」

が、ツノダは何も聞かなかったかのように顔を正面に戻し、ふたたび火を見つめた。ほかの二人も目をそらして焚き火に向き直る。

「劉生くん、あたらせてもらおうよ。もう蹴飛ばされたりしないから。大丈夫だから。あたしが守ってあげる」

そう言って悦子は劉生を立たせようとしたが、彼は顔を伏せたまま小刻みに首を振り、ほとんど聞き取れない声で、嫌だ、と囁いた。やがて悦子も諦め、洞窟の中にはまた雨音だけが残った。私たちはもう誰も焚き火のほうを見なかった。ただ寒さを堪えながら、何もないところを見つめて黙り込んだ。

「――どちらに？」

ミナクチの声が聞こえてきたのは、それからだいぶ経ってからのことだ。いや、それほど経っていなかったのかもしれない。時間の感覚がまるっきりなかったので判然としない。

「しょんべんだ」

見ると、ツノダが片手に懐中電灯を握って立ち上がっていた。背中を向け、くの字のカーブを折れて消える。

「させてもらえるかな、俺たちも」

低く囁いたのは清孝だった。

「ずっとしたかったんだよ……さっきから」

清孝は座ったまま内股になり、男たちのほうを見たり、目を伏せたりしていたが、やがて意を決して「すいません」と声をかけた。

「俺も、トイレ行きたいんです。行かせてもらえませんか」

「我慢しろ」

間を置かずにミナクチが答えた。

「我慢してたんです、ずっと。でも、もう限界で」

焚き火に身体を向けたまま、ミナクチとタミヤが互いの顔を探り合う。どうやらツノダのことを気にしているらしい。

結局、二人が何か言う前にツノダが戻ってきた。ミナクチに促されてタミヤが耳打ちすると、

「そこで漏らしとけ」

こちらに顔も向けずにツノダは言った。

「あのでも、社長」

ミナクチが長い背中を丸めながら、おずおずと口をひらく。小さな声だったのでよく聞こえないが、ここでされたらかえって厄介なのではないかというようなことを言っているようだ。

ツノダはしばらく黙り込み、短く息を吐いた。

「絶対に一人にさせるなよ」

ミナクチは頷いて立ち上がると、懐中電灯を持ってこちらへ歩いてきた。

「お前と、ほかに誰だ。行きたいやつはいるのか」

数秒、誰も動かなかった。しかしやがて私を含め、劉生以外の全員が手を上げた。ミナクチは広い額に縦皺を刻んだ。

「一人ずつだ。まずお前、ついてこい」

最初に清孝を伴って、ミナクチは離れていった。そのまま出口のほうへ歩いていく。じつのところ、家を出てから何も飲み食いしていなかったので、私はそれほど強い尿意を

感じていたわけではない。しかし、とにかくこの洞窟を出たかったのだ。外が——空が見たかった。たとえそれがほんの短いあいだであっても。またすぐここに戻ってこなければならないとしても。悦子や慎司や宏樹も、きっと同じ気持ちだったのだろう。

髪を濡らし、ミナクチと清孝が戻ってきた。清孝がふたたび座り込むと、劉生以外の四人が目だけで相談し、悦子を先に行かせることに決めた。悦子は立ち上がって焚き火のほうへ向かったが、ミナクチはもう地面に胡座をかいていて、大儀そうな様子でタミヤに「連れていってやれ」と指示した。

タミヤが悦子とともに出口へ向かうと、何を思ったのか、慎司がゆっくりと身を伏せた。自分のリュックサックをたぐり寄せ、音をさせないようにファスナーを開けはじめる。

「このままじゃ、どうしようもない」

男たちに聞こえないくらいのボリュームで囁く。

「俺たち死んじゃう。殺されちゃう」

「何すんの？」

私は吐息だけで訊いた。

「思いついたんだ……みんなでいっしょに出ていく方法を、さっきからずっと考えてた。ここにいられなくすればいい。ここにいたくないって、あいつらに思わせればいい」

慎司はリュックサックの中から何かを取り出しはじめる。ずず、ずず、ずず……少しずつ、ファスナーの隙間から引っ張り出す。

「清孝、缶切り」

「え」

「お前、ワンダのための缶詰を持ってきたって言ってただろ。それを開けるのに、缶切りもあるんじゃないのか？」

素早く頷いて、清孝は自分のリュックサックを引き寄せた。缶切りを慎司に手渡す。そのときになってやっとわかったのだが、先ほど慎司が取り出したのはジャンパーだった。地面に広げたジャンパーに、彼は缶切りの先を押しつける。ぐっと力を込めてずらし、布地を破いていく。慎司は焚き火のほうを窺いながらその作業をつづけ、やがて歪な四角形をした布地がペラッと剝がれた。

ちょうどそのとき、雨に濡れた悦子が戻ってきた。よほど寒いのだろう、座り込んで息を吐きかける両手が細かく震えている。

「つぎ、俺に行かせてくれ」

慎司が立ち上がると、そばで待っていたタミヤが軽く手招きして背中を向けた。二人はそのままゆっくりと遠ざかっていく。いったい慎司は何をするつもりなのだろう。私の呼吸はしだいに速まっていった。

「一人で、させてくれた」

悦子が囁いた。

「絶対逃げないって約束したら、洞窟の入り口で待っててくれた」

そういえば先ほどタミヤの髪や肩は濡れていなかった。

「そのあと、あたし思い切って、あの人に言ってみたの。社長さんを説得して、あたしたちのこと逃がしてくれませんかって」

「そしたら？」

宏樹が訊き、さすがの劉生もむくっと頭を上げた。ずれた眼鏡の向こうから、訴えるような目で悦子を見ている。しかし悦子は哀しげに首を振った。

「説得なんてしても無駄だって言われた。余計なことしたら、もっとまずいことになるかもしれないって」

これ以上まずい事態なんてあるのだろうか。きっとタミヤも具体的に何かを想像して答えたわけではないのだろう。単に逆らえないだけなのだ。

「何だ？」

ツノダが急に声を上げた。私たちの会話に対してではなく、何か奇妙なものにでも気付いたような声だった。

つぎの瞬間、私たちの鼻孔に予期せぬにおいが飛び込んだ。

「おい、臭《くせ》えぞ！」

ツノダは腰を上げて目の前の焚き火を睨みつける。ミナクチも長い足をもつらせながら立ち上がり、同様に焚き火を覗き込んだ。しかしすぐに、見えない手に顔面を叩かれたように首を引っ込めた。くさい——ものすごく。どうやらにおいは火の中から発生しているらしい。私はそのにおいを知っていた。強烈に鼻の奥を刺激してくるこのにおいは——。

「クソでも入ってたんじゃねえのか、おい」

ツノダはミナクチのほうへ首を突き出して凄《すご》んだ。その間にも、洞窟にはただならぬ臭気がますます立ち籠めつつあった。ミナクチはわからないと言うかわりに小刻みに首を振り、そのときタミヤが慎司を連れて戻ってきた。

「うわ、くせ……」

身を引くタミヤにツノダが詰め寄る。

「おい、燃やした薪の中にクソでも混じってたんじゃねえか？　お前、ちゃんと確認したのか」

「え、いえ、ぜんぶ木でしたよ」

「まともな木か」

「大きな倒木の下から、雨に濡れていないやつを選んで持ってきたので、まあ腐ってるやつもありましたけど」

「腐った木だから臭えのか」

大人たちがそんなやりとりをしているあいだに慎司は私たちのすぐそばまで来ると、眉をひくひくさせながら、どうだというように唇の両端を持ち上げた。

「……ワンダの？」

小声で訊くと、嬉しげに頷く。

「さっきのを丸めて、出ていくときにこっそり火に投げ込んでやった」

やはりそうだった。先ほど慎司が切り取ったのは、今朝がたワンダが産み落としたあのフンが付着した部分だったのだ。リュックサックから取り出したときは、乾いていたからにおわなかったのだろう。なるほど、これでたしかに洞窟にはいられなくなるかもしれない。みんなでここを出ようという展開になってくれるかもしれない。それにしても、燃やしたフンがこんなにもくさいとは。

臭気に歯を食いしばりながら、私たちは並んで焚き火のほうを睨みつけた。もっと燃え上がれ。くさくなれ。どう頑張ってもここにいられなくなるほどに。――これはワンダの復讐だと私は思った。いまここで燃えているのはフンではない。蹴飛ばされ、壁に叩きつけられた、ワンダの魂だ。拳を握り締めて私は一心に祈った。ワンダよ怒《いか》れ。炎を上げて襲いかかれ。臭気という牙を突き立てて奴らの心を折ってくれ。悪態をつきながら右往左往するツノダたちの向こうに、私の目には巨大なワンダの顔がはっきりと見えた。怒りを宿した三角形の目。大きな口がバクリと凶暴にひらかれ、いまにも三人の大人たちに喰いかかろうとしている。

――が。

「消せ。腐った木なんて燃やすからだ馬鹿」

ツノダの指示で、タミヤとミナクチが焚き火を消しにかかった。燃えている木を足で転がして分散させ、靴でがんがん踏みつけると、火はすっかり消えた。

ワンダの魂は、いともたやすく鎮められた。

「くさくなって……終わりだったね」

劉生が暗然と呟く。絶望と無力感が同時にのしかかり、一気に重力が何倍にもなったように、私たちは冷たい地面に両手をついた。

「ごめん……」

慎司の涙声に、首を横に振ってやることもできなかった。

（三）

焚き火が消されたので、洞窟はふたたび暗闇となった。私たちのシルエットはヒカリゴケに浮き上がっているが、男たちの姿はまったく見えない。しかし、ときおり臭気についての短い悪態が響いてきた。私たちは脱出する方法について小声で話し合ったが、誰もいいアイデアを思いつくことはできなかった。それぞれの持ち物を教え合い、何か使えるものはないかと考えてみても、みんなろくなものを持っていなかったのだ。

タミヤがトイレのことを思い出したのは、しばらく経ってからのことだった。

「ああ……まだ行ってないやつがいたんだっけな。つぎは誰が行くんだ？」

まだ用足しに行っていないのは私と宏樹だけだ。そして私はそのとき、本当に尿意をおぼえていた。ここから出られるかもしれないという興奮で、代謝が一気に高まったのだろうか。さっきまではしたくもなかった小便が、猛烈にしたくなっていたのだ。先に行かせてほしい旨《むね》を宏樹に伝えようとしたとき、

「俺が連れて行く」

思わぬことが起きた。

ツノダが懐中電灯を点けて立ち上がったのだ。「いえ僕が」と言うタミヤに、ツノダは忌々《いまいま》しげな舌打ちを返す。

「臭えんだよ、ここは」

どうやらついでに外の空気を吸いに行くつもりらしい。

三人の中で最も悪人度が低そうなタミヤに連れていってもらえるものと思っていたので、これは大きな衝撃だった。ツノダといっしょに行ったら、たとえば少し放尿時間が長いだけでも怒鳴られるかもしれない。何かちょっとでも間違った言動をしたら、ワンダや劉生のよ

うに蹴飛ばされるかもしれない。

「俺はいいから……利一、行ってこいよ」

宏樹が謙譲の美徳を発揮した。ツノダはもうこちらに懐中電灯を向けて待っていたので、私は余儀なく立ち上がった。もたもたしていると怒鳴りつけられるかもしれない。

「お願いします……」

自分でもほとんど聞き取れないような声で言い、私はツノダのほうへ近づいていった。歩いてみると、思っていた以上の尿が膀胱内に溜まっていることがわかった。ふくらみきって、もう少しで割れそうな水風船を連想しながら、私はしずしずと暗い洞窟を進んだ。一歩ごと、水風船の中身が不安定に揺れた。もうツノダは私に背を向けて歩きはじめている。懐中電灯はどんどん先へ進んでいく。それを追いかけながら、ミナクチとタミヤのそばを通ったとき、空気の中にまだ焚き火のぬくもりが残っているのを感じた。においもだいぶ凝《こご》っていて、これではツノダが外の空気を吸いたくなったのも無理はない。

雨音がだんだんと大きくなり、やがて前方に光が見えてきた。洞窟の入り口はとても狭く、外もそれほど明るくなかったので、決して強い光ではない。しかしそれは、暗闇でしぼみきっていた私の心身には本当にありがたく、空腹時の砂糖菓子のように全身に染み渡っていった。ツノダが手にした懐中電灯の光は、出口付近までくると薄らいで輪郭を失くした。ツノダも気づいてスイッチを切ろうとしたのだが、そのとき橙色の光がたまたま足下の暗がりに向けられた。

「あ」

思わず声が洩れた。

ツノダがちらっと振り返ったので、私は身を硬くした。

「ああ……気味が悪かったからな。ここへ捨てておいた」

私の視線を追い、ツノダは鼻息を洩らす。彼の懐中電灯が照らしているのは、あの人魚の生首なのだった。こんなところにあったのか。

「鷺之宮の息子に聞いた。これはあれか、お前たちの学校の教頭が――」

ツノダは不意に言葉を切り、暗い舌打ちをして黙り込むと、苛立たしげに懐中電灯のスイッチを切った。力なく伏せられた両目は、表面に埃でも被ったように濁っていた。

「しょんべんしてこい。俺はここにいる」

出口の手前にしゃがみ込み、ツノダは膝に両腕を載せて首を垂れる。顔を下に向けたまま、疲れた声で――いや、疲れることにさえ疲れたような声で言う。

「わかってると思うけどな、絶対に逃げるなよ。逃げたら、残りの奴らがひどいことになる」

「逃げません」

「ここから見える場所でしろ」

出口は一段高い場所にある。しゃがみ込んだ状態のツノダから見える場所といったら、出口のすぐ前しかなかった。段差に両手をかけ、私は外に身体を乗り出した。その瞬間、雨をまじえた真冬の風が顔をはたいた。ばらばらと音を立ててジャンパーの肩に雨粒がぶつかり、目にも飛び込んで視界がぼやけた。頰と両手の感覚がすぐになくなってしまうほどの寒さだった。

が、そこは屋外なのだ。私は外気に全身をさらし、懐かしい土をスニーカーで踏みしめた。一歩進む。もう一歩進む。風のにおいが、限界まで咽喉が渇いたときに飲むコーラの最初の一口のようだった。木々の葉が雨を弾き返す音。肌にあたる雨粒の感触。壁がなくて風景がある。天井がなくて空がある。なんて素晴らしいのだろう——そう思ったとたんに目の裏が熱くなり、咽喉の奥がぐっと固くなった。感動に打ち震え、ふたたび洞窟へ戻らねばならない哀しみに耐えながら、私はズボンのチャックを下ろした。この足で自由にどこへでも歩いていけたときのことなど、もはや思い出と呼んでもいいくらいに感じられた。それでも私は、雨音にまじる放尿の音を聞きつつ、微かな期待を込めて周囲を見渡した。誰もいない。人の姿はまったくない。あたりにはぬかるんだ黒土と、木と草と、その草のあいだに見えている茶色い——。

「ん……」

下草の陰から茶色い顔が覗いていた。

私は背後のツノダに気づかれない程度に首を突き出し、そちらを注視した。

ワンダだ。不審げに、臆病そうにこちらを見ている。

「さっきのにおい……」

そうに違いない。慎司の作戦で生じたワンダのにおいが、彼を呼び寄せたのだ。私はワンダの目を見た。ワンダも私をじっと見ていた。助けてくれ、私たちを。視線に願いを込めて、なんとかワンダに意思を伝えようと試みた。私たちがここにいることを誰かに教えてくれ。大人を呼んできてくれ。ワンダは雨の向こうで私の顔を見返しながら、ぴくっと耳を動かした。

「おい、早くしろ」

背後でツノダの声がした瞬間、ワンダは何かに押しつぶされでもしたように、べたりと地面に身を伏せた。あ、と思ったときにはもう、ぐるりと身体を反転させて地面を蹴っていた。ワンダの姿は一気に茂みの先へと消え、私の心は絶望に閉ざされた。

「いつまでやってんだ」

ツノダが苛立った声を飛ばしてきた。気づけば私の放尿は終わっていた。チャックを上げ、最後に一度周囲を見渡して、私は外の世界にふたたび背を向けた。洞窟の入り口に這い入ると、ツノダが煙草を喫いながら待っていた。

「誰かが見つけてくれるかもしれないと思ってたのか」

何もかもわかっているというような言い方だった。私は首を横に振り、遅くなってすみませんと小さく謝った。

ツノダについて洞窟の奥へと戻りながら、私は何とかワンダをもう一度呼び寄せる方法はないかと考えた。ドッグフードはまだあるだろうか。いや、単にワンダを呼ぶだけでは意味がない。私たちがここにいることを、誰かに報《しら》せてもらわなければ仕方がないのだ。——缶詰。そうだ、ドッグフードというものを食べたことのないワンダのことを考えて、清孝は牛肉の缶詰を持ってきていると言っていた。それを上手く使えれば——。

みんなのもとへ戻ると、私はワンダを見たことを伝え、自分の考えを話した。頭をくっつけ合うようにして話しているうちに、全員の息遣いが荒くなり、清孝がすぐさま具体的な作戦を提案した。

「まず紙にメッセージを書こう。俺たちがいる場所と、悪い奴らに捕まってるってことを」

興奮で大きくなりそうな声を、なんとか抑えながらつづける。

「それをどうにかして缶詰にくっつけるんだ。それで、ワンダに見つけさせる。缶詰はちょっとだけ口を開けておく、匂いがするように」

それを、誰かが用を足しに行くときにこっそり持っていき、洞窟の外に放る。

「あいつ、あのツノダのこと怖がってるから、その場では絶対に食べない。たぶんどっかへ咥えていって、そこで食べようとする」

しかし缶の口は少ししか開いていないので、ワンダは缶詰と格闘することになる。誰かがそれを見つけ、いったい何をやっているのかなと覗き込む。そして私たちのメッセージを発見し、警察へ連絡する。

なんて素晴らしい作戦だろう。

清孝はてきぱきと指示を出した。以下の会話は、すべて慎重な囁き声で交わされた。

「慎司、さっきの缶切り」

「ここにある」

「まだトイレに行ってないのは、宏樹だけだよな」

「わかった、俺がやる」

「書くもの持ってる人は？」

誰も答えなかった。休日に紙やペンを持ち歩く習慣など、私たちにはなかったのだ。

「誰かいないのか？　劉生、お前持ってないか？」

劉生は両腕に顔を埋めた恰好のまま答えずにいたが、やがてのろのろとした動きでダウンジャケットの内ポケットに手を入れ、そこから手帳のようなものを取り出した。

「じゃあ、輪ゴムか何か持ってる人」

「あたし持ってる」

悦子が自分の左腕を差し出した。シルエットしか見えないが、そこに今日も黒いゴムが留められていたのを、私も憶えていた。

清孝の指示に従い、劉生が手帳に付属のボールペンでメッセージを書きつけた。真っ暗闇だというのに全く迷いのない書きざまで、私たちにはとてもできない芸当だった。書き終えた紙を、彼が無造作に音を立てて破ったので、私たちはぎくっと首をすくめた。

清孝が劉生の手から紙を取り上げた。それを慎重な手つきで折りたたんでいくと、悦子のゴムを使ってしっかり缶にくくりつける。そして最後の仕上げに、缶切りで缶の口を少しだけ開けた。焼き肉のタレに似たいい匂いが、ふわりと暗闇に漂った。これならワンダも誘われてくれるに違いない。

準備は整った。

缶の口の部分を上にして、宏樹が缶詰をジャンパーのポケットに入れた。

「行ってくる」

私たちにそう言ったあと、弱気に襲われる前にとばかり、宏樹は男たちのほうへ顔を向けた。

「すみません、僕だけまだトイレに行かせてもらってないんですけど」

ポケットに手を入れた宏樹のシルエットは、まるで武器を携えて戦地へと赴く兵隊のようだった。

ああ、とタミヤの疲れ切った声がした。

「そうか……じゃあ行こう。おじさん行きますか？」

「いや、お前が行ってこい。もうだいぶ、ここのにおいも薄くなったからな」

タミヤが立ち上がる気配があり、懐中電灯がともされた。宏樹が近づいていくと、彼は光をこちらに向けた。腹のポケットに手を入れたままの宏樹が照らされたので、私たちは身を硬くしたが、幸いタミヤは何も気づかなかったらしく、そのまま背中を向けて歩きはじめた。

が、甘かった。

「……お前、何か持ってないか？」

宏樹がそばを通り抜けようとしたとき、急にミナクチが言ったのだ。はじめは、聞こえないふりをして宏樹はそのまま行き過ぎようとした。タミヤが振り返って懐中電灯で彼を照らした。宏樹はそれでも素知らぬふりで歩きつづけたのだが、そのときツノダが無造作に足を突き出した。宏樹はくるぶしのあたりを蹴られ、あっと声を洩らしてつんのめった。慌てて地面に両手をついたその瞬間、カラコロゴロゴロゴロという音が響き、タミヤの懐中電灯が下へ向けられた。飛びつくようにして宏樹は素早く缶詰を拾ったが遅かった。

「……食いもんか」

ミナクチが呟き、宏樹の手から缶詰を取り上げた。匂いを嗅いだりラベルを眺めたりしてから、ツノダに手渡す。どうやら助けを求めるメモ紙は、素早く宏樹が外してくれたようで、それだけが救いだった。

「何だお前……みんなに隠れて食おうとしてたのか」

たっぷりの蔑《さげす》みを込めた声で、ツノダが言う。

「ぐざっぺが」

そして、今度の作戦も失敗に終わった。

缶切りはどこにあるとツノダに訊かれ、宏樹は私たちのところへそれを取りにきて、相手に渡した。ツノダはその缶切りで缶詰の口を開け、ほかの二人にやってしまった。「社長がどうぞ」とミナクチが言ったが、黙って首を振り、煙草を喫いはじめた。ミナクチとタミヤは刳り抜いた部分をスプーンがわりに、中身をすっかり食べてしまった。私たちは言葉もなく、何度目かの絶望を受け容れてうなだれた。

「このほうが、まだよかったのかもしれない」

劉生が大きな溜息をつく。

「食べちゃったほうが。食べ物を捨てちゃうよりはね」

「お前――」

清孝が顎を上げ、しかし声は努力して抑えた。

「何いまさら偉そうなこと言ってんだ」

「だって、上手くいくはずなんてないじゃない、あんな作戦。たとえその犬が缶詰を見つけてくれたって、誰か人がいる場所で食べようとするなんて、そんなに都合よく事は運ばないよ。さっきのフンのにおいだってそうさ。あんなことでツノダさんたちが外に出ようなんて言い出すはずがない。勘弁してよ、ほんと」

もう一度溜息をつき、劉生は独り言のように呟いた。

「どうしてもっと、頭使わないんだろ」

こんな状況でなければ、私は生まれて初めて人に殴りかかっていたかもしれない。しかし仲間内でもめ事を起こすわけにはいかないので、その気持ちをぐっとねじ伏せ、平静を装って訊ねた。

「じゃあ劉生は？　何かいい作戦を思いつけるの？」

お前のせいでこんなことになったのだという罵倒も堪え、相手が言葉を返すのを待った。返事が聞こえた瞬間、鼻で嗤ってやるつもりだった。ほら何もないじゃないかと。お前だって何も思いつくことなんてできないじゃないかと。――しかし。

「だから、それをずっと考えてたんだよ。各自の持ち物を聞いて以来ずっと。みんながうるさいから、なかなかアイデアがまとまらなかったけど」

全員の息遣いが、まるで誰かにそう命じられたかのように、ぴたりと静まった。

反響する雨音が、しばし空気を埋め尽くした。

「――けど？」

悦子が訊く。

「いまさっき、やっとまとまった。ただし、上手くいくかどうかは、それぞれの頑張り次第だよ。運もかなり影響してくるだろうし。それでもこれまでの作戦よりかは、ずっといいと思う」

やがて宏樹が、幽霊の目撃談でも聞き出そうとするように促した。

「言ってみろよ」

（四）

息を殺し、氷のように冷たい地面に這いつくばり、私は少しずつ、少しずつ、化け物の足下でも通過するように前進していた。顔を引き攣らせて鼻の穴をふくらませ、身体中に冷や汗をかきながら。カエルと尺取り虫を合わせたような動きで。

「俺、宇宙飛行士になる……絶対なる」

前進をつづける私の背後からは、小さく宏樹の声が聞こえていた。みんなを前に、彼は自分の夢を語っているのだ。

「勉強して努力して、月とか火星とか木星とかに着陸――」

「木星ってガスのかたまりじゃないの？」

悦子の声が割り込んだ。

「え、じゃあ着陸できないじゃん」

「できないと思う」

「そうか、木星はナシか……」

そんなやりとりを聞きながら、私はひたすら暗闇で手足を動かしていた。そろり、そろり、そろり――絶対に音を立てないように。すぐそこに座っている三人の大人たちに気づかれないように。

「じゃ、つぎは俺」

慎司の声だ。

「俺は、ええと……俺の夢は」

「野球選手とかパイロットとか言うなよ」

宏樹が口を挟む。

「言わねえよ、そんな普通っぽいこと」

宇宙飛行士だって、考えてみれば小学生の夢としては普通なのかもしれない。しかし、あのNASAのテープを聴いたいま、そうは感じられないのが不思議だった。――などと、私はなるべく彼らの会話に意識を向けるよう努めていた。そうすれば手足の動きが少しは滑らかになってくれるかもしれないと思ったからだ。極度の緊張が馬鹿げた失敗を招くことは、この洞窟の人魚騒ぎのときに学習していた。カナブンが首筋にとまったのを人魚の嚙みつき攻撃と思い込んだり、垂れ下がった糸を髪の毛と勘違いして、大切なダッシュをここへ置き去りにしてしまったり。あのときは、まさか自分が将来的にダッシュと同じような恰好で、同じ場所を這い進むことになるなんて思ってもみなかった。

「俺は、ものをつくる仕事がいいな。デザイナーとか。ほら、利一の家でアンモナイトつくったとき、なんか俺、才能ある気がしたんだ。な、清孝」

「ああ、まあ」

悪いことは言わない、やめておいたほうがいい。あのガムの嚙みかすに似た創作物を思い出しながら私は心の中で呟いた。そっと背後を振り返る。洞窟の最奥部は薄ぼんやりとエメラルドグリーンに輝き、光の中に上半身のシルエットだけが並んでいる。

「姉ちゃんは？」

「あたしは――」

そのとき左斜め前――手を伸ばせば届きそうな場所で、微かな舌打ちが聞こえた。ツノダだ。彼は口の中で何か低く呟くと、古い袋から空気が抜けるような溜息をついた。何を思っていたのかはわからない。しかしそれは、子供には絶対につけないような溜息だった。

「あたしは、どんな職業でもいいから、男の人の中で働きたい。同じくらい厳しくされて、同じくらいちゃんと評価されたい。女だからとか、女のくせにとか、そういうのがないところで」

悦子にはそれが合っている。そして絶対に成功する。あのドッジボール大会だって、男女混成のチームで彼女はエースだったのだ。

「そういう会社、あんまりないって父ちゃん言ってたぞ」

慎司が余計なことを言った。

「どこにもないわけじゃないでしょ。ないって思うからないのよ」

「学校の先生とかはどうかな。佐織先生なんか、男の先生と同じ感じでやってるし」

清孝の言葉に、悦子は「ううん」と考え込んだ。

「なんか違うんだよね……」

ふっという息遣いが近くで聞こえた。ミナクチだ。どうやら笑ったらしい。しかしその笑いはほんの短いものだった。あとにつづいた沈黙は、とても虚ろで、しかし何かの感情に埋め尽くされている気がした。どうしてか不意に、ミナクチが細長い体軀を屈めて両手を器のように合わせ、そこからだんだんとこぼれ落ちていく砂を見つめているという光景が、胸に浮かんだ。

「卒業して中学に入ったら、いろいろ勉強してみるつもりなの。あと二ヶ月経ったら」

先ほどツノダが煙草を喫うのにライターをつけたとき、三人が座っている場所が一瞬だけ見えたので、私たちはその位置を頭に叩き込んでいた。誰の身体にも触れずに、三人のあいだを這い進めるように。あれから彼らが場所を移動したような物音は聞こえなかったので、まだ同じ場所に座っているはずだ。そうでなくては困る。ツノダは向かって左側の壁に背中をつけて胡座をかき、ミナクチは右側の壁の手前側に、タミヤは奥側に、それぞれ座り込んでいるはずだ。

「清孝は？」

慎司が訊く。みんなの声は少しだけ遠のいていて、首を回して背後を見ると、シルエットも小さくなっていた。右手、右足、左手、左足……私は着実に進行をつづける。右手、右足、左手、左足……冷たい汗が頬を伝って落ちる。すぐ鼻先の地面からは、固い岩のにおいがしている。

「俺は……」

そのまま黙り込む清孝を、宏樹が急かした。

「俺は、何だよ」

なおもしばらく清孝は答えずにいたが、やがて意外なくらいはっきりした声で言った。

「俺は役者になりたい」

役者、とみんなが同時に声を洩らす。

「いろんな人を感動させたいんだ、役者になって。それに、いろんな人間になってみたい。たとえば誰かの息子になったり、いつか父親になったり。まあ父親役は、すぐには難しいだろうけど」

秋の大雨のあと、土砂崩れの土の中から偽アンモナイトを掘り出したときのことが思い出された。宏樹を騙すために決行したあの作戦は、清孝の演技力がなければきっと成功しなかっただろう。驚きと疑いの入りまじった絶妙な表情で、彼が土の中から紙粘土のアンモナイトを掘り出したとき、私と慎司はそれが偽物だということを一瞬忘れ、自分も見つけてやろうと目の前の土を夢中でほじくりはじめた。

「リーは？」

悦子が訊く。右手、右足、左手、左足……私は前進をつづける。右手、右足、左手、左足……気配を感じた。いま自分が三人の男たちの、ちょうど真ん中にいることが、はっきりとわかった。左にツノダ。右にミナクチとタミヤ。

「僕も……やっぱり言うんだよね」

私が答えた。言いたくなければいいけどと悦子が助け船を出したが、そんなの駄目だと宏樹が主張した。

「みんな言ったんだから、利一も言えよ」

自分の夢を大人たちに聞かれるのが、こんな状況にもかかわらず私は恥ずかしかった。しかし聞かれてしまうのだ。私が三人のあいだを抜けて、その先へと這い進んでいるあいだに、テープは私の夢を語る。誰にも話したことのなかった夢——昨日清孝の家で、宏樹のテープレコーダーを前に、初めて打ち明けた夢。

「僕は……僕……」

もじもじと気持ちの悪い私の声が、洞窟内に充満する雨音のおかげでだいぶ聞き取りにくくなっていたのが幸いだった。いや、本当はもっと感謝しなければいけないのだ。そもそもこの雨音がなければ、洞窟の奥から聞こえているのが肉声でないことがばれてしまっていたかもしれないし、三人がテープの声に気を取られているあいだに私が暗闇を這い進んで出口へと向かうことも不可能だ。とにかく、ちょっとでも疑いを持たれたらお終《しま》いなのだ。おや、と首をかしげて懐中電灯をつけられでもしたら、声がしているはずの洞窟の奥に、いつのまにか誰もいなくなっているのがわかってしまう。

──雨音とテープの声、どっちも絶対必要なんだ。どっちかがなかったら、気づかれずに三人のあいだを抜けることなんてできない。

作戦を説明したときの劉生の言葉が正しかったことを、こうして実際に地面を這い進みながら私は思い知っていた。どれだけ気をつけて動いても、身体のどこかが音を立ててしまう。しかしテープの声に関しては、劉生が予想していなかった効果も生んでいた。自分の明日を見たい。将来を見たい。テープを聞きながら、だんだんと胸を満たしていくその気持ちが、何にも増して私を強くしていた。怖じける心に力を与えてくれていた。右手、右足、左手、左足……息を殺して先を急ぐ。みんなのあとを追って。出口と自由と夢に向かって。

背後の壁、洞窟の最奥部に並ぶ六つのシルエットは、いわば私たちの脱け殻だった。

——削る?

その説明をされたとき、最初は理解ができず、私は訊き返した。劉生は短く頷いて囁いた。

——ヒカリゴケを削る。僕たちのかたちに。

いま、ここから振り返って見てみると、洞窟の奥に並んだ影たちは本当に人の姿に見える。袖口でこっそりヒカリゴケを削り落としている最中は半信半疑だったが、こうして離れた場所から眺めると、テープレコーダーの声も手伝って、完璧に私たちに見える。

「僕、じつはずっと……いや、けっこう最近かもしれないけど……」

私の声はつづいている。

出発したのは劉生、慎司、悦子、宏樹、清孝の順だった。一人ずつ人数を減らしながら、私たちは会話を途切れさせないよう互いに口を利いた。声が、這い進む音を誤魔化してくれるからだ。会話をしている人数はだんだんと減っていき、最後には私だけが残った。そして私が、

——みんなの夢を聞かせて。

そう言ってテープレコーダーの再生ボタンを押し込んだのだ。

最も重要なしんがりをつとめることについては、私自身が言い出した。まず年下の劉生、そして女性である悦子を先に行かせることに決まったとき——もっとも悦子はけっきょく自分よりも弟の慎司を先に行かせたが——残った三人の中でまだ具体的な行動をとっていない

のは私だけだったからだ。清孝は缶詰作戦を立てたし、宏樹はそれを決行した。たとえ失敗に終わったとしても、二人は仲間のために働いた。私にはそれが心苦しかった。

みんなはもう外に出ているだろうか。私のすぐ前にスタートした清孝や、その前にスタートした宏樹あたりはきっとまだ洞窟内にいるだろう。音を立てずに這い進むのは、いまの私の速度くらいがせいぜいのはずだ。しかし劉生や慎司や悦子は、ひょっとしたらすでに脱出しているかもしれない。自分のことと同じくらい、私はみんなの状況が気がかりで仕方がなかった。が、とにかくいまは、やるべきことをやるしかないのだ。右手、右足、左手、左足……。

「寒いか」

実際にはほんの低いボリュームで囁かれただけだったのに、その声はまるで耳もとで発せられたように――いや、身体中にスピーカーをくっつけて発せられたように、内臓の奥まで響いた。私は何故かその質問が自分に対するものであったという錯覚に囚われ、反射的に「いえ」と答えそうになったが、危ういところで口を閉じた。

去就に迷い、身体の動きを止めた。

いまの声は、自分のすぐ左側にいるツノダのものだ。ミナクチとタミヤ、どちらに話しかけたのだろう。本人たちも、どちらが訊かれたのかわからなかったようで、しばし二人とも答えなかったが、やがてタミヤが「いえ」と声を返した。

「平気です……なんとか」

「私も大丈夫です」

「さっきから、もぞもぞ落ち着かねえのはどっちだ。寒いんじゃねえのか？」

まずい。私たちの這い進む音は、どうやら気づかれていたらしい。

三人の言葉は私の真上を行き来していた。進みつづけたほうがいいのか、それともこのまま息を殺していたほうがいいのか、判断ができなかった。心臓を鷲掴みにされた思いで、私は顎に力を入れ、ただ暗闇で両目をひん剝いた。顎に力を入れていたのは、少しでも緩めると歯が震えて音を立ててしまいそうだったからだ。

「あの、社長は平気ですか？　私たちより社長のほうが、さっきからその——」

「何だ」

「いえその……動いてらっしゃるようだったので」

ミナクチの言葉に、ツノダは例の暗い舌打ちを返した。

「貧乏揺すりでもしちまってたかな」

そう言ってから、ツノダは低い、掠れた声で小さく笑い、「貧乏揺すりか」と呟いた。ごそごそと衣擦れの音がしたので、私はそのタイミングを逃さずに少しだけ進んだ。しかしすぐに音はやみ、私も動きを止め、つぎの瞬間、ツノダの声がまた聞こえてきた。

「貧乏揺すりなあ……」

その言葉がうぃんうぉおうすりなあと聞こえたことに私は気がついた。まさか、最悪の事態が起こったのではないだろうか。いや、これから起こるのではないだろうか。劉生が作戦を説明していたとき、一つだけ心配していたことが。

そのまさかだった。

ツノダは口に煙草を咥えたのだ。

シュッと音がして、まるでカメラのストロボがたかれたように周囲の景色が浮き彫りにされた。咥え煙草のツノダ。その眉間に寄った深い皺。疲労そのもののような、どろんとした目。背後の壁には、真っ黒い頭の影が、毛の先まで鮮明に映った。もしそのときライターに火がついていたら――あるいは三人のうち誰かが視線を下へ向けていたなら、四つん這いになった私の姿がはっきりと見えていたことだろう。しかし幸いにも火はつかなかった。ツノダは自分の手もとに目を向けていたし、反対側の二人はおそらくツノダのほうを見ていたので、私の姿には誰も気づかなかった。が、安心することなど全くできない。何故なら、一度目でライターに火がつかなかったからといって、煙草を喫うのを諦める大人など見たことがないからだ。私は急いで前進しようとしたが、そのときツノダがふたたびライターを擦った。怖ろしいことに、今度は火がついた。私は自分が色とりどりの派手な服を着て三人の真ん中に躍り出たような気がした。もう駄目だ、もう見つかったと観念したそのとき――火は消された。私は水槽の中のダッシュのように、顎を持ち上げて首を伸ばした恰好でいた。そうして誰かの反応に対して身構えていた。「おい！」という怒号や「貴様！」という罵声、あるいは無言で首根っこを摑まれるその瞬間を待っていた。

しかし反応はなかった。

驚いたことに、三人とも私の存在に気づかなかったのだ。これはもう奇跡としか言いようがなかったが、人の意識というのは案外そういうものなのかもしれない。たとえばある朝学校でクラスメイトに、昨日どこどこの店の前で行き合ったよねと言われ、きょとんとすることがある。何か考え事をしていたり、ほかにじっと見ているものがあると、けっこう気づかないものなのだ。四肢がとろとろに溶けて地面に流れ出していくような安心感が広がった。その場で目を閉じて脱力しそうになる身体を、無言で叱り飛ばし、私はふたたび地面を進みはじめた。真っ暗闇の中で、ツノダが喫っている煙草の火先だけが赤く毒々しく光り、その光が私の肩、背中、腰の横とゆっくり移動していった。このまま尻、膝、そして靴まで行けば、もう発見される危険はだいぶ減ってくれるだろう。

が、このときとんでもない出来事が起きた。

これに比べれば先ほどのライターの火なんて、文字通り、小さなものだった。

「火を焚くか……もういっぺん」

溜息まじりにツノダが言ったのだ。

ためらうような間があり、タミヤが声を返した。

「でもさっき、変なにおいがしちゃったじゃないですか」

私は手足の動きを速めた。リスクを承知のスピードだった。

「燃やす薪を、きちんと選べば大丈夫かもしれねえ。どれ」

ツノダのほうでごそごそと音がして、やがてカチッと懐中電灯がともされた。私は動きを止め、呼吸までも止めた。三人がいるのは、私の靴のラインよりもほんの一メートルほど後ろだった。眼球を目一杯回してそちらを見る。懐中電灯の光は地面に向けられているので、周囲はほとんど見えない。しかし、動いたら絶対に気づかれるというほどの明るさはある。

「このへんの、腐ってなさそうな木を燃やせばいい。動物のクソがついていないかどうかも、よく見て燃やせ」

「じゃあ……と」

懐中電灯の光の中で、タミヤが不器用に薪をより分けていく。

「このあたりのやつは、大丈夫だと思います。これとか、これとか」

タミヤが選んだ薪に点火するため、ツノダはそばに放り出してあった新聞紙を取り上げてライターで火をつけた。尻越しに振り返ったまま、私は両目を瞠って静止していた。赤々とした炎が周囲のすべてを照らした。煙に顔をしかめるツノダ。長い身体を屈め、何か手伝おうと両手を中途半端に持ち上げているミナクチ。一本一本においを嗅ぎながら薪をより分けているタミヤ。

吸い寄せられるように、六つの目が同時にこちらを向いた。

予想だにしない何かがそこに存在したとき、人はすぐには反応しない。実際そのときの三人も全く動かず、ただこちらに顔を向けたまま、ぼけっと私の姿を眺めているだけだった。しかしそれはあくまで、すぐには反応しなかったというだけのことで、彼らはすぐにギョッと顔を強張らせて立ち上がり、

「何やってんだてめえ！」

ツノダの怒声が洞窟中に響き渡った。私が動くより早く、彼はすぐさま地面を蹴って飛びかかってこようとしたが、急ブレーキをかけてガバッと身体ごと振り向いた。燃え上がる新聞紙の炎は、太陽のように明るいというわけではなかったが、洞窟の奥がどんな状態なのかを見て取るには十分だった。私たちの荷物とテープレコーダーだけがそこに残されているのを見たツノダは、まるで犬が自分の尻尾を追いかけるようにこちらへ向き直った。下から照らす炎のせいもあり、その顔は異様だった。ものすごく絵の上手い人が、この世で一番怖い顔を描けと言われても、きっとあのときのツノダの半分ほどの怖さしか表現できないだろう。

「ござっぺがああ！」

「うあああああ！」

同時に声を上げて走り出した。前方で地面が機関銃のような激しい音を立てた。仲間たちの足音だ。背後から誰かがこちらに懐中電灯を向けたらしく、ばたばたと不器用に走る清孝

の背中と、その向こうに宏樹の背中が見えた。後ろからの光はガクガクとぶれ、洞窟全体が回転でもしはじめたように大きく揺らぎ、その中で私の巨大な影が、踊るように伸びたり縮んだりしていた。息を吸うときも吐くときも咽喉が勝手に鳴り、あひっ、あひっ、あひっ、という動物じみた濁った声を発しながら私は走った。走った。走った。本能的にインコースを選んでカーブを折れ、そこで懐中電灯の光はいったん消えたが、すぐにまた現れて私の背中をとらえた。清孝の頭の向こう——空中に浮かんでいるあれは何だ。歪なかたちの光の中で、二匹のウナギのようなものが、上へ向かって全身をくねらせている。いや、あれは足だ。光は洞窟の出口で、ウナギのようなものは、そこを這い上ろうとしている宏樹の足だった。背後で猛獣が吠えた。ツノダの罵声は周囲の壁に大きく反響した。行く手では二匹のウナギが身をよじらせて光の中へと消え、そこに今度は下から清孝のぼさぼさ頭が突き出された。ぐんと勢いをつけて清孝が跳ね上がったとき、その足にぶつかるようにして、私が追いついた。清孝は自分が捕まえられると勘違いしたのだろう、ゴキブリのような動きで両足をばたつかせて私の肩や頭頂部や側頭部や顔面を蹴った。私は声も出せず、しかしとにかく清孝を外へ押し出さなければならないので、全身を思いっきり伸ばして彼の尻を両手でどんと突いた。その衝撃をどう判断したのかはわからないが、瞬間的に清孝はひるんだ。私はその一瞬を逃してはならないと、彼の両足を胸にかき抱いて飛び上がった。清孝の上半身が外へ出て、ついで下半身がばたつきながら消えた。私は「いあぁ!」と無意味な声を上げながら出口の光へ向かってジャンプし、両手を岩の縁にかけた。ズボンの尻に獣の手が摑みかかったのはそのときだった。私は夢中で右足を下へ蹴り出した。空振りだった。踵はただ何もない空中へと突き出され、つぎの瞬間、尻を摑む手が強く下に引かれた。ずるりと尻が剝けるようにズボンがずり落ち、ツノダはそのままズボンを無茶苦茶に引っ張り、しかし私は必死で岩の縁にしがみつきつづけたので、上半身はジャンパー、下半身はパンツという恰好で、私の身体は斜めに浮いた。頭の上で聞き取れない声がして、私の腕を誰かが摑んだ。清孝と宏樹の切迫した顔がそこにあった。二人は私を引っ張り上げようとし、一度目は手が滑って失敗したが、間を置かずに今度は私の肩のあたりを摑んだ。そのときツノダが下から両足を抱え込もうとしたので、私は反射的に片足を縮こめ、その足を力いっぱい空中へ蹴り出した。もし空振りだったら、自分の足の勢いで身体が引っ張られて落ちてしまうほどの、強烈な蹴りだった。高い場所から着地したときのような衝撃がスニーカーの踵に走り、がうっ！　というグロテスクな叫びが聞こえた。命中したのだ。しかしツノダは私のズボンを放さなかった。清孝と宏樹は私の身体を引っ張り上げ、その瞬間、先ほどと同じ感覚が両足に走った。ずるりと剝けるようなその感覚と同時に、摑みかかっていたツノダの手も消えた。私はトカゲのようにズボンだけを相手の手に残して勢いよく出口を飛び出した。

雨。風。地面の泥。行く手を邪魔する枝葉。真っ黒に連なる木の幹。私は清孝と宏樹の後ろを走った。背後でツノダたちの声がする。その声が洞窟の中からではなく、明らかに外から聞こえたものだったので、彼らもいまや出口を飛び出して私たちを追いかけているのだとわかった。持てる運動能力のすべてをこめて両足を動かしているというのに、私はその場で足踏みばかりして、少しも前に進んでいない気がした。しかし木々は視界の中を流れていく。後ろへ、後ろへ、後ろへ。顔にはどんどん雨が降りかかり、両目に入り込んで景色を曖昧にする。前方の薄暗がりからは次々と新しい木が現れて眼前に迫る。際限なく現れる幹の、すぐ脇をかすめながら、私は夢中で走った。右と左、どちらへよけるのかは本能的な判断にまかせるしかなかった。木が正面より少しでも右側にあれば左に、左側にあれば右によけ、もしちょうど真っ正面に迫ってきたときは――。

どん、と顔面が濡れた幹に激突し、目の裏が真っ白に光った。

「利一！」

清孝と宏樹の声が同時に聞こえたが、何も見えず、私の身体は巨人に蹴飛ばされたように後ろへ吹っ飛んだ。しかし私は地面に倒れ込む寸前に踏みとどまった。ぐっと体重を前へ戻し、自分がぶつかった木の幹に両手で摑みかかり、それを背後へ放り投げるようにして身体に勢いをつけ、また走り出す。清孝と宏樹も走っていた。全身がしびれ、両目には雨が入り込み、薄暗い景色は海の底のように見えた。――と、前を行く二人が両手を振り回しながらばたばたと足を止めた。

「通れない！」

振り向きざま清孝が叫ぶ。目の前には真っ暗な女恋湖が広がり、二人が立ち止まったのはその水際、切り立った大きな岩の手前だった。そこにあったはずの細い径が消えている。雨のせいで通れなくなっている。増えた水の量はかなりのものらしく、ここを通るにはほとんど泳ぐ状態になってしまうと思われた。

「行こう！」

一声上げて宏樹が水に飛び込もうとした瞬間、清孝がその身体に摑みかかった。

「追いつかれる！」

そう、飛び込んでじゃぶじゃぶ進むことはできるが、身長のある大人のほうがずっと速い。確実に追いつかれて捕まってしまう。

「こっち！」

左手の暗がりから声がした。見ると悦子が木々の向こうで両手をメガホンにして叫んでいる。その向こうに慎司と劉生の影も見える。私たちは三人同時にそちらへ駆け出した。雨と風のせいで背後の足音は聞こえなかったが、怒気と殺気がすぐ後ろに迫っているのがはっきりとわかった。

悦子たちの背中を追って水際を走る。息が切れて肺の中が真っ白になっていく気がする。手も足も感覚がなく、ただ胸が苦しい。出入りする空気がヤスリのように咽喉をこする。先を行く悦子や慎司や劉生は、何かあてがあって逃げる方向を選んだのではないのだろう。土手のほうへ向かう径が閉ざされていたので、単に反対方向へ逃げただけに違いない。悦子が身振りで指示し、前方の三人がさっと左に方向転換した。ツノダたちをまくつもりなのだ。周囲は暗かったので、上手くやれば成功するかもしれない。私たちも素早く姿勢を低くして左へ走った。頭を下げた状態だと、行く手は幾重にもなった下草に遮られ、ほとんど何も見えない。しかし私たちに先が見えないということは、追いかけているツノダたちからも私たちが見えないということだ。このまま逃げ切れるかもしれない。冷たくふくらんでいた胸の中に、微かな希望がさした。しかし、そのあとはどちらへ向かえばいいのか。ここからは森が延々と広がり、その先は山になっている。山へ入ってはいけない。何故なら、視界が利かずに立ち往生する私たちを、懐中電灯を持ったツノダたちが捜すということになるからだ。山の中で、木の陰にでも隠れてじっとしていれば、ひょっとしたら朝まで見つからずにいられるかもしれないが、発見されたらその瞬間、終わりだ。

悦子もそれに気づいていたらしい。立ち止まって私たちを追いつかせると、もう一度左に方向転換して走り出した。背を屈《こご》め、私たちが遅れていないかどうかを気にしながら、ぐるりと円を描くようにして進んでいく。どうやらふたたび洞窟のほうへ向かっているらしい。おそらくは、もう一度あの切り立った大岩まで行くつもりなのだろう。そして水に入り、大岩を迂回して土手を目指す。先ほどはすぐ後ろにツノダたちがいたので湖に入ることはできなかったが、その時点でもし連中をまくことができていれば、水の中を進んで土手のほうへ逃げられる。走りながら、私は短く背後を振り向いた。ツノダたちが追いかけてきているのかどうか、まったくわからなかった。懐中電灯の光は見えない。もう、まくことができているのだろうか。それともすぐ後ろを、彼らは走っているのだろうか。右手に洞窟の入り口を過ぎた。あと少しで大岩の縁まで行き着く。そこで振り返ったとき、ツノダたちが迫ってきていたら、私たちはいったいどうすればいいのか。

視界がひらけた。ほとんどひとかたまりになって、私たちは女恋湖の水際へと飛び出した。

「入るよ！」

短く声を飛ばし、悦子が目の前の暗い水に飛び込もうとしたそのとき、どこかで犬が吠えた。どこだ。また吠えた。前方だ。雨音の向こうから聞こえてくる。

私たちは同時に顔を上げた。

自分の見ている光景が信じられなかった。曖昧な景色の中心――闇と雨滴の向こうに、ワンダの姿があったのだ。泳いでいるのではない。身体のほとんどが見えている。四肢をぴんと張って首を真っ直ぐに立ち上げ、こちらに顔を向けている。

「ばあちゃん！」

清孝が声を上げた。そうなのだ。近づいてくるワンダの背後には、仁王立ちになったキュウリー夫人の姿があった。両腕を胸の前で組み、夫人は昂然と顎を上げて私たちを見ていた。その後ろにも誰かいる。こちらに大きな背中を向け、オールをぐんぐん動かしてゴムボートを漕いでいる。さっと上体を回し、キュウリー夫人の脇から私たちのほうを確認するその顔は髭もじゃだった。ガニーさんだ。

「ばあちゃん病院――」

「二度あることは三度ある！」

清孝の声を遮って夫人は叫び返した。そう、彼女が病院を抜け出すのはこれで三度目だった。状況から推して、私たちが少なくとも安全な状態に置かれてはいないことを悟ったのだろう。夫人は振り向きざま悪態をついた。

「速く！　もっと速く漕ぐんだよ馬鹿っ！」

ガニーさんは身体を大きく前後させながらオールを回す。ぐんぐん回す。ボートの先頭で脚を踏ん張っていたワンダは、待っていられないとばかりに勢いよく跳ね上がり、水の中へ身を躍らせた。派手な水しぶきが上がり、ワンダの顔が水面にざばっと飛び出した。短く一声吠え、ワンダは咽喉をそらせてばしゃばしゃと犬かきで泳ぎはじめた。それを追いかけるようにガニーさんがオールを回す。あまりに激しく回すので、キュウリー夫人の身体がぐらついて横ざまに倒れそうになった。あっと思ったその瞬間、すんでのところで彼女は屈み込んでボートの縁にしがみついたのだが、その勢いでボートが大きく傾いた。ガニーさんが声を上げ、キュウリー夫人は咄嗟に上体を起こして反対側へ身体を移動させた。しかしその動きはむしろボートの揺れを増幅させ、もっと大きくそちらへ傾かせた。ほとんど垂直にまで傾き、身を縮めたキュウリー夫人の顔がさっと強張り――倒れる！――私は咄嗟に目を閉じた。

しかしそのとき不思議なことが起きた。転覆の音を待っていた私の耳に、夫人の「よっしゃ！」という声が聞こえてきたのだ。急いで目を開けてみると、ボートはふたたび平衡を保っていた。ガニーさんが立て直したのだろう。キュウリー夫人は背後のガニーさんに強烈な罵声を浴びせると、私たちのほうへ向き直ってニヤリと笑ってみせた。

ツノダの声がふたたび聞こえたのはそのときのことだった。

「逃がさねえ！」

すぐ背後だった。

「ぜったい逃がさねえ！」

振り返ると、声だけでなく姿もあった。ぜいぜいと肩を上下させながら、下草に両足を埋めて立っている。ズボンの腿の部分が破れ、布地が皮膚のように垂れ下がっていた。彼の後ろにはミナクチとタミヤもいたが、二人が先ほどまでよりも自暴自棄な、危険な目をしているのが一見してわかった。どこかで落としたのか、その手に懐中電灯はない。二人を従えたツノダは、必死の形相で私たちを睨みつけ、その向こうから近づきつつあるボートを見た。そして動物じみた声で咽喉を唸らせると、意を決したように飛びかかってきた。キュウリー夫人とガニーさんが現れたことで、ツノダたちがすべてを諦めてくれるかもしれないと一瞬でも期待した私が間違っていたのだ。足がまったく動かなかった。私だけでなく、みんなも同じだった。吹っ飛ばされるのを待つボウリングのピンのように、私たちはただその場に直立していた。

足もとを茶色い弾丸が駆け抜けた。

ワンダは骨も砕けよとばかりツノダの左足に喰らいついた。濡れた茶色い身体がそのままぐるんと半回転し、地面を打った。しかしワンダは相手の足を放しはしなかった。ツノダは前のめりに倒れ、顔面が泥に埋まった。一瞬後、脇からミナクチの長身が飛び出してきてワンダを蹴った。ワンダの身体は再びぐるんと回転して地面を打った。それでもワンダはツノダの足に喰らいついていた。ツノダが身体を反転させて足を振り回しても離れなかった。

「ちくしょう！」

一声叫ぶと、なんとツノダはワンダを左足に嚙みつかせたまま私たちのほうへ突進してきた。ミナクチとタミヤもこちらに向かって走り出した。三人とも、いまや恐ろしい形相をしていた。凶暴というよりも、混乱にかられて自分のやっていることが理解できていないという様子だった。迫り来るその顔は、両目がほとんど白目に見えた。私たちがひとかたまりになって逃げ出すと、三人は泥に足をとられながら方向転換して追ってきた。そのとき突然、周囲の闇にエンジン音が響き渡った。

「動くな！」

ガニーさんの大声がエンジン音に重なった。

見るとボートはもう岸へたどり着いていて、ガニーさんとキュウリー夫人は水際に立ってツノダたちを睨みつけている。エンジン音がいったいどこから聞こえているのか、すぐにはわからなかった。ガニーさんが右手に細長いものを抱えているが、あれは何だ。暗くてよく見えない。

「そのまま動くな。子供たちに何かしたら容赦しない」

言葉の終わりと同時に、エンジン音がクレッシェンドして鼓膜を震わせた。オートバイと歯医者のドリルの音を足したような印象だった。そのときになってようやく私は、ガニーさんが持っているのがチェーンソーであることを知った。

ツノダもミナクチもタミヤも、口で激しい呼吸をしながら、身体をねじるようにしてガニーさんに顔を向けていた。

「あんたたちが誰だか知らないけど」

キュウリー夫人が泥の中にサンダル履きの足を踏み出す。

「言うこと聞いたほうがいいね。なにしろこの子は何をするかわからない危険な悪党だ」

適当なことを言いながら夫人が近づいていくと、ツノダたちの首が、まるで植物がしおれていくように、だんだんと下を向いた。ツノダの足にはまだワンダが喰らいついていて、その様子は、なんだか犯人を逮捕した小柄な刑事のように見えた。

ままま、ただ肩を上下させて、湿った呼吸を繰り返していた。

「終わりだ……全部」

別人のように弱々しい、ツノダの声だった。その両隣で、ミナクチとタミヤはうなだれたまま、ただ肩を上下させて、湿った呼吸を繰り返していた。

やがて、ツノダが顔を上げた。

そのときの彼の表情は、私が漠然と予想していたものとはずいぶん違っていた。

正反対だったといってもいい。すべてを観念した、力のない顔ではなく――そこにあったのは、持てる悪意を全部集めて凝縮させたような、恐ろしく奇っ怪な表情だった。全体が泥にまみれ、半びらきになった口は真っ暗な深い穴に見えた。両目の中で、眼球が急にくるっと下に向けられた。鋭く、真っ直ぐに、彼は劉生を睨みつけていた。

「おい！」

そう叫んだのはガニーさんだった。ツノダが、声も発さず、いきなり劉生に飛びかかったのだ。息を吞んで身を固まらせる劉生に、ツノダは左手で摑みかかり、右手を凶暴に振り上げた。そのとき景色全体が、私の視界の中で一気に大きくなった。――いや、私が走り出していたのだ。劉生の小さな背中、ツノダの怒りに満ちた顔、振りかぶられた右手、そのすべてが目の中で大写しになり、私は大声を上げながら渾身の力で地面を蹴り、ロケットのように飛んだ。がん、と脳天がツノダの顎をとらえ、私たちはそのまま泥の上に倒れ込んだ。何も考えることができなかった。私はただ夢中でツノダの胸にしがみつき、腹を両足で抱え込み、顎に二発の頭突きを叩き込んだ。しかしツノダは生まれて初めての私の暴力をものともせず、いともたやすく私を引き剝がして立ち上がった。私は背中から地面に落ち、さっと顔を上げると、まるで建物のような迫力でツノダが私を睨み下ろしていた。情けないことに、そのとき私が感じたのは後悔だった。後先考えず、この凶暴で屈強なツノダに立ち向かってしまったことを、私は激しく悔やんだ。ツノダがパンチを繰り出すような速さで私の胸を摑むと同時に、鈍い衝撃音が響いた。ツノダの手が私の胸から離れた。

え、と思ったときにはもう、彼は大の字になって空を仰いでいた。

その肩口に、どさ、と何かが落ちた。

人魚の首だった。

突如として人魚の首が飛んできて、ツノダの顔面を直撃したのだ。

いったいどこから——。

どん、と腹の底を震わせる音が響き渡った。

頭上がいきなり眩しい光で覆われた。

顔を上げる私たちの視界を、無数の光の粒が埋め尽くした。何の前触れもなく打ち上げられたその花火は、女恋湖の水面に映って光の数を倍にし、雨の一つ一つにも反射して、無限の輝きと化していた。何がどうしてそんなことが起きたのか、もちろんすぐに理解できたわけではない。しかし頭を埋め尽くす不可解の中に、いくつかの断片的な理解が浮かんでいた。

洞窟の中に置きっぱなしになっていた花火。私たちが逃げ出そうとしていることに気づいたとき、ツノダが新聞紙に火をつけていたこと。そのそばに置かれていた薪。そして、洞窟の出口付近に転がっていた人魚の生首。

私はいまでも、あの生首は、女恋湖に取り憑いた伝説の人魚が、私たちの行動に心打たれて飛ばしてくれたのだと信じている。私たちの勇気を、必死で振り絞った勇気を、人魚の幽霊が認めてくれたのだと。実際には、偶然に点火された花火が洞窟の中で爆発し、その勢いで別の花火が出口へ向かって飛び、そこに転がっていた生首に激突して弾き飛ばしただけなのかもしれない。そして花火は角度を変えて女恋湖の上へと打ち上がり、生首のほうは私たちのいる方向へ飛んできて、ツノダの顔面を直撃した。それは奇跡的な確率だけれど、まったくあり得ないことではない。そして、その奇跡を起こしたのは私たちだ。私たちの勇気だ。もちろん、恐怖を振り払ってツノダの足に喰らいつき、決して放そうとしなかったワンダも含めて。

光のかけらたちは、雪のようにゆっくりと降り、あたりを輝きで包み込んでいった。言葉も出なかった。その突然さと、息を呑むほどの美しいきらめきに、私たちはただ口をひらいて光の群れを見上げた。ツノダは大の字に寝そべったまま、同じものを見上げ、やがて両手で自分の顔を覆った。しかし指のあいだから、ぼうっと空を見ているのだった。その目をうっすらと濡らしていたものが、雨だったのか、涙だったのか、あるいは空の光が映り込んでたまたまそんなふうに見えただけなのかはわからない。
自分がパンツ姿であることを思い出したのは、しばらく経ってからのことだった。

わたしに子供はいない。

しかし、もし子供を持っていたなら、あるいは将来的に持つことがあるなら、どうしても教えてあげたいことが一つある。

息子でも娘でもいい。わたしたちは二人並んでゆっくりと歩いている。足下にあるのは、ぬかるんだ土かもしれないし、乾いたコンクリートかもしれない。周囲の風景に、色は多いかもしれないし、少ないかもしれない。どこだって関係ない。いつの季節だって同じことだ。わたしは子供の顔を振り向かず、景色にも目を向けず、ただ顔を少し上向けて、あの頃を見る。そして教える。

光に出会いたいと思うなら――もし本当に綺麗な、眩しい光に出会いたいと思うなら。

いつでも目を開けていなさいと。

何があっても、両目に映る景色がどんなものであっても、決して顔をそむけずに、それをよく見ておきなさいと。

花火については、いまだにわたしたちしか知らないことがある。

別の場所に隠してあった大量の花火を、劉生はとんでもないことに使おうとしていたらしい。狂言誘拐が成功して父親が辞職し、劉生が家に戻ったあと、もし父親がふたたび議員に戻ろうとしたら、あの火薬を使って本当に事務所を爆破しようと考えていたのだという。

劉生は、父親に議員を辞めてほしかったのだ。そして母親にも、事務所ではなく、家にいてほしかった。いっしょに食卓を囲み、休日にはどこかへ家族で遊びに行きたかった。それはあまりに子供じみた考えで、周到な計画と完璧な実行力とのアンバランスを思うと、不気味に感じられる。しかし、まったく理解できないかというと、そうではないのだから、わたしたちも何かのきっかけで、劉生のようになっていたのかもしれない。

劉生の父親は、あれからけっきょく議員を辞めた。細かい事情は知らないけれど、息子が問題を起こしてしまったというのが理由だったことは想像に難くない。

自然保護を訴えていた鷺之宮議員の辞職が、どの程度影響したのかはわからないが、山林開発はほどなく実行に移されることとなった。あちこちで重機が唸りを上げているのを見かけるようになり、野原は均《なら》されて、四角い建物が林立した。

いまではすっかり、町は顔を変えてしまっている。

ホタルの幼虫を捕獲したあの川は大きなバイパス道路の下を遠慮がちに流れているし、女恋湖周辺も開発が進み、わたしたちが命がけで駆け抜けた樹林には大きな駐車場が広がり、その向こうでは便利なショッピングモールが胸を張っている。王様の木も伐り倒された。洞窟は影もかたちもない。

町にとっては必要なことだったのかもしれないが、開発を目のあたりにしながら過ごす日々は、大切にしていたアルバムから写真を一枚一枚引き剝がされていくようで、胸が苦しかった。それでもわたしたちは、新しくできたファストフード店や、初めて目にするコンビニエンスストアに通っては、小遣いを現代と交換していった。

そしてだんだんと大人になった。

開発の比較的早い段階で、清孝の家が取り壊されることとなった。わたしたちは工事がはじまる直前の日曜日、家の前に集まった。中には入らなかった。空気の入れ換えという名目がなくなっていたし、ワンダもいたからだ。

遠くに重機の音を聞きながら、わたしたちは玄関前の三和土に腰を下ろして、夢のテープを聴いた。A面のアポロ十一号の無線と、そのあとにちょっとだけ入る宏樹と母親の声、そしてB面で順番に打ち明けられるみんなの夢を、ただ黙って聴いた。ワンダも、わけ知り顔でじっと両耳を立てていた。あのテープは後に宏樹がダビングしてくれ、みんないまだに持っている。しかし、再生したことがあるかと訊くと、全員首を横に振る。理由はそれぞれ違うのだろう。

慎司はあの八年後に美大をいくつか受けたのだが、見事に全滅で、滑り止めで受験した一般大学の文学部に入学した。卒業後は中堅どころの家具メーカーに就職し、いまは企画部で新しい家具のデザインを手がけている。手がけているといっても、実際に図面を引くのはデザイナーで、彼はあくまでその制作をコーディネートする立場だ。それでも自分の仕事をかなり気に入っているようで、顔を合わせるたび、熱心に会社の話をする。そして会話が途切れると、必ずといっていいほどアンモナイトの話をする。あのときつくった紙粘土のアンモナイトは、いまだに押し入れにしまってあるのだという。ぽっちゃり体型の可愛らしい奥さんは、それが何なのかを知らず、大掃除のときに他のものといっしょにゴミ袋へ放り込んだらしい。それが最初の夫婦ゲンカだったと、慎司は突き出した額を撫でながら照れくさそうに話してくれた。

宏樹は宇宙飛行士にはならず、また宇宙について研究するような仕事にも就かず、地方で新聞記者をやっている。わたしのいる業界と近いので、こちらに出てきたときは一緒に食事をしながらあれこれ情報交換をする。中学へ入ったあたりから、それぞれ新しい友人や新しい世界との付き合いが生まれ、それまでほど頻繁に同じ時間を過ごすことがなくなっていたので、彼がどの時点で宇宙飛行士の夢を諦めたのかはわからない。そもそも本人に訊いてみても首をひねるばかりなのだから、他人にわかるわけがない。しかし彼も慎司と同様、いまの仕事を気に入っているらしく、とても楽しそうに苦労話を聞かせてくれる。昔よりも素直な口調で話す宏樹に、わたしはたいがい黙って相槌を返しているのだが、何かの拍子に彼が宇宙という言葉を使ったときは、どうしても笑ってしまう。

清孝は高校を出て小さな劇団に入った。やがてそこをやめ、もう少し大きな劇団に入った。そしていまは、さらにもう少し大きな劇団で役者をやっている。会うたび彼は、金がないとこぼすけれど、決まってそのあとで、昔よりマシだけどねと笑う。一度、彼が嬉しそうな声で電話をかけてきて、テレビに出ることになったと教えてくれた。言われた日時にテレビをつけてみたが、どこに出ているのかわからなかった。あとで訊いたら、編集でカットされたのだという。しかし、まったく残念そうな言い方ではなかった。結果がどうあれ、一歩前に進んだことを純粋に誇りに思っている様子だった。

キュウリー夫人の闘病は、とても大変で、わたしたちは何度も病室を見舞ったが、そのたび彼女はベッドの上で小さくなっていった。夫人の強がりを聞き終えて病室を出るとき、いつもわたしは、奇跡のカードを切る瞬間を、自分たちで選べればいいのにと願った。冬の病室で起きた、あの小さな花火の奇跡。あれのかわりに、いま彼女の病気を治すことができたらどんなにいいだろうと。

が、そこはキュウリー夫人だけあって、彼女は奇跡の手など借りずに自ら病気を追い払ってしまった。病院食をばくばく食べて失われた英気を養い、ベッドの上でときおり腕立て伏せをしたり、病院のまわりをぐるぐる散歩したりしながら、ひたすら病魔に打ち勝つことだけを考えた。やがて大きな手術を経て、彼女は退院した。その後は病気の再発もなく、まただんだんと肉がついて、しまいには以前よりも肥った。退院後はガニーさんのアパートで清孝と三人で暮らし、清孝が家を出てからはガニーさんと二人で、死ぬまで暮らしていた。

年に二回、女恋湖の花火大会の日に、わたしたちはあの町へ足を向ける。

みんなで花火を見る。

それぞれに忙しいので、全員揃うことは稀だが、整備された護岸に並んで見上げる花火は、昔ほど美しくない。花火は以前よりも進化しているはずなのに、不思議なものだ。

キュウリー夫人が生きていた頃、花火大会にはいつも彼女も誘っていた。しかし、打ち上げ花火を見ると清孝が誘拐されたときのことを思い出して怖くなると言って、彼女は決して見ようとしなかった。清孝はいまや立派な大人なのだから、誘拐なんてされないよと言っても聞かないのだ。頑固な人は、年をとるともっと頑固になるらしい。

夫人の葬儀が行われたのは、つい去年のことだ。病気の再発ではなく、老人性の心不全で彼女は旅立った。あの町を思うたびに顔が浮かんでいた夫人も、とうとう本当にあの町の一部になったのだ。遺影は、生前キュウリー夫人が冗談半分に「葬式んときはこれ使ってくれ」と言っていたものだそうで、とても優しそうに写っている、奇跡のような一枚だった。

着慣れない喪服を身につけ、髪の毛を無理やり整髪料で押さえつけた清孝は、キュウリー夫人の棺を前に、声を放って泣いていた。通夜のあいだも、告別式のあいだも、ずっと泣いていた。胸に抱いた笑顔の遺影に涙が流れつづけ、あとでガラスが白い粉をまぶしたようになった。それをハンカチで拭きながら、また泣いていた。棺の中の夫人と、私たちは対面した。夫人が化粧をしているのを、わたしはそのとき初めて見た。綺麗だなと思ったら、堪えていた涙がいっぺんに溢れた。

劉生は、いまどうしているのだろう。誰も連絡はとっていない。ただ、希望も含め、一般的に見て悪くない人生を送っているのではないかと思う。器用さや要領のよさというのは、失敗や後悔の影響をさほど受けないものだから。

あの日に体験した出来事の中で、じつはいまだに仲間に話していないことがある。

たった一つだけ。

それについては、わたしはこのままずっと黙っているつもりだ。言ってもどうせ信じてもらえないだろうから。いや、あれが本当の出来事だったのかどうか、わたし自身にさえ確信が持てないから。

……。

……。

電話が鳴っていた。

わたしは記憶をほどく手を休め、傍らの携帯電話を取り上げた。ディスプレイに「リー」と表示されているのを見て、思わず口もとがほころんだ。

「かかってくる頃だと思ってた」

わたしはテーブルの上に置かれたA４判の紙の束に目を向ける。

「懐かしい話、読んだよ。いまちょうど二回目を読み終わるとこ」

利一は慌てて、それならあとでかけ直すと言って電話を切ろうとした。

「平気だって。一回もう読んだし」

そう言うと、利一は曖昧な返事をし、自分から電話をかけてきたくせに、じっと黙り込む。

「リーがズボン穿いてないことを思い出したシーンだよ、いま読んでたの」

恥ずかしそうな笑い声が返ってくる。

利一は大学卒業後、商社で事務員として働いている。いつかテープに吹き込んだあの夢はもう諦めるつもりだと、彼に打ち明けられたのは、つい一ヶ月ほど前のことだ。

あのとき清孝の家で、利一が臆病に、おずおずと口にした夢。少年時代の教頭先生と同じ――いつか物語をつくる仕事をしたいという夢。当時のわたしたちには一言だって言わなかったけれど、彼がたくさんの本を読んでいることに、わたしは気づいていた。大雨で道路がふさがり、慎司と二人で彼の家に泊まり込んでいたとき、二階の部屋の隅に本が大量に積まれているのを見ていたからだ。はじめは利一の父親か母親のものかと思ったが、どれも大人向けの内容ではなさそうだった。あとで利一の部屋の本棚がやけにがらんとしていたのを見て、ああ隠したんだなと思った。

だから、清孝の家でテープレコーダーにそれぞれの夢を吹き込み、最後に利一が自分の夢を口にしたとき、みんなはきょとんとしていたが、わたしは意外ではなかった。

きっと、恥ずかしかったのだろう。外で遊び回るのが常識だった当時のわたしたちに、じつは本を読むのが好きだなどとは言いづらかったのに違いない。

その夢を諦めると聞かされたとき、わたしは利一が書いたものを読んでみたいと言った。

彼は恥ずかしがって首を横に振り、わたしがしつこく頼んでも駄目だった。ところが先日残業を終えてマンションに戻ってくると、宅配便の不在通知が入っていた。休日に再配達してもらい、分厚いクラフト封筒を開けてみたら、一通の手紙が添えられて、この紙の束が入っていたのだ。

手紙には、作品はやっぱり見せられるものじゃないけれど、これなら読まれてもいいと書かれていた。どうせみんなの知っている話だからと。

「ほんとに懐かしかった。送ってくれてありがとう」

ただし、これは世の中の人に読ませることなどできないものだ。なにしろすべて登場人物が実名で登場し、あの誘拐事件のこともそのまま書いてあるのだから。

利一のほうも、感想を期待しているようではなかったが、わたしは自分の思うところを伝えた。面白かったシーン。気に入らなかった場面。表紙にはペンネームが印刷されていたが、それは自分の名前と飼っていたカメの名前を混ぜたものなのだという。夢を諦めたと利一は言っていたが、わたしはいつかそのペンネームを書店で見る日が来るのではないかという気がしている。

「一つだけ教えてくれる?」

ずっと気になっていたことを、わたしは訊ねてみることにした。

「何であの人魚の首、花火が飛ばしたことになってるの?」

また、利一は黙った。

あの人魚の首はわたしが投げつけたものだということは、利一も知っていたはずだ。洞窟を這い出たとき、わたしはあの首を持っていた。もしツノダたちに見つかってしまった場合、何も武器になるものがなかったので、出口近くに転がっていたあの生首を、咄嗟に摑んで持ち出したのだ。林の中を逃げながら、ずっと片手に生首をぶら下げていたのだから、当然利一も気づいていたはずだ。そもそもあのあと、利一はわたしに礼を言ってきた。危ないところで助けてくれてありがとうと。ドッジボール大会での失敗を思い出し、あのときは真剣じゃなかったんだねと、尊敬するような目を向けてくれもした。しかし、花火のシーンのあとにつづく、小説の最後の部分を読んでみても、あの人魚の首はわたしが投げたのだということが書かれていない。

『そのほうが……』

ようやく、声が返ってきた。

『夢があると思ったから』

「夢」

『いくら自分の思い出を書くっていっても、やっぱり全部が全部本当のことっていうのも、つまらないもの』

「なるほどね」

利一が返した答えは、わたしがおぼろげに想像していたとおりのものだった。

ならば、彼に教えてあげたいことがある。

あれからずっと、誰にも言わず心にしまっていたもの。わたしが見たあの光景。――現実なのかどうか判断ができないまま大人になり、日々の忙しさの中で、いつの間にか思い出すこともなくなっていた光景。利一が書いた物語を読むまで、自分でも信じられないことに、わたしはそれをすっかり忘れていたのだ。現実の中でせわしく生きていると、世の中に不可解なものや不思議なものは存在しないという錯覚に囚われてしまうのかもしれない。そしてその錯覚が板につき、この目で見たはずの不可解や不思議は、記憶からだんだんと薄れていってしまう。

あのとき――女恋湖の水際に追い詰められたとき、雨の向こうからワンダとキュウリー夫人とガニーさんが現れた。ガニーさんがスピードを上げようとしてオールの回転を速め、夫人はバランスを崩し、その反動でボートが大きく傾いた。ガニーさんのオールさばきによって、危ういところで転覆をまぬがれたと、利一の物語には書かれていたが――。

わたしは見ていた。

あのあと誰もその話をしなかったので、わたしも言い出せなかった。ずっと黙っていた。

傾いたボートがもとの状態を取り戻したとき、暗い水の中にゆらめいた、あの巨大な魚影。ボートよりもはるかに大きかった。はっきりと全身が見えたわけではないが、頭だけでも、大人が両手を広げたほどあった。

追い詰められて錯乱したわたしの目が、幻を見たのかもしれない。いや、そう考えるのが現実的なのだろう。しかし、この物語を読みながら記憶のかけらを拾い集めているうちに、やはり自分は見たのではないかという思いがふたたびこみ上げてきた。目を閉じると、あのとき自分の顔に降りかかっていた冷たい雨や、走りつづけて痛む両足や、胸の苦しさとともに、はっきりと思い出せるような気がした。

この手に残っている、人魚の首を力一杯投げたときの感触。この目に残っている、巨大な魚の姿。どちらがより鮮明かと訊かれれば、どちらも鮮明だと答えるしかない。

人魚の首が偶然飛んできたことについて、利一は小説の中で、女恋湖に取り憑いた人魚の幽霊が自分たちの勇気を認めてくれたのだと書いていた。しかし実際には、そんな不思議なことは起きていなかった。わたしはわたしで、女恋湖に棲むという伝説の鯉の存在を目のあたりにしたはずなのに、それを信じることがどうしてもできないでいる。何が本当で、何が嘘なのか——何が現実で、どこからが物語なのか、考えるほどにわからなくなる。

きっと、自分で選ぶしかないのだろう。

そう、選べばいい。決めればいい。

なにも難しいことじゃない。思うままで構わないのだ。

そんなふうに考えたとたん、ふっと奇妙な懐かしさがこみ上げた。何かが自分をやさしく包んだように思えた。知っている感覚だった。憶えのあるあたたかさだった。

無機的な電話機の感触を片手に感じながら、わたしは思う。

夢は、まだつづいているのかもしれない。見えなくなってしまっただけで、あの光は、いまもわたしたちを包んでくれているのかもしれない。わたしたちはまだ、夢の途中に立っているのかもしれない。

自分が見たもののことを、いま利一に話しても、きっと信じないだろう。あんな話、誰も信じてくれない。しかし、黙っていることはとてもできそうになかった。

言い訳のように、小さな笑いを前置きにして、わたしは電話の向こうに話しかけた。

「面白い話があるんだけど、聞きたい？」

（五）

「春休みなのねす！」

身体の中に疼くような喜びを抱え、背中のランドセルを鳴らしながら、私たちは並んで走っていた。太陽に照らされた景色ががくがくと揺れ、その揺れの中に、どんどん駆け込んでいくのだ。授業から解放されて、自由の中へ。

お、と慎司が急に足を止め、兵隊が何かを指さすようにして、びしっと道の脇に人差し指を向けた。

「おっぱい草」

「持って帰ってあげれば？」

「やだよ、耳引っ張られてぶっ飛ばされる」

慎司が自分の耳を摘んで顔をしかめてみせたとき、合唱の声が聞こえてきた。私たちは体育館のほうを振り返った。これ何て曲だっけ、と慎司が首をひねる。

「はなのいろ？」

「くものかげ？」

歌詞を適当に口にしているうちに私が思い出した。

「あ、巣立ちの歌」

そうだそうだと頷き合った。

この合唱の中に悦子の声もまじっているのだなと思うと、聞こえてくるメロディーが急に寂しく感じられた。開けっ放しになっている体育館の入り口を、私はなんとなく眺めた。先生らしき人影しか見えなかった。

「宏樹と清孝に追いつけるかな」

慎司が道の先に向き直って鼻の下を伸ばす。私のトイレに慎司が付き合ってくれているあいだに、二人は先に校門を出ていってしまったのだ。

「まだそのへんにいるんじゃない？」


あのあと——私たちの頭上で突然の花火が打ち上がったあとの顚末《てんまつ》は、こうだ。

しばらくすると、遠くの土手に懐中電灯の光が瞬くのが見えた。ぬかるみに座り込んで動かずにいるツノダたちをそのままにして、私たちは大声でその光に呼びかけた。

ボートに乗ってやってきたのは、若い制服警官だった。突然の花火を目撃し、それが打ち上げられたとおぼしき場所へ急行してきたのだそうだ。

そのときにはもう、私たちの集団行方不明は大きな騒ぎになっていて、若い警官ももちろん把握していた。打ち上げ花火を不審に思ってやってきたところ、思わぬ事件の犯人および被害者たちと出くわし、警官はあたふたしていたが、すぐに平静を取り戻して応援を呼んだ。それがやってくるまでも、やってきてからも、ツノダたちはまったく抵抗しなかった。

私たちは土手までボートで運ばれた。

連絡を受けて駆けつけていた両親に同時に抱きしめられながら、私はツノダたちが警察車両に乗せられるところを眺めていた。ミナクチとタミヤは終始下を向いていたが、ツノダは最後に私たちのほうを振り返った。その目はとても哀しげで、後悔に満ちていた。彼は私たちに向かって何か言おうとしたが、無精髭に囲まれたその口からけっきょく言葉は出てこず、そのまま車の中へ押し込まれた。

あの出来事の中で、私たちが実質的に失ったものは、慎司のジャンパーくらいだったが、彼らの失ったものを思うといまでも胸が塞がれる。警察車両に乗り込んだあと、三人がどうなったのかは、いまも知らない。知らないことを申し訳なく思う。調べてみようという衝動に、ときおりかられるのだが、それを実行に移したことは一度もない。

――ワンダが、こいつんとこに駆け込んで来たんだ。

応援の警官が来るまでのあいだにキュウリー夫人が説明してくれた。ガニーさんのアパートにワンダがやってきて、いきなりワンワン吠えたりズボンの裾を咥えて引っ張ったりしはじめたらしい。

――そんでもこいつ、ワンダのことよくわからないもんだからね、あたしの病院に電話してきたんだよ。あたしはすぐにピンときたね。こりゃ、あんたたちの居場所を教えようとしてるんだって。

そしてキュウリー夫人は警察に連絡し、事情を話した。

——でも警察ってのは信用できないね。あたしがいくら、犬があの子たちの居場所を教えようとしてるんだって説明しても、すぐには動けないなんて言うんだ。

そばにいる若い警官に聞かせようとしていたのだろう、夫人の声は必要以上に大きかった。

——まずどこどこに何々の確認をとって、そのあとナンタラカンタラしなきゃならないなんて言ってさ。呑気なもんだよ、ったく。

もどかしくなり、夫人は病院から脱走してガニーさんとワンダのもとへ向かったのだという。どのくらい確信があったのかと、私は訊いた。夫人は細長い顔を歪めて夜空を睨み上げ、しばらく考えてから答えた。

——ま、ひふてぃひふてぃだとは思ったけどね。

その頃には、もう雨はすっかりあがり、雲もどこかへ逃げていた。まるであの花火の名残のように、空には小さな星がたくさん浮いていた。ワンダが頭から尻尾へ震えを走らせて水を飛ばした。

——まあしかし、あんたといっしょに行動することがあるとはね。まったく思ってもみなかったよ。

キュウリー夫人は横目で睨むようにガニーさんを見た。こっちもだ、とガニーさんは低い声で答え、夫人はフンと鼻息を返した。二人はそのまま互いに顔をそむけ、目を合わせようとしなかったが、ガニーさんが物思いにとらわれた顔で鼻くそをほじろうとすると、その手を夫人がぴしゃりと叩いた。

——ほじるなっての。

ガニーさんは私たちのほうを気にして振り向き、やれやれという顔をしてみせた。

「そうだ、今日いいもん持ってる」

私は背中のランドセルを胸に持ち替え、周囲を見回してからビニール袋を取り出した。中身は梅漬けだった。登校時に口に入れ、歩きながら歯の先で果肉を傷つけて酸っぱさを味わうというあの習慣が、だんだんとエスカレートして、いまや私は軽い中毒症状にとりつかれていたのだ。

「行きだけじゃなくて、帰りにも食べようかと思って」

「一個」

慎司は真っ赤な実を一つ摘み出すと、素早く首を回して前後左右を確認し、舌の上にのせた。するりと口の中に引き込み、両手を拳にして目をつぶる。

「……つかあああぁ、効く！」

私も一個を口に放り込み、舌で転がして味わった。耳の下がぐっと痛くなる瞬間が、やはりたまらないのだった。

「梅パワーなのねす！」

慎司が走り出し、私はランドセルを背中に戻しながら追いかけた。まぶしいような風が吹き、春のにおいがした。そのにおいが身体中に染み込んでいくようだった。

「あんまり梅漬け持ち出して、ばれねえの？」

「たぶんばれてる」

「平気かよ？」

「平気でしょ」

私の家の話で思い出し、慎司はダッシュのことを訊いた。

「あのカメまだ寝てる？」

「ちょうど昨日起きたよ」

そう、ダッシュはつい昨日の夕方、冬眠からさめて動き出したのだ。動き出したといっても、まだ身体が目覚めていないのか、ごくのろのろと砂利の上を這い進むだけだった。私は押し入れに貼っていた「奥にダッシュ」という紙を剝がし、水槽をふたたび机の上の定位置に戻した。ぱらぱらと餌を落としてやったが、あとで見てみたらぜんぜん食べていなかった。餌がだいぶ干涸《ひから》びていたせいかもしれない。

前方に宏樹と清孝の後ろ姿があった。慎司が「おーい」と呼びかけると、二人は振り返って立ち止まり、太陽がその顔を照らした。

「お、いたいた」

「梅漬け、あいつらにも食わしてやろうぜ」

「あと一個しかないよ」

「じゃ、黙っとこう」

二人の姿がどんどん近づいてくる。表情が見えてくる。笑っている。

「な、利一。佐織先生、今日あの人とどっか出かけんじゃないかな」

走りながら慎司が言う。

「ほらあのデパートで会った人と」

「何で」

「化粧してた。目んとこ、ちょっと青かった」

ついさっきまで教室で見ていた佐織先生の顔を、私は思い出してみたが、目がどうだったかなんて憶えていなかった。憶えているのは、新しい年度からは別の学年の担任になるので、みんなとは今日で最後だと言ったとき、両目が美しくうるんでいたことだけだ。

「春に結婚するって、教頭先生言ってたよね」

「もう春だぞ」

「結婚してもデートすんのかな」

「デート!」

「デート!」

小刻みな呼吸を互いに聞き合いながら、私たちは未舗装の道路を駆け抜けた。空はやわらかく晴れ渡り、かすみ雲が遠くまで、ずっと遠くまで広がって私たちを待っていた。

※小説の謎に触れる部分がありますので、読了後に読むことをおすすめします。

解説　悠久の言葉の森の中で、アンモナイトの物語を探《さが》す。

大林宣彦《おおばやしのぶひこ》
（映画作家）

僕はいま、一冊の本を前にして、この文を書いている。道尾秀介という作者による『光』と題された一冊。巻末のデータによると、2012年6月10日付けで出版された初版本。――6月10日って、「時の記念日」だったよなあ。……

手許にある「広辞苑」を引いてみよう。

数字の表記が漢数字であるのをアラビア数字に置き換えてここに書き写すと、――時の記念日「6月10日。1920年（大正9）に始まる。671年4月25日（太陽暦6月10日）漏刻を新設し時を知らせたのに基づく」とある。漏刻？　ろうこく?!　ロウコク!?……

では「漏刻」の項目を、――

「漏刻・漏剋」。ふむふむ、好きだな、この文字、この活字。「水時計の一種。底に穴のある壺（漏壺）の中に水を入れ、漏箭（ろうせん）を置き、水の漏出につれて漏箭に刻む目盛で時刻を見るもの。また、別の壺からもれる水を受けて、水がたまるにつれ浮き上がる漏箭の漏刻を読んで時刻をはかるものもある。ろこく。天智紀『夏四月……——を新しき台（うてな）に置く。始めて候時（とき）を打つ』」。

ううむ、悠久の昔から、時の物語はミステリアスに繋がっているものかな。

事の序《つい》でに「漏」の文字も引いてみる。

ろう「老・労・牢・郎・陋・婁・廊・楼」の文字に続いて「漏」とある。すなわち「漏刻の略。水時計」。なるほど、元に戻って、つまりは「水時計」の事なるか！

では「漏る」とは、①「水や光などがすきまを通ってこぼれる。万葉集（一〇）『天飛ぶや雁の翼の覆ひ羽のいづく——・りてか霜の降りけむ』②秘密が他に知られる。源氏物語（花宴）『御心のうちなりけむ事、いかで——・りにけむ』」。うむ、なるほど、「光」や「秘密」が、漏れてくるぞ。……

といったところでこの『光』なる書物の頁を捲《めく》ると、まず最初の頁に、

——「そうだ、走れ。走れ。走れ。あの化け物を追いかけろ。水の上にいる者はオールを回せ。見失った瞬間に私たちは負けてしまうんだ」。

そして、

——「市里修太『時間《とき》の光』」と結んである。

オールを回し、流れる水を掻き分け、乗り越えてこそ未来に向かう。これは未来に向かって生きてみせようとする、つまり子どもらの人生の時間《とき》の物語。すなわち、漏刻の物語。しからばこの書物の真実の題名は『時間《とき》の光』であり、その真実の作者は市里修太。その秘密が漏れてくる様を愉しむ事こそが、この一冊を繙《ひもと》く悦びであった、ともうこの物語を読み了《お》えたみなさんならば、既に承知しておられるだろう。

そして次の頁に記されるのは、

——“That's one small step for a man, one giant leap for mankind”。すなわち、あのアポロ十一号に乗り込んで、悠久の時の流れの中を未知なる光に向かって旅立って行った、ニール・アームストロング船長、マイケル・コリンズとバズ・オルドリン隊員とが、月面に着陸した折に地球上のヒューストン基地と交信した記録。それがレコード化されていたものをみんなで聴いた、これはそういう子どもらの、光に包まれたある季節の物語。と同時に、遙かなる宇宙の闇の中にきっとある、ひとつの〝光〟の存在を信じ、求めて夢中で突き進んで行った、子ども心を永遠に失わぬ大人たちの物語。

そして、続く、目次には、——

第一章「夏の光」。第四章「冬の光」。そして第二章「女恋湖の人魚」。この湖が「漏刻」となって、移り変る光と闇との切ない狭間に、生きる事の悦びと畏《おそ》れという、つまりは「愛」なるものの秘密を炙《あぶ》り出す。そして、第三章「ウィ・ワァ・アンモナイツ」。重ねて第五章「アンモナイッ・アゲイン」。僕らは人類の輝やける未来に、アンモナイトとなってその名を留めよう。たとえ出来損いの不細工な姿でも、一所懸命、我が「個」を信じて。更には、第六章「夢の入口と監禁」と、終章「夢の途中と脱出」の間を結ぶ冒険の旅路を、みんなで元気に突っ走ろう。夢に、終わりは無いのだから。

こうやってこの目眩《めくるめ》く子どもらの旅物語は、巻末の、——

「光・2012年6月10日　初版1刷発行」と刻印された事によって、僕ら読者にとって永遠の、心の闇を照らす光ともなり得るのだ。それが、この書物の構造である。

人は触れ合えば、なぜか傷つけ合い、殺し合い、そのように間違いばかりを犯しながらも、しかし努力して寄り添い合い、工夫して互いに認め合って生きてゆけば、いつか穏やかな日日を手繰り寄せる事もできるであろう。

——人は傷つき合って、許し合って、愛を覚えるものである。

夏の光を遮《さえぎ》る深い森の中に、細い一条の、鮮烈に光る水の流れがあり、その水が真赤な血の色に染まっている。

水の流れは主人公の子どもらの時を刻み、不可思議な恐ろしい血の色の秘密が、次第に解きほぐされてゆく。

このまことに蠱惑《こわく》的な導入部から始まる物語は、この僕の解説文の前段で、広辞苑の項目をやや多目に引用しながら語ってきたように、見事に構造的で、知的な工夫により綴られた、言葉の森の物語。言語表現、すなわち活字の配列で醸造される、想像力でこそ読み取るのが愉しい、大人の読者のための物語である。けれどもだから、子どもにはとても難しいぞ、と言うのではない。子どもとはそもそも、子ども向きにと用意された「子ども騙《だま》し」のものになぞ見向きもしない。子どもはいつも大人の世界の、その「秘密」と向き合って生きようと決意している。それが未来に向かう冒険なのだから。

その意図からであろう、この子どもら、すなわち小学校四年生の「リー」こと「利一《りいち》」少年を中心とした同年の男の子たちの物語は、この「有名な作家の名前から取った」という「利一少年」を語り部として物語られるのであるが、小学校四年生ならば主語は「僕」、あるいは「ぼく」、「ボク」、あるいは「おれ」、「オレ」であるところだろうが、この物語では「私」である。つまり、「ぼく」、あるいは「オレ」が大人になった後での「私」が、子どもらの日常の中に紛れ込み、子どもと大人が一体となって、この時間《とき》を体験するのである。

子どもの頃をノスタルジィになどしてはならぬぞ！　いまの我は、ヴェテランの子どもでこそあるぞ。人類の平和な未来を築くには、永遠の子どもの魂をこそ忘れてはならぬ。この『光』なる書物が、此の度「光文社文庫」の一冊として世に出るその時が、この日本の敗戦後七〇年の歳であり、さらには僕らのこの国が再び戦火に晒《さら》されるやも知れぬというこの時《と》間《き》であることに、僕はある必然を覚えるのである。まさに、アンモナイトの歴史観である。

この書物の作家・道尾秀介さんが、この国の歴史を辿《たど》り、ひとつの「風化せぬジャーナリズム」としてこの物語を紡ぎ、この書物を生み出した事に、僕は一読者として、強い共感を持つ。宇宙から見たこの美しい地球を、決して人間の手で汚《けが》してはならぬのだ。

そのさらにチャーミングな工夫のひとつに、各章の末尾に加えられたゴシック活字による独り語りの部分。ここでの語りは「利一」君の「私」に対して、「わたし」と表記されているのだが、ではこの「わたし」はいったい誰なのか。おお、この謎よ！　物語上の秘密以上に、語り口の秘密がチャーミングであるところに、この一冊の真の面白さの秘密があるのだ。

さて、ゴシック文字の「わたし」は「夜半に電灯の下に立ち」「明かりをつける。消す。またつけて、消す」。そして『うそ』という言葉に漢字を与える権利を、もし自分が持っていたとしたら、わたしは口偏の右側にいったいどんな文字を書き添えるだろう」と考える。「驚」、「喜」、「哀」、――『夢』などという気取った文字を使ってみたくもなる」が、「しかし、学校の池の前で、じっと鯉を眺めていた教頭先生の背中を思うと、やはり『虚』なのではないかという気もしてしまうのだ」。そしてそれは、「虚実」の「虚」でもある。

この本の著者・道尾秀介さんもまた、さも愉し気に広辞苑など引きながら、この物語を紡がれたのではあるまいか。

だってその教頭先生は「四角い顔に、窓のような四角い眼鏡《めがね》をかけ、黒くて真っ直ぐな髪を真ん中で分けて、なんとなく活字がスーツを着ているといったイメージの人だった」。この物語は、その「後ろ姿がさびしい」教頭先生の「嘘《うそ》」が、「真《まこと》」になってゆくお話なのだ。「花も実もある絵空事」、「根も葉もある嘘八百」の、つまりは「真実」をこそ炙り出そうと試みる物語であるのだ。真実を知ることはさびしいが、そこからこそ未来へ向けての「勇気」も湧いてくるのである。それが真実の、「少年の物語」である。

ところでその少年たちの物語の中に、キュウリー夫人やワンダや、ガニーさんたち大人やら犬やらのわいわい入り交る中、ひとりくっきり、凜《りん》として佇《た》つのは「もともと日に焼けた肌が、太陽を背にしているせいで、もっと黒く見えた。その夏の悦子《えつこ》」である。この少年たちよりも「二つ年上」の悦子は、「利一」こと「私」にとっては「誰よりも少年っぽいイメージで思い出す」。しかし「秋の出来事をきっかけに、彼女のイメージは一新される」のだ。少年たちの成長の物語には、いつもきまってそのような「少女」が存在し、少年たちに強い強い影響を与えるのだが、それは少年たちが永遠に子どもであろうと願うのに対し、少女はそもそも最初っから、どこかで大人の世界と繋がっているからである。深い森の中で少年が見た赤い血の色をした鮮烈な水の流れのイメージは、悦子の季節が移るのと共に、まことに秘密めいた時間《とき》を刻んでゆくのである。

では、ならば、この物語のゴシック活字の「わたし」とは?!

——「わたしに子供はいない」。最終章の末尾にこの活字を見た瞬間、正直、僕は嗚咽した。この一言を書き記す事から始まる断章は、いま、僕らの心を深く打つ。夏が終わり、秋が去り、少年たちの物語が冬を迎えるなら、来る春には、少女は母になっているだろう。しかし、――「しかし、もし子供を持っていたなら、あるいは将来的に持つことがあるなら、どうしても教えてあげたいことが一つある」、と「わたし」は言う。

――「光に出会いたいと思うなら――もし本当に綺麗な、眩しい光に出会いたいと思うなら」。

その「わたし」に向けて、「私」は書いたのだ。『時間《とき》の光』という小説を。凸凹だらけの、不出来な、でも一所懸命のアンモナイトのように。決して失われることの無い、永遠の時の中で、市里修太は。

え?! 市里修太? イチリ・シュウタ?! ああ、忘れていた! カメのダッシュの目が覚めた。私らが夢中になって生きるの死ぬのと冒険してる間、ダッシュはずっと、冬眠してたんだ。こいつと一緒だと、ほんとに気がおけなくて、安心だったんだ、「僕」は!

では、利一《りいち》とダッシュとで、私たち、いや、「僕」あるいは「ぼく」たちの物語を草しましょう。いつか母となる、なって欲しい、悦子さんのために。

――リイチとダッシュ。イチリとシュッダ。イチリとシュウタ! これは、ウソ、ウソ、ウソのマコト。ウソカラデタ、マコトノモノガタリ。

では、「私の父」が憧れた「利一」という名前を持つ「有名な作家」の名字は?!……知るも知らぬも「ひふてぃひふてぃ」。思えばあのキュウリー夫人のような大人が、子どもたちから見たああいう大人がいた時代の日本は健全であった。大人と子どもは繋がっていた！　教頭先生のお顔は「嘘」という活字に似てたんだな。「ウソ」から出た「マコト」を、教えてくださったのですね。そんなことまでを思い知らされる、幸福な一冊である。

2015・7・15、――日本がまた戦争をする国になった日に。

夏の光　『Anniversary 50』（光文社カッパ・ノベルス　二〇〇九年十二月）
女恋湖の人魚　「ジャーロ」四十号（二〇一〇年十二月）
ウィ・ワァ・アンモナイツ　「ジャーロ」四十一号（二〇一一年四月）
冬の光　「ジャーロ」四十二号（二〇一一年七月）
アンモナイツ・アゲイン　「ジャーロ」四十三号（二〇一一年十二月）
夢の入口と監禁　「ジャーロ」四十四号（二〇一二年四月）
夢の途中と脱出　「ジャーロ」四十四号（二〇一二年四月）

単行本　二〇一二年六月　光文社刊

光文社文庫

光《ひかり》

著者　道《みち》尾《お》秀《しゅう》介《すけ》

2015年8月20日　初版1刷発行
2020年12月25日　2刷発行

発行者　鈴木広和
印刷　萩原印刷
製本　ナショナル製本

発行所　株式会社　光文社
〒112-8011　東京都文京区音羽1-16-6
電話（03）5395-8149　編集部
8116　書籍販売部
8125　業務部

ISBN978-4-334-76946-8　Printed in Japan

組版　萩原印刷

- スナーク狩り　宮部みゆき
- チヨ子　宮部みゆき
- 長い長い殺人　宮部みゆき
- 鳩笛草 燔祭／朽ちてゆくまで　宮部みゆき
- 刑事の子　宮部みゆき
- 贈る物語 Terror　宮部みゆき編
- 森のなかの海（上・下）　宮本輝
- 三千枚の金貨（上・下）　宮本輝
- 大絵画展　望月諒子
- フェルメールの憂鬱　望月諒子
- ミーコの宝箱　森沢明夫
- 蜜と唾　盛田隆二
- 奇想と微笑 太宰治傑作選　森見登美彦編
- 美女と竹林　森見登美彦
- 美女と竹林のアンソロジー　森見登美彦 リクエスト！
- 悪の条件　森村誠一
- ただ一人の異性　森村誠一
- 棟居刑事の東京夜会　森村誠一
- 棟居刑事の黒い祭　森村誠一
- 棟居刑事の代行人　森村誠一
- 春や春　森谷明子
- 南風吹く　森谷明子
- 遠野物語　森山大道
- 神の子（上・下）　薬丸岳
- ぶたぶた日記　矢崎存美
- ぶたぶたの食卓　矢崎存美
- ぶたぶたのいる場所　矢崎存美
- ぶたぶたと秘密のアップルパイ　矢崎存美
- 訪問者ぶたぶた　矢崎存美
- 再びのぶたぶた　矢崎存美
- キッチンぶたぶた　矢崎存美
- ぶたぶたさん　矢崎存美
- ぶたぶたは見た　矢崎存美
- ぶたぶたカフェ　矢崎存美